「ベーオウルフ」の物語世界
王・英雄・怪物の関係論

The Narrative World of *Beowulf*: The Relations of Kings, Heroes and Monsters

苅部 恒徳
Tsunenori Karibe

松柏社

The Photographs of the excavated articles from Sutton Hoo
Ship Burial were reproduced by permission of the Trustees of the British Museum.

恩師　故鈴木重威　先生に捧ぐ

目　次

はしがき …………………………………………………………… 5

第1章　『ベーオウルフ』序論 ………………………………… 7

第2章　『ベーオウルフ』における「王」vs「英雄」………… 21

第3章　『ベーオウルフ』の「鏡像構造」……………………… 34

第4章　歴史・神話・伝説の総合体としての叙事詩
　　　　―『ベーオウルフ』の場合― ………………………… 50

第5章　『ベーオウルフ』と日本の妖怪学 …………………… 81

第6章　グレンデルは怨霊だった
　　　　―『ベーオウルフ』の怪物への新たな視点― ……… 106

第7章　叙事詩と考古学
　　　　―『ベーオウルフ』とサットン・フー船墓の場合― … 124

第8章　『ベーオウルフ』の複合形容辞 (Compound Epithets) … 154

補　遺

書評 1
Seamus Heaney (tr.), *Beowulf: A New Verse Translation*. London: Faber and Faber, 1999, xxx + 106 pp.
Seamus Heaney (tr.), *Beowulf: A New Verse Translation. Bilingual Edition*. New York: Farrar, Straus & Giroux, 1999. xxx + 220 pp. ……………………………………………………… 177

書評 2
Andy Orchard: *A Critical Companion to Beowulf.* D. S. Brewer, 2003. xix + 396 pp. ……………………………… 189

紀行文 1
Maldon と Sutton Hoo を訪ねて ……………………………………… 200

紀行文 2
「Hwæt We...」を求めて―西脇順三郎探訪記― ……………… 212

付録 1
T. A. シッピー著『作品研究「ベーオウルフ」』の訳者あとがき（英宝社、1990 年） ………………………………………… 221

付録 2
鈴木重威先生の思い出（鈴木重威・もと子共訳『古代英詩―哀歌・ベオウルフ・宗教詩』（グロリア出版、1978 年）） …………… 224

あとがき ……………………………………………………………… 227
索　引 ………………………………………………………………… 231

はしがき

　本書は、筆者が過去17年間に古英語英雄叙事詩『ベーオウルフ』について書いた論文・書評・紀行文などを、発表済みのものと書下ろしを取り混ぜて一書にまとめたものである。第1章は序論として、この作品の基礎的事項と梗概を記し、この作品の中世的特徴と叙事詩的特徴を列挙して具体的に紹介した。第2章では筆者の主要関心事である「王」と「英雄」という二律背反的性格を主要人物のフロースガールとベーオウルフを通して見た。第3章は、研究者たちがこれまでに提案したこの作品の種々の構造論を踏まえて、筆者独自の「鏡像構造」を提案したものである。この第2章と第3章は同一素材を発展的テーマに用いたので、本文の一部に類似の叙述が見られることをお断りしておきたい。第4章は、この作品の背景をなすゲルマンの歴史・神話・伝説をこの作品の登場人物を通して論じたものである。次の2章は小松和彦氏らが盛んに論じた日本の妖怪学の影響を受けた結果である。第5章はこの日本の妖怪学をこの作品の怪物・妖怪に適用したものであり、第6章はさらに踏み込んで、怪物グレンデルが実は、フロースガール王の甥ヘオロウェアルドが怨念からその母親ともども妖怪と化した怨霊だったことを、この作品内に埋め込まれたいくつかの状況証拠から主張した新説である。この第5章と第6章も同一素材を発展的テーマに用いたので、本文の一部に類似の叙述が見られることをお断りしておきたい。第7章は筆者が長年関心を抱いてきたサットン・フーの発掘品、特に武器・武具・王権の象徴の王笏と王旗をこの作品に描かれたそれらとの異同を論じ、考古学と叙事詩が互いに照射し合う関係にあるのを見たものである。第8章はこの作品に多用されている、詩的・観念的描出力に優れた複合形容辞を通して主要人物と事象を概念化した試みである。

筆者は『ベーオウルフ』研究を大学院在籍中に故鈴木重威(しげたけ)教授のもとで始めたものの、長年滞っていた。それを呼び覚ますきっかけとなったのは「叙事詩研究会」への参加であった。当時在職していた新潟大学教養部の教員有志を集めて故安藤弘(ひろむ)教授が作られたこの会は、教養部改組後も鈴木佳秀教授を代表に存続している。この間、会の活動の一環として、筆者が『ベーオウルフ』関係を担当する形で、いくつかの論文を書き、発表する場を与えられたことは幸いであった。また既発表の論文等の再録を許可してくださった諸機関と編者に感謝を申し上げる。

　本書は筆者の最初の単著であることから、学恩にささやかながら報いたく、遅ればせながら、大学院で古英語と『ベーオウルフ』の世界に導いてくださった故鈴木重威教授の御霊前に捧げる。

　　2005年12月　　　　　　　　　　　新潟の田舎にて著者記す

第1章

『ベーオウルフ』序論

✖ 言語・韻律

『ベーオウルフ』*Beowulf* は古英語で書かれた3182行からなる英雄叙事詩である。古英語 Old English とはアングロ‐サクソン人 Anglo-Saxons が大陸から5世紀半ばにブリテン島にもたらしたゲルマン語の発達したもので、7世紀頃から文献に現れ、11世紀半ば過ぎのノルマン人による征服 Norman Conquest に至るまで、幾多の優れた文学を生み出した古期の英語である。『ベーオウルフ』は他の古英詩同様ゲルマン詩の伝統に基づく頭韻詩 Alliterative Poem であり、1行が真ん中の休止 caesura によって前半と後半に分けられ、それぞれに2個の強勢 stress が置かれ、前半行の2個と後半行の1個の強勢音節が母音は母音同士で音の違いに関係なく頭韻を踏み、子音は同音の子音と頭韻を踏むのが原則である。リズム型は、ズィーフェルス Sievers(1) によれば、各半行がA型：強弱強弱、B型：弱強弱強、C型：弱強強弱、D型：強強弱弱、E型：強弱弱強の5型が認められ、各1行はこれらの型の組合せからなる。

※作者・題名・制作年代・写本・刊本

この作品には一人の作者が想定されるが、その名は不明であり、題名もようやく19世紀に主人公の名をとって『ベーオウルフ』と呼ばれることになった。制作年代に関しては諸説あるが、ここではこの作品の内容から8世紀中頃説をとっておきたい。『ベーオウルフ』は1000年頃に筆写された唯一の写本によって幸運にも1000年後の今日まで伝えられ、この写本は現在、大英図書館British Libraryの所蔵となり、MS. Cotton Vitellius A. XVの正式名称で保管され、研究者の閲覧に供されていない時は写本展示室のガラスケースにおさめられている。しかしこの写本は1731年に、もと所蔵されていたコットン図書館Cotton Libraryの火災にあって端が焦げ、もろくなって欠け始め、今では上部と脇のマージンに近い文字が無くなってしまっている。これは悲劇であるが、幸い火災後間もなくデンマーク人のトゥアケリンThorkelinが秘書と自身で筆写したそれぞれA、B、2種の転写本を残してくれたために、(2) かなりの部分まで復元できる。写本と転写本を基に、19世紀以降北欧とドイツの学者を中心にテクストの校訂作業がおこなわれ、これらの業績の上に20世紀には英米の学者も加わり本文批評が展開され、いくつかの優れたエディションが刊行されたお蔭で、今日この作品に容易に近づけるようになった。(3)

※舞台背景

この作品の物語の舞台は、アングロ - サクソン人のイングランドではなく、彼らの大陸の故郷ともいうべきデンマーク、スウェーデンの一帯であり、この作品に登場する歴史上の人物から推して6世紀前半をその時代にしていると思われる。これは一般の予想に反するようだが、移住したイン

グランドでの出来事はアングロ‐サクソン人にとって神話化されるには、いまだ時間的空間的に余りにも身近すぎ新しすぎたのであり、英雄叙事詩の舞台背景としてはエッダやサガと同根のゲルマン共通の伝統に根ざした、伝説的・神話的時空を利用したのは当然であろう。

❈ 作品の構成および梗概

　物語は前半（1-2199行）と後半（2200-3182行）の2部から構成されている。前半、第1部は英雄ベーオウルフ Beowulf の若き日の怪物退治を、後半、第2部はそれから50年余り経った老王ベーオウルフの火龍退治と死を詩人が聴衆に語る形式になっている。

第1部

　デンマーク Dene の中興の祖、シュルド Scyld から数えて5代目に当たるフロースガール Hrothgar 王はこの世の栄華の印として、黄金の館ヘオロト Heorot「雄鹿館」を建て、威信を内外に示すが、そこで夜な夜な行われる宴の歓楽の音に腹を立てたのが湖に棲む怪物のグレンデル Grendel で、この食人鬼の巨人はヘオロトに来襲し、30人の廷臣を奪って殺し、以後12年間夜は館を占拠する。だがフロースガール王の宮廷にはこの怪物に立ち向かえる勇気と力をもつ者はおらず、何らなす術を知らず、こうした屈辱的な状況に甘んじていた。そこへ、スウェーデンの東部にかつてあったイェーアタス Geatas 国の王子ベーオウルフがこの窮状を船乗りから聞いて救援に赴く。

　彼はデンマークの宮廷でフロースガール王に歓迎され、王はその昔ベーオウルフの父がこの宮廷に亡命してきたので保護したことがあるという因縁話をする。歓迎の宴席で廷臣ウンフェルス Unferth が客のベーオウルフに妬みと酒酔いからしつこくからみ、お前は友人ブレカ Breca との競泳に

本当は負けたのではないかと誹謗する。ベーオウルフは毅然としてこれに答えて、自分が競泳に勝った真相を語り、海の怪物も多く倒したことを付言して、自分がグレンデルのような怪物退治にふさわしいことを暗示し、その勇気のない、しかも血縁者殺しの罪を犯しているウンフェルスを非難する。

　その夜もヘオロトにやって来たグレンデルは、いつもと異なり、武士の一団（ベーオウルフとその一行）がそこに就寝しているのを見て喜び、早速一人を食うが、すぐさまベーオウルフに捕まる。二人の、互いに素手による、黄金の館を揺るがす大格闘の末、グレンデルは右腕をもがれて棲家に逃げ帰って死ぬ。勝利の印の怪物の右腕を館の破風に飾り、祝賀の宴を張る。フロースガール王とウェアルホセーオウ Wealhtheow 王妃はベーオウルフにそれぞれ贈り物をし、ウンフェルスは沈黙する。その夜は何年振りかでデンマークの廷臣・家来がヘオロトで就寝し、ベーオウルフとその一行は離れの客間に移る。

　しかしその夜思いもかけぬグレンデルの母親の復讐にあって、フロースガール王の寵臣アシュヘレ Æschere が犠牲になる。早朝ベーオウルフが呼ばれ、すこやかにお休みになれましたかとのベーオウルフの挨拶に、王は悲劇の再来を嘆く。ベーオウルフは母親退治を申し出て、グレンデル親子の棲家のある湖底に赴く。待ち受けていた怪物とは互いに今度は剣で戦うが、母親はグレンデルより手強く、ベーオウルフがあわやという時に、暗い棲家に一筋の光りが差し込み、壁に掛かった古刀が彼の目に入るや、これを取って一撃を加えると、さすがの怪物も死に至る。この刀で傍らに死んで横たわっているグレンデルの首もはねると、刃は怪物の毒血で「氷柱が溶けるように」（1606b 行）[4] なくなって、柄のみ残る。ベーオウルフはこの古刀の柄とグレンデルの首級をみやげに帰還するが、その前にすでに血に染まった湖を見て失望したフロースガール王の一行は引揚げている。再び祝宴が張られ、さらに贈り物が与えられ、王と英雄は別れを惜しむ。イェーアタスに帰国したベーオウルフは叔父のヒュエラーク Hygelac 王に

遠征の報告をし、持ち帰った贈り物を王に差し出し、王からは宝剣と領地を授かる。

第2部

　その後イェーアタスでは、ヒュエラーク王がフランク人との戦いにフリースランドで戦死をし、王妃ヒュイド Hygd の、王子が若くて無力なのでベーオウルフに王になって欲しいという懇願も辞退して、王子ヘアルドレード Heardred の後見になったベーオウルフはよくその務めを果たした。そのヘアルドレードもスウェーデンとの争いに巻き込まれて若死にし、ベーオウルフが結局王位についた。彼がイェーアタスの国を 50 年治めた時、海辺の断崖に掘られた洞窟に隠された、死に絶えた一族の宝庫を守っていた火龍が突然怒って国土を口から火を吹いて焼き払い始める。主人から勘当された一人の奴隷が主人の歓心を買おうと、龍の寝ている隙に宝庫から酒杯を盗んだためであった。老いたベーオウルフは 11 人の家来を連れて火龍退治に赴くが、今度も単身、龍と戦うと述べて龍に切りかかる。しかし龍の硬い皮には名剣ナイリング Nægling も効き目なく、恐れをなした家来たちは若き勇者ウィーラーフ Wiglaf 一人を除いて皆、近くの森に逃げ込む。龍の火焰と牙で重傷を負ったベーオウルフはウィーラーフの助力でようやく龍を倒すが、自らも死に瀕する。死ぬ前に一目見たいと洞窟より宝を運び出させ、それを見て満足した彼は、自分の亡骸は火葬に付し、「鯨岬」Hronesnæs に塚を築くことを命ずる。ベーオウルフが息を引き取る頃に家来たちが森から出てくる。ウィーラーフは彼らの不忠を責め、王の死を城に知らせに伝令を出す。伝令は「このことが知れ渡れば敵国が戦いを挑んでくる」（2910b–13a 行）という趣旨の予言をする。事実スウェーデンとは何代にも渡り確執が続いていた。ベーオウルフの遺骸は武具や宝物と一緒に火葬に付され、人々は王の死を悼み、徳を称えて「王の中で最も柔和で親切、国民に対し最も優しき人にして、最も名誉を切望された方であった」（3180a–82b 行）と述べる。

以上が主人公ベーオウルフの生涯を中心にした一般的な梗概である。だがこのような梗概では『ベーオウルフ』の内容の10分の1も明らかにしたことにならないのが、実は、この作品の特徴であり、その文学的価値なのである。確かに表面的には超人的英雄の怪物退治の武勇伝ではあるが、その内容はそれを越えて英雄時代のゲルマン武士社会のエートスとその社会に潜む矛盾の諸相を含み、同時代の聴衆ばかりでなく、後世の我々にも深い感慨を覚えさせるのである。これは筆者の言うところの「物語力」narrative power を秘めた作品だからである。その点については次章以下の本論で論ずることにする。

　次に、やはりこの作品の理解の前提になる、中世（前期）的世界観と英雄叙事詩の特質をこの詩作品に関連する範囲で見ておきたい。

✣ 中世的世界観

　『ベーオウルフ』ではキリスト教の聖職者が、同じくキリスト教に改宗後1世紀半ほどを経た聴衆に、彼らの異教時代の祖先の物語を語る体裁を取っている以上、そこにかなりのキリスト教的潤色がなされるのは免れえない。しかし、議論のあるところとは言え、キリスト教はこの作品の内容の決定的な要素とはなっていない、という立場に筆者は立っている。[5] 以下に北欧的・中世的な宇宙観・世界観・人間観を列挙し、[6] あとで『ベーオウルフ』と関連させる。

　(1) エッダ Edda [7] に見られるように、宇宙は人間の住む小宇宙とその周りを海で隔てた大宇宙とからなり、小宇宙の中心は王宮の広間であり、大宇宙との間の海には人間に敵対する巨人や怪物や諸悪霊が棲む。

　(2) 国王は大宇宙からの敵襲を防いで小宇宙の平和を確保しなければならない。

　(3) 人間の一生は、闇から現れて束の間の現世の光りを享受して、再び

死後の闇へと去っていく横の直線的な移行である。生まれる前の世界も死後の世界も不可知である。

(4)　人間の死は、特に武士の命を賭けた戦いの結果は、運命の力 Fate の支配するところである。

(5)　武士の理想は後世に残るような名誉を自身の勇気と力によって勝ち得ることである。

(6)　主君と臣下との関係は、物惜しみしない主君の贈り物に対して、家臣はいざという時に武力の奉仕によって恩返しをする関係であるべきである。

(7)　一族および主君に加えられた危害や殺人に復讐せざるは武士の恥である。同時に血縁者殺しは償いえない大罪である。

(8)　武士の所有する物、特に名刀や鎧兜の名品や金や宝石の飾り物は、先祖伝来の宝物であれ、自らの武勲によって得た褒美であれ、それはその所有者の特性を体現したものであり、人はその持ち物によって評価されて然かるべきものである。

『ベーオウルフ』に見る中世的世界観

　これらの中世的観念がこの作品ではどんな風に現れているか概略見てみたい。

(1)　人間の住む小宇宙の中心はデネの王宮ヘオロトである。この世の栄華を誇るフロースガール王が戦勝の祝宴を張り、臣下に気前よく贈り物をする場として建てたものである（67a-73b 行）。夜毎そこから響いてくる歓楽の音に腹を立てヘオロトを襲撃し、家臣を食い殺した怪物のグレンデルおよび息子の復讐に来たその母親は、小宇宙を取り巻く大宇宙との狭間にある湖・海に棲む巨人であり、第2部に登場する火龍も小宇宙の周辺に棲む異界の怪獣である。火龍が宝庫を守っている洞窟は岸壁にあり、龍の遺体は崖から海に投げ込まれる（3131b-33b 行）。そのほかベーオウルフがブレカとはぐれた後に倒した海獣（549a-75a 行）も、グレンデル親子

の湖底に赴く前にその内の一匹を射殺した海獣（1425a–41a 行）も、いずれも湖・海に棲んでいる。

　(2)　フロースガール王、甥のフローズルフ Hrothulf、顧問官のウンフェルスはグレンデルの来襲になす術を知らず、他国の若武者ベーオウルフの救援を得て、しかも彼一人の力によってグレンデル親子を退治してもらうことになる。自ら国難を救えないウンフェルスのベーオウルフに対する反発（501b–28b 行）やフロースガール王の説教（1709b–68b 行）は彼らの屈辱感の、それぞれ直接的な表現と屈折した表現と見られる。

　(3)　ビード Bede はその名著『英国民教会史』（731 年）の中で、ある人物に人間の一生を比喩的に述べさせている。冬の夜、戸外は嵐なのに屋内の広間では炉の火が赤々と燃えて部屋を暖めている中で、人々が夕食を取っている時、一羽の雀が広間の一方の扉から入ってきたと思う間もなく他方の扉から出て行くのに似ている、と。[8]

　(4)　人の生命は運命の女神ノルンたち Norns がその糸を紡いで適当な長さに断ち切ることによって定められる、と北欧神話では考えられているが、アングロ・サクソン文学ではこのノルンの一人の名に由来するウュルド Wyrd を「運命」を表す語として用いており、『ベーオウルフ』でも 12 回現れるが、もはや運命の女神を表す擬人的用法は薄れ、いくつかは「死」dēað や死をもたらす「戦」hild, gūð, heaðoræs とインターチェンジアブルになり、またいくつかは、やはり人間を支配するキリスト教的神 God の意志・摂理 Providence と混合している。

　(5)　人間の一生が、雀が広間を横切る間のように、はかないものであるとすれば、特に武士はしばしば戦により生死を分ける以上、生きている間に後世に名を残すような武勲を立てることこそ武士の願いであり理想である。こうした名誉心は現代人の反発を受けやすいし、当時でもキリスト教の高慢の大罪と結び付けられる可能性もあったのだが、武士社会にあってはむしろ英雄の条件でもあったであろう。何故なら、名誉は望むだけで得られるものではない。ベーオウルフは人間の敵である異界の魔物や怪獣に

対してもフェアプレイを忘れず、正当な動機を持ち、死を覚悟して闘いに臨み、その結果として勝利が得られた時に始めて名誉を得たのである。

(6) 主従関係は広間の宴会での贈り物の授受から成り立っていること、良き王は贈り物に物惜しみせず、良き臣下 comitatus はそれを恩義に感じて王を助けるべきであることが、何度も言及されている。だが現実はしばしばこれに反した。火龍と闘っている主君ベーオウルフを見捨てた家来たちがその例である。

(7) 復讐心は特に人々を強く縛る時代と場所があるようだが、古き北欧もその時代と場所に属する。前キリスト教的北欧社会では復讐は親族や主従の義務であった。ベーオウルフ自身も、グレンデルの母親に寵臣を奪われたフロースガール王に対し「ひどく嘆き悲しむよりは、友の復讐をすることの方が良いのです」（1384b–85b 行）と述べており、彼のグレンデル親子退治も本来復讐すべき人に代わって行なった代理復讐とでもいうべきものだった。だが詩人はこの倫理の裏面も忘れていない。和平のための結婚も復讐心によって破られる悲劇（「フィン・エピソード」Finn Episode（1068a–159a 行）と「インゲルド・エピソード」Ingeld Episode（2024b–69a 行））や、次男が長男を誤って射殺したため親族間では復讐も行なえず、ひたすら嘆くばかりのベーオウルフの母方の祖父であるフレーゼル Hrethel 王の悲劇（2435a–71b 行）が物語られるのである。

(8) フロースガール王はベーオウルフに勝利の報酬として、金の軍旗、兜に鎧、それに宝刀の4点（1020a–24a 行）と馬8頭（1035a–45b 行）を、王妃ウェアルホセーオウは腕輪2個、胴鎧、指輪、それに首飾り（1193b–96b 行）を贈った。火龍を倒して瀕死のベーオウルフは、死ぬ前に火龍の財宝を一目見ることを望み、死後「鯨岬」に塚を築くよう遺言する。また小さな例では、帰国するベーオウルフが船の番をしてくれた沿岸警備の武士に金巻きの剣を一振り与えたことで、この武士は以後、宴席でより高い席につく名誉を得た（1900a–03a 行）。このように有形の物によって名誉が表されるのは当然のことと信じられていた。

※ 特に『ベーオウルフ』に関連した叙事詩の特徴

(1) 英雄の武勇、超人的偉業と壮烈な死が、歴史・伝説の枠の中で語られる。
(2) その英雄的行為は国家・民族の興亡に関わる。
(3) 語り手と聞き手に共有されている国家・民族の世界観・価値観が作品全体を支配する。

　これらに関しては、これから先きの章で論じられるので、ここでは項目ごとに解説をするのは控え、2、3の説明にとどめる。英雄ベーオウルフは歴史上の人物としては特定できず、多分、この作品の中でもフロースガール王の歌人によってその巨人・龍退治の武勇が歌われるスィエムンド Sigemund のような伝説上の英雄をなぞって、我が作者によって作られた人物であろうと思われる。だが彼の叔父でありイェーアタスの国王でもあるヒュエラークはいくつかの歴史書にその名と行動が書き記されている歴史上の人物であり、この作品でも4、5回言及されているフリースランドでのフランク人との戦いで戦死した（521年頃）話は有名であった。しかし彼を除くとイェーアタスの王族の名は歴史的に知られていない。これにはイェーアタスが滅亡して忘れ去られ、ジュート人やデンマーク人に取って代わられたことに関係があるかもしれない。他方、第2部でイェーアタスと争いを繰り返すスウェーデンの王族の名の多くは歴史的・考古学的に証明されている。また第1部の舞台となるデンマークの王族はフロースガール王の父ヘアルフデネ Healfdene を始め、兄弟のヘオロガール Heorogar にハールガ Halga、息子のフロースムンド Hrothmund、甥のフローズルフ Hrothulf に至るまでサガ Saga [9] などでアイデンティファイできる。クレーバー Klaeber はこの作品における言及と歴史・伝説から三大王国の系図を作成している。系図は作品理解に非常に重要なので、これを基にアレンジしたものを次頁以降に示す。[10]

Dene (Denmark) の王たちの系図 (Klaeber, xxxi)

Scyld —— Beow or Beowulf I —— Healfdene (See below)

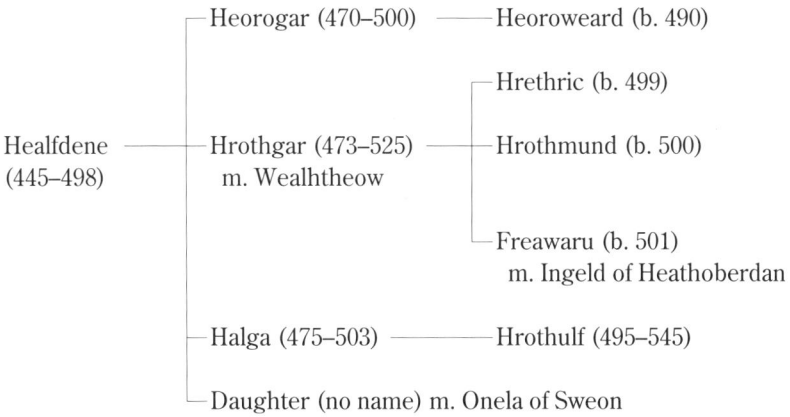

Healfdene (445–498)
- Heorogar (470–500) —— Heoroweard (b. 490)
- Hrothgar (473–525) m. Wealhtheow
  - Hrethric (b. 499)
  - Hrothmund (b. 500)
  - Freawaru (b. 501) m. Ingeld of Heathoberdan
- Halga (475–503) —— Hrothulf (495–545)
- Daughter (no name) m. Onela of Sweon

Geatas の王たちの系図 (Klaeber, xxxviii)

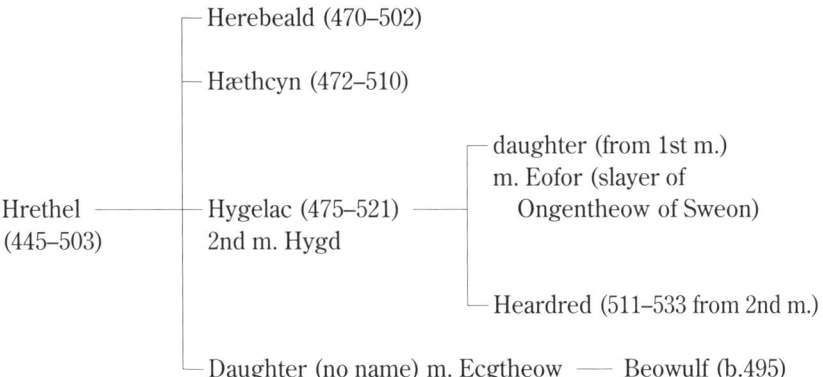

Hrethel (445–503)
- Herebeald (470–502)
- Hæthcyn (472–510)
- Hygelac (475–521) 2nd m. Hygd
  - daughter (from 1st m.) m. Eofor (slayer of Ongentheow of Sweon)
  - Heardred (511–533 from 2nd m.)
- Daughter (no name) m. Ecgtheow —— Beowulf (b.495)

Sweon (Sweden) の王たちの系図 (Klaeber, xxxviii)

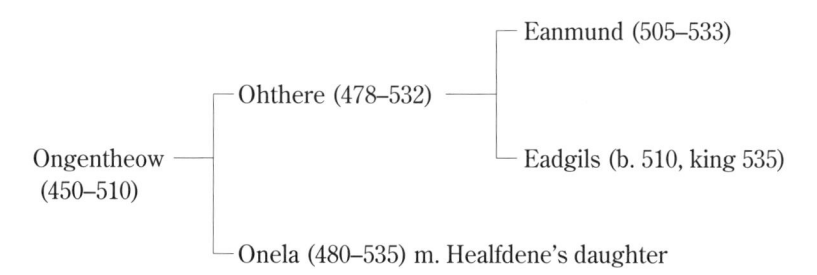

```
                          ┌─ Eanmund (505–533)
          ┌─ Ohthere (478–532) ─┤
Ongentheow ─┤                   └─ Eadgils (b. 510, king 535)
(450–510)  │
          └─ Onela (480–535) m. Healfdene's daughter
```

註

(1) 現在も一般に用いられている彼の韻律理論は Sievers 1893 に纏められているが、入手は困難か。しかし5基本型については、ほとんどすべての刊本の序論や巻末付録に解説されている。例えば、Klaeber, pp. 281–82.
(2) 参考書目の Kemp Malone (1951) 参照。
(3) 現在英米で流布している Klaeber 1950; Dobbie 1953; Wrenn & Bolton 1973 などが入手し易く信頼が置ける。[補説。その後、Chickering, Howell D. Jr, ed., *Beowulf: A Dual-Language Edition*. Anchor Books, 1977; George Jack, ed. *Beowulf: A Student Edition*. Oxford U. P., 1994, 1997; Alexander, Michael, ed., *Beowulf*. Penguin Books, 1995; Bruce Mitchell & Fred C. Robinson, eds., *Beowulf: An Edition with Relevant Shorter Texts*. Oxford: Blackwell, 1998 をはじめ、G. Nickel 1976–82; André Crépin 1991 などの刊本が出た]
(4) 本章で用いる訳文は筆者の「対訳」版（参考文献参照）の訳文をアレンジしたものである。この「対訳」は、上記諸刊本を比較し、Zupitza 1959 の Facsimile 版でチェックして作成された原文に訳文を対照させた筆者の紀要論文のものである。日本語全訳には次のものがあり参考になる。厨川文夫 (1941年)、長埜 盛 (1965年)、大場啓蔵 (1978年、第2版88年)、羽染竹一 (1985年)、忍足欣四郎 (1991年)、藤原保明 (1999年)。[補説。対訳には、山口秀夫『古英詩 ベーオウルフ』泉屋書店、1995年が出た]
(5) 聖書釈義学の立場から Goldsmith 1970 は教父たちの説く聖書の寓意的解釈を『ベーオウルフ』に適用して読み取る作業でそれなりの成果を挙げた。しかし筆者にとって最も説得力があると思える解釈は Shippey 1978 の構造主義的記号論的解釈である。
(6) 中世人の宇宙観、精神構造の解説は阿部謹也1987年が優れている。
(7) 『エッダ』の邦訳には谷口幸男1973年がある。また原文と英語の対訳には Dronke 1969 が、英訳には Hollander 1962, Taylor & Auden 1969 などがある。
(8) この有名なエピソードの出典は Miller 1890, Book I, Chapter X, pp. 134–37; Colgrave & Minors 1969, Book I, Chapter XIII, pp. 182–85 など参照。
(9) サガの邦訳には谷口幸男1979年がある。
(10) Klaeber 1950, xxxi, xxxviii 参照。

参考文献

阿部謹也。1987年。『甦える中世ヨーロッパ』日本エディタースクール出版部。
Colgrave, B. & R. A. B. Mynors (eds. & trs.) 1969. *Bede's Ecclesiastical History of the English People*. Oxford U. P.
Dobbie, Elliott van Kirk (ed.) 1953. *Beowulf and Judith*. Columbia U. P.
Dronke, Ursula (ed. & tr.) 1969. *The Poetic Edda*.
藤原保明（訳）。1999年。「ベーオウルフ」（筑波大学「言語文化論集」第50号）。
Goldsmith, M. E. 1970. *The Mode and Meaning of Beowulf*. The Athlone P.
羽染竹一（訳）。1985年。「ベーオウルフ」（『古英詩大観―頭韻詩の手法による』原書房。
Hollander, Lee M. (tr.) 1962[2]. *The Poetic Edda*. Texas U. P.
苅部恒徳（訳）。1989-91年。「対訳『ベーオウルフ』」（新潟大学教養部研究紀要第20、21、22集）。
Klaeber, Frederick (ed.). 1950[3]. *Beowulf and the Fight at Finnesburg*. Boston: Heath.
厨川文夫（訳）。1941年。『ベーオウルフ』岩波文庫。
Malone, Kemp (ed.) 1951. *The Thorkelin Transcripts of Beowulf in Facsimile*. (Early English Manuscripts in Facsimile, V. 1). Rosenkilde.
Miller, Thomas (ed. & tr.). 1890. *The Old English Version of Bede's Ecclesiastical History of the English People*. Part I. I. EETS. No. O.S. 95. Oxford U. P.
長埜　盛（訳）。1965年。『ベーオウルフ』吾妻書房。
大場啓蔵（訳）。1988年、第2版。『ベーオウルフ』篠崎書林。
忍足欣四郎（訳）。1990年。『中世イギリス英雄叙事詩―ベーオウルフ』岩波文庫。
Shippey, Thomas A. 1978. *Beowulf*. Arnold.　苅部恒徳（訳）。1990年。『作品研究・ベーオウルフ』英宝社。
Sievers, Eduard. 1893. *Altgemamische Metrik*. Halle.
谷口幸男（訳）。1973年。『エッダ―古代北欧歌謡集』新潮社。
谷口幸男（訳）。1979年。『アイスランドサガ』新潮社。
Taylor, Paul B. & W. H. Auden (tr.). l969. *The Elder Edda: A Selection*. Faber & Faber.
Wrenn, C. L. (ed.) 1958 (1973 ed. revised by W. F. Bolton). *Beowulf with the Finnesburg Fragment*. Harrap.
Zupitza, Julius and Norman Davis (eds.). 1959. *Beowulf*. EETS, No. 245. Oxford U. P.

　［本章は安藤　弘 編『叙事詩の世界』（新地書房、1992年）、第8章「『ベーオウルフ』における「王」vs「英雄」の第1部、259-68頁を一部修正の上再録した］

第2章

『ベーオウルフ』における「王」vs「英雄」

　「英雄」と「国王」の対立的性格とその二律背反性を『ベーオウルフ』 *Beowulf* に則して論じ、そのテーマがこの作品に留まることなく、叙事詩のかなり一般的な特徴の一つであることを示したい。フロースガール王の宮殿、ヘオロト Heorot を夜の間だけ占拠して 12 年間殺戮をほしいままにしてきた巨人のグレンデル Grendel に対し刃向かえる者はこの宮廷には一人もいなかった。デンマーク Dene の国のこの災難を耳にした隣国イェーアタス Geatas の王子、ベーオウルフ Beowulf が 14 人の部下を連れて救援に赴き、デンマークの岸辺に上陸し、沿岸警備の武士に誰何されるところ（234a 行以下）から、早くも「王」vs「英雄」のドラマが始まったと言える。「大槍を両手で力強く打ち振るって」（235b–36a 行）[1] 何者かと誰何する沿岸警備の武士は、答えの素姓を聞く前にすでにベーオウルフの立派な風貌と身なりから敵ではないことを直観し（247b–51a 行）、ベーオウルフが素性をあかし来意を告げると、自分の直観の正しさを誇って「賢き武士たる者は言葉と行いとの区別を心得るべきもの」（287b–89a 行）と謎めいた諺を述べるが、この諺の真意は、言葉に騙されない、即ち相手の言葉からそれを裏付ける行為（態度）を即座に読み取らなくてはならない、ということなのである。この武士に途中まで案内されてヘオロトに着いたベーオウルフの一行は、そこで再び王の取次役ウルフガール Wulfgar の誰何を受ける。この取次役も沿岸警備の武士と同様、ベーオウルフの答えを聞く

前に「これほど勇気のある他国の者を見たことがない」(336b–37b 行) と褒め、「フロースガール Hrothgar 王を訪れたのは大きな志のためであろう」(339 行) と一行の外見からすでに彼らの意図まで汲み取ってしまう賢さを見せる。つまり彼らのベーオウルフに対する応対には「王」に代わるべき「英雄」の待望が明らかである。この詩には同一もしくは近似の事象についての言及が繰り返されるいろいろの構造が頻繁に現れるが、[2] この沿岸警備の武士と取次役のベーオウルフとその一行に対する反応の反復は、さらに複雑さを加えて、フロースガール王に引き継がれるのである。

　ウルフガールの取次ぎに答えてフロースガール王は「神聖なる神が彼を、わしが思うに、グレンデルの暴力に抗すべく、恩寵としてわしらの所へ送り給うたのだ」(381b–84a 行) とベーオウルフの来意を前もって言い当て、事が成就したら宝を与えるつもりだということまで述べる (384b–85b 行)。これら三重の似た反応から我々読者 (聴衆) が読み (聴き) 取れるのは、ベーオウルフとその一行の外観と言葉が相手に無条件に、信頼の念と期待を懐かせるほど立派であったことと同時に、フロースガールの宮廷は友好的な味方を直観的に見出す賢さをもって、微塵の卑屈さも示すことなく救国の英雄を迎え入れることのできる爛熟した宮廷儀礼を (顧問官のウンフェルス Unferth を除いて) 持っていたことである。この宮廷儀礼が特に歓迎の宴、戦勝の祝宴、送別の宴、およびそこでの贈り物の授受においていかんなく発揮され、恩人の若き英雄に対し対等の立場に立てたのもこの儀礼のお蔭であるが、このことも含めて救国の他国の英雄に体面を保つ方法に最も意識的だったのは、言うまでもなくフロースガール王であつた。先にウルフガールがベーオウルフと名乗る者の来訪を告げたとき、我々聴衆には唐突に、この詩人のよく使う突然の引喩 allusion がここでも適用されて、フロースガール王は開口１番「わしは幼年時代の彼を知っておる」(372 行) と驚くべきことを述べ、「彼の父はエッジセーオウ Edgtheow という名で、彼にイェーアタスのフレーゼル Hrethel 王は一人娘を嫁がせたのだ」(372a–75a 行) と素性について言及し、船乗りたちか

らの情報では彼は30人分の握力を持っているそうだ（377a–81a行）とベーオウルフに対する期待を披瀝する。ここですでにフロースガール王によって示された「王」の特徴の一つである物知りであること、情報通であることの片鱗がうかがえるのは興味深い。

　問題は、いよいよフロースガールがベーオウルフに接見して、死を覚悟でグレンデルと闘う旨の若武者の決意表明（戦を前にしての第1回目の豪語（407a–55b行、以下数回行なわれる）を聞いたあとの、王のやはり開口1番の言葉「お主は恩返しのために我らを訪れてくれた」（457a–58b行）である。エッジセーオウが他国の者と争いを起こし殺害者となったが、自国は戦いを恐れて彼をかくまえなかったため、デンマークに亡命してきた。そこでフロースガールが人命金を払ってこの争いを解決してやったので、エッジセーオウは自分に（恭順もしくは恩返しの）誓いをたてた、と王は説明する。このようにフロースガール王は自国民がグレンデルに復讐できない弱みを隠して、先手先手に高飛車に出て体面を保つ術を老獪にも心得ているのだというのが筆者の解釈である。注目すべきは、ベーオウルフがこのフロースガール王の発言に応答を差し控えている点である。この彼の態度は次の場面で王の顧問官ウンフェルスの誹謗に対して抗議と釈明を即座に行なうことと著しい対照をなしており、この態度にはベーオウルフの無言の抵抗が感じられ、眼に見えない火花が「王」と「英雄」との間に飛び交っているのである。

　ベーオウルフはその夜やって来たグレンデルと格闘の末、右腕をもぎとり致命傷を負わせ、食人鬼は死に場を求めて湖底の棲家に帰った。朝になってもぎ取られた片腕がヘオロトの破風に高々と飾られるのを見た誰の目にも、ベーオウルフの代理復讐の勝利が明らかになるのだが、ここで再び王と英雄のバランスが崩れ、王は英雄に負い目を感ずる。ここでも詩人はフロースガールに同調しているかに思われる。では王と詩人はどんな手を今度は打つのであろうか。王は神にこの奇跡を感謝するとともに、ベーオウルフを義理の息子として受け入れたいと養子縁組 adoption を告げるの

である（946b–49a 行）。王子が父王に代わって外敵に対し仇を討つことは当然なのであるから、王は英雄に借りがなくなったばかりか、気前よく贈り物を与えることにより英雄より優位に立ったのである。養子縁組のもう一つの利点はベーオウルフとイェーアタスの国が将来敵国になるのを予防することである。ここでも詩人は表面的にはベーオウルフをフロースガールが息子にして、沢山の高価な贈り物をせずにはいられないほど、この若武者の働きが目覚ましかったことを聴衆にアピールしようとしているのではあるが、裏面ではフロースガールの宮廷の威信と名誉が保たれるように協力しているのである。だだし『ベーオウルフ』詩人の働き、つまり彼の真の声は実はもっと高い次元にあることは後の 32 頁で説明する。

　こうして再び優位に立ったフロースガール王はその夜思いもかけぬグレンデルの母親の復讐に遭う。重臣アシュヘレ Æschere が犠牲になったのを悲しんだ王は、翌朝呼び出したベーオウルフに躊躇無く「今や良き助言（救い）は再び君のみが頼りだ」（1376b–77a 行）と援助を頼めるのである。この「王」と「英雄」のシーソーゲームはまだ続く。グレンデル親子の湖底の棲家に母親退治に赴いたベーオウルフは、息子より手強い母親と死闘の末、ようやく神の助けの剣でこれを退治し、脇に死体となって横たわっていたグレンデルの首も刎ね、この首級と毒血で刃の溶けた剣の柄を勝利の印に持ち帰る。だがこれより先に湖の縁で母親退治の首尾いかにと待っていたフロースガール王の一行は水面に親子の血が沸き上がってきたのを見て、ベーオウルフが死んだと思い込み、不安げに待つ彼の部下たちを後に残して、ヘオロトに引き揚げてしまっていたのだった。凱旋将軍ともいうべきベーオウルフの少しのえらぶりもなく、デンマークに平和を蘇らせた喜びを述べる簡潔な挨拶に、フロースガール王はさすがにまず、ベーオウルフの名声が（これによって）すべての民の上に確立した（1703b–05a 行）と褒め、彼が将来長く自国を統治することを予言（1707b–09a 行）はするが、すぐ続けてかの有名な説教（1709b–84b 行）を始めるのである。

　昔のデンマークの王であったと思われる悪名高きヘレモード Heremod

は若い時は国民の信望を集めていたが、やがて傲慢と貪欲の罪に陥り、無惨な最期を遂げたという。このヘレモードの例を教訓にせよと諭しているのである。養子縁組の場合と同様この説教にもフロースガールのベーオウルフに対する恐れ、将来強敵となってデンマークに攻めてこないともいえない恐れの気持ちを読み取るのは、筆者の深読みであろうか。後年のベーオウルフはこの戒めを忘れて龍と闘い、その宝に目が眩み、その結果国を亡ぼすことになった、と説く評者が多いが、筆者はこの説教を過大評価し、この作品全体のキーポイントとする解釈には反対である。反対の理由は言うまでもない。ヘオロトの宮殿を怪物から清めてくれた若武者に対し王としての体面を保ち、上手に出るにはどうしたらいいのか、世間知にたけた賢い王が思いついたのが説教なのである。説教が終わるや、ベーオウルフはこれに答えることなく、勧められるままに嬉々として自分の宴席についた。これまでの両者の言葉のやりとりは殆どが一方通行であった。何故なら両者は「王」と「英雄」のそれぞれの原理に立つとき宮廷儀礼を守ったまま、実は目に見えない鍔迫り合いを演じていたからである。

　しかし最後の別れの宴では両者の対立は最早必要がない。ここで始めて二人の会話は嚙み合う。ベーオウルフは帰国にはやる気持ちと厚遇に対する礼を述べ、まさかのときには助太刀に来ることを約束する（1818a–30b 行）。これに応えてフロースガールは若いのに分別があると称え、再びベーオウルフが将来イェーアタスの優れた王になることを予言し、両国の友好を期待する（1841a–65b 行）。すっかり好好爺に戻ったフロースガールはベーオウルフにキスして首を抱き締め、別れの涙を流す。この別れの場面を除くベーオウルフの到来以後示されたデンマークの宮廷の種々の反応は何に起因するのであろうか。

　武士社会における建前から言えば、外敵から自国を護り、殺された味方の復讐をするのは国王やその一族および重臣の義務である。この義務を負うデンマークの宮廷の主だった人たちは外敵グレンデルにどう対処したのか、あるいはしなかったのか。国王フロースガールには彼がこの義務を果

たせぬことの非難が向けられないように詩人は細心の配慮をしている。フロースガールにはまず「老いて髪白き」(357a 行)、「白髪の」(608a 行)、「老いた国の保護者」(1702a 行)、「白髪まじりの」(1791a, 1873a 行) などによって髪白き老人のイメージをまず付与し、次に「賢明なる王」(190b, 1318a, 1400b, 1475a, 1698b, 1786b, 2156a 行)、「年を取り知恵のついた者」(1724a, 2114a 行) など古英語の「賢い」を意味する snotor, frōd, wīs を含む句をフロースガールが登場しているか言及されている間、ほとんど彼のために用いることによって、もはや実戦には向かないが知恵で勝負をする、ある意味では叙事詩に典型的な国王像 (例えば、アガメムノーン王、シャルルマーニュ大帝など) を与えている。フロースガールが老いによって戦う力を奪われていることは「老いが彼から力の喜びを奪うまでは、いずれの点でも非の打ち所のない王だった」(1885b-87a 行) という詩人の言葉や「年取った武士 (H) は (失われた) 青春を、戦の力を繰り返し嘆いておられた」(2111a-13a 行) というベーオウルフの言葉で強調されている。

フロースガールは自らデンマークを支配して50年と述べている (1769b 行) が、この時の彼の年令は後年ベーオウルフがイェーアタスを治めて50年経て火龍と闘った年令とほぼ同じであろうと推測される。この点でも両者の対照は著しいものがあるが、後で触れることにする。その代わり彼には作中人物の中で、神の慈悲を称える言葉を最も多く吐かせ、またあの有名な説教 (1724b-68b 行) を言わせたりして、彼に聖職者的性格も与えている。いずれにせよ詩人が登場人物にもグレンデル退治の出来ないフロースガール王をそのことで非難させまいとしているのは、グレンデルを退治したベーオウルフをデンマークの武士たちは賛美しながらも「彼らは実際、彼らの親愛なる主君 (H) を少しも非難しなかった」(862 行) という詩人の言葉からも明らかである。

フロースガール王には二人の王子がいるが、いずれもまだ弱年であることは王妃ウェーアルホセーオウの言葉から分かる。彼女はグレンデル退治

の戦勝の祝賀会で夫の国王の亡きあと、息子らに国土と国民が譲られることを願う余り、夫の甥のフローズルフ Hrothulf と、夫が養子にしたというベーオウルフに一抹の警戒心を見せる。この甥のフローズルフほど不気味な存在はない。彼はヘオロトの宴会では常に国王フロースガールの隣に座している筈である（1163b–64a 行）が黙り役で一言も口をきかない。『ベーオウルフ』では両者は「その時はまだ彼らの友情は固く、それぞれ相手に対し誠実であった」（1164b–65a 行）と悪い結果が暗示されているように、フローズルフがフロースガールの王子から王位を簒奪するのである。北欧伝説ではフローズルフはロルフ・クラーキー Rolf Kraki として登場し、東ゴート王国のテオドリック Theodoric やブリテン王国のアーサー Arthur のように名王として描かれている。そのフローズルフという、グレンデル退治のチャンピオンとしてデンマークの宮廷の中で最もふさわしい人物に悪役を割当て、国の危難を救わず腹黒く王位を狙う人物に仕立てたのは『ベーオウルフ』詩人の意図だったのかもしれない。

　フーロスガール王の足元には顧問官のウンフェルスがいる。彼はベーオウルフの歓迎の宴もたけなわのとき酒に酔って客を誹謗する（506a–28b 行）。彼は自分より大きな名誉を得ようとしている勇者に嫉妬から悪意を剥き出しにして、宮廷作法を破った唯一の人間なのだが、ある意味で彼は正直に、デンマークの宮廷全体が感じている苛立ちと面目の失墜を表現したのである。デンマーク王朝の5代目にしてフロースガール王の宮廷は繁栄の絶頂を迎える。四隣の征服、黄金の館ヘオロトの建設、そこでの宴会、その席での高価な宝物の授受、固く結ばれた主従の絆、勇気と儀礼の尊重といった理想的武士社会を実現する。それも束の間、グレンデルの来襲占拠に遭い、彼を排除するチャンピオンが自国から出ず、他国の勇士の援助を得たことをきっかけに、フロースガールの宮廷に近未来の崩壊につながる衰退（デカダンス）が始まっていたことを伝えるのが第1部の詩人のメッセージなのである。[3] これまでは第1部のフロースガールを通して「王」たるものの本質を探った。次に第2部のベーオウルフを中心に「英

雄」たるものの本質を探り、一個の人間の中で「王」と「英雄」がどう対立し合って両立し得ないのかを見てみたい。

第2部のイェーアタスの老いた国王となったベーオウルフを第1部の若武者の彼と比較しても、立場、地位、年令が大きく変わったにもかかわらず、役の性格、勇気、そして恐らくは体力も、要するに彼の持つ資質の全てが変わっていないのには驚かされる。国土を火焔で荒らす火龍との対決を決意したベーオウルフは完全に若き日の英雄の自分に立ち返っている。龍との闘いを前にして述べる豪語を見てみよう。「今もわしは年老いた国民の保護者として闘いを求め、武勲をたてることを望んでいる」(2512b–14a 行)。「もしわしにわしが以前グレンデルと闘った時のように、その怪物に対し他の方法で、手で掴みかかることが立派にできると分かっていれば、今もわしは剣を、武器を龍には携えて行きたくない所だ」(2518b–21b 行)。「怪物に対し力を振るい武勇を行うことは、わし以外の誰にもできぬことだ」(2533a–35a 行)。ここで述べていることは国を外敵から護り、できれば素手の握力で闘いたいこと、一騎討ちをすることなどである。これと同じ英雄精神を若きベーオウルフはフロースガールへの来訪の挨拶やグレンデル親子との闘いを前にしての豪語ですでに述べている。例えばフロースガールへの挨拶ではグレンデルに対し一騎討ちで闘い、相手が使わない武器や楯は自分も使わずにフェアプレイで臨み、命を賭けて闘うが生死は神の裁きに委ねると。この最後の事に関してはウンフェルスへの釈明の中で、冬の荒海で海獣と格闘した時これらを剣で屠(ほふ)り、翌朝には日も差し海も静まり陸地が見えたことに言及し「勇気を失わぬ者を運命はしばしば救ってくれる」(572b–73b 行) と述べ、さらに広間でグレンデルの来襲を待って寝床につく部下に短い豪語をして、「勝利の栄光は賢明な神が適当と思われる側に判定なさる」(685b–87b 行) と述べる。さらにまたグレンデルに致命傷を負わせながらもヘオロトで倒せなかったことについて「神が望まれない時には奴の逃走を妨げられなかった」(967a–68a 行) と

述べ、勝敗と生死を運命に委ね、神の意志に従うという彼の信条を吐露した。

　ベーオウルフの真の英雄たるゆえんは有言実行、豪語したことを、死を恐れず実行した点にある。彼は闘いを前にしていつも死を覚悟する。グレンデルとの闘いを前にして彼はフロースガール王に、もし自分が戦死することになったら、自分の鎧、祖父のフレーゼル Hrethel 王の遺品で名工ウィーランド Wieland の作なる最高の戦衣を故国のヒュエラーク Hygelac 王のもとに送ってほしいと頼む（452a–55a 行）。由緒ある名品の武具や武器は持ち主の命に次いで大切なものである。この言葉には死の覚悟のみならずヒュエラーク王への血のつながりからきていると思われる私淑ぶりと、フロースガールへの一抹の警戒心が読み取れる。グレンデルの母親との闘いを前にしたスピーチではフロースガールに対し、もし自分に万一のことがあったら私の父として、後に残った自分の家来たちを宜しく、また自分が貰った宝の品々をヒュエラーク王に送ってほしいという主旨のことを述べ後事を託す（1474a–83b 行）。ここはベーオウルフ自身が先の養子縁組に言及する唯一の箇所だが、遺言をするのに、この関係を持ち出して「父」としての義務感に訴えたところに、彼のフロースガールに対する警戒心が薄らいでいないのが読み取れる。

　彼が闘う怪物は順次手強くなっていく。勝利への困難度が増していく。第1部では死の覚悟の背後に実際には死の予感は漂っていない。しかし第2部ではそこに死の予感が入ってくる。例えば詩人は彼の死の予感をこう心理描写している。「彼の心は悲しかった、動揺し死を覚悟していた、運命はまぢかに迫っていた」（2419b–20b 行）。また彼自身も龍との闘いを前にした最後のスピーチで家来たちにこう述べる。「わしは勇気をもって黄金を得ようと思う、さもなくば戦が、恐ろしい致命的な災いがお前たちの主君（の命）を奪うだろう」（2535b–37b 行）。「黄金を得ようと思う」は「龍を退治しょうと思う」と同義である。龍は宝を守っており、龍を退治することは武勲の名誉とその宝をも手に入れることである。現代人の感覚

からはベーオウルフの龍退治から得られる名誉と龍の財宝への執着が共に強すぎるため、そこにキリスト教的解釈も加わって、晩年彼は傲慢と貪欲の大罪を犯した、とする見方が多いが、筆者はこの見方を取らない。作中人物も作者もこの点からはベーオウルフを批判してはいないし、北欧伝説の証拠（エッダやサガ）からも、名誉と宝の獲得を理想とする古ゲルマンの価値観はここでも揺るぎないものだからである。

　ここで第２部最大の問題が生じてくる。ベーオウルフのような英雄王が倒れた時その国はどうなるのかという大問題である。ベーオウルフ自身その生涯を回想して、「フレーゼル王が亡くなったとき、スウェーデンとイェーアタスとの間に敵意と争いが、激しい戦の憎しみが起こったのだ」（2472a–74b 行）と述べているが、国王の死が他国の侵略を招くきっかけになることを重々承知していることを窺わせる言葉である。火龍を退治しなければ国土が焼き払われるかもしれない。害をなした怪物には復讐しなければならない。龍を倒せる力のある者といえば自分以外にはいない、それに龍を倒せばその財宝も手に入る、という状況であるとすれば、彼は武勲の名誉を求めて闘わずにはいられない「英雄」の本能ともいうべきものが「王」としての配慮に優先するのである。ベーオウルフを助けて龍に止めを刺した若武者ウィーラーフ Wiglaf は、敵前逃亡し戦いが終わってから出てきたベーオウルフの家来どもを、主従の信義を破った忘恩の輩と叱責して、国王の戦死を砦に伝えるよう伝令を出す（2864a–92b 行）。

　この名もなき伝令の伝言内容はウィーラーフの発言の続きと解せる。彼は国王の死があまねく知れ渡れば、まずかつてヒュエラーク王が攻めたことのあるフランク人およびフリジア人との間で戦いが再び起こることを予言する。次に伝令はイェーアタスとスウェーデンとの３代に及ぶ争いの歴史を振り返り、新たな争いが必ず始まることを暗示する（2900a–3007a 行）。ウィーラーフは暗にベーオウルフを非難しているとも受け取れるコメントを述べて、「我々に起こったように、一人の意思によって多くの貴族がしはしば悲惨に耐えねばならなくなるものだ」（3077a–78b 行）と述べるが、

続けて言う「愛する王者に龍を攻めるべきではないと忠告して説得できなかった」という主旨の言葉（3079a–81b 行）には非難より後悔の念が感じられ、更に続けた「王は自分の高貴な運命をまっとうされたのだ」（3084a 行）という半行には諦めさえ感じられるのである。

　こうしたウィーラフや伝令が示した過去から未来を、原因から結果を予測する能力は王の知恵ともいうべきものであり、この知恵がフロースガールには備わっていたが、ベーオウルフには欠けていたと言える。フロースガールはグレンデルと闘わないことで、言わば待ちの政治でより大きな危機を回避したのであるが、このようなことはベーオウルフには到底できないことである。次のエピソードも両者の違いを鮮明にする。ベーオウルフはヒュエラークに語った帰国報告の中で我々にも初耳の事柄、ヘオロトの酒宴の席にビールのコップを運んでいたフロースガール王の娘フレーアワル Freawaru に触れ、彼女はヘアゾバルダン Heathobardan の王インゲルド Ingeld との間で和平の証として結婚の約束ができているが、自分はこの和平はうまく行かないと思う（2020a–31b 行参照）と予言して、政略結婚で和平の策を弄しても結局は無駄になることを暗示しているが、彼の予想が的中してヘオロトはインゲルドによって焼討ちを掛けられ焼失するのである（82b–85b 行）。フロースガールは計算し策を弄し国家の存続を計った。ベーオウルフは直情径行で武勲と、死後に残す武人の誉れを重んじた。国民を愛する気持ち、贈り物に物惜しみしない態度は両者に違いはなかったであろう。

　そろそろ結論を述べなければならない。簡単にいえば第１部ではフロースガールを通して「英雄性を欠いた典型的な国王像」が描かれ、第２部ではベーオウルフを通して「国王の知恵を欠いた典型的な英雄像」が描かれている、ということである。武士社会においては王と英雄（そして両者の関係）というテーマは実生活上切実で重大な問題であったと思われる。どんな王を戴くか、どんな英雄を仲間に持つかで武士たちの、ひいては国家の命運が左右されたからである。だがこのテーマは単に実生活との関連で

重要であるばかりでなく、武士たちにとっては空想の物語世界、いわば文学的想像力とエンターテインメントの世界においても最も関心の深いものだったのだ。

　そういう社会が生み出した叙事文学、特に叙事詩にはこのテーマが多かれ少なかれ取り上げられているのは至極当然と言えよう。例えば『イーリアス』のアガメムノーン王と英雄アキレウス Achilles であり、『ローランの歌』Chanson de Roland のシャルルマーニュ大帝と英雄ローランである。いずれにしろ「王」と「英雄」は本来二律背反するものである以上、どんなに人がそれを理想として望もうとも両者を一身に兼ね備えることは不可能なのである。とすれば、ベーオウルフは気性も変わらず性格の展開もないのに、ブローダー Brodeur の、第1部の理想的勇士から第2部の理想的な王への進展が見られる、という主旨の見解[4]はナンセンスになるのである。最後に『ベーオウルフ』詩人の視点、内なる声について一応の答えを出しておかねばならない。詩人はフロースガールにしろベーオウルフにしろ危機を迎えた者には同情的な書き方をして、彼らの体面を損なうような書き方はしない。だがフロースガールが国王としてどんなに優れていようと、またベーオウルフが英雄としてどんなに優れていようと、彼らも彼らを戴く国も滅んでいく、この滅びのダイナミズムを登場人物よりも一段と高い視点から見下ろし、運命と神の視点に限りなく近づいて行っているのではあるまいか。

註

(1) 原文は省略した。訳文は筆者の「対訳」版（参考文献参照）の訳文をアレンジしたものである。
(2) 『ベーオウルフ』の反復構造は Bartlett 1935 は *Rhetorical Patterns*、Leyerle 1967 は *Interlace Structure*、Hieatt 1975 は *Envelope Pattern*、Niles は *Ring Composition*、Robinson は *Appositive Style* とそれぞれ呼んでいる。
(3) 苅部恒徳 1988 年参照。
(4) Brodeur 1959, p. 74 参照。

参考文献

Bartlett, Adeline C. 1935. *The Larger Rhetorical Patterns in Anglo-Saxon Poetry*. Columbia U. P.

Brodeur, Arthur G. 1959. *The Art of Beowulf*. Univ. of California P.

Hieatt, Constance B. 1975. 'Envelope Patterns and the Structure of *Beowulf*'. *English Studies in Canada*, 1 (1975), 249–65.

苅部恒徳 1988 年。「Beowulf の栄光の陰画としてのデネ王国の滅亡」（忍足欣四郎ほか編『寺澤芳雄教授還暦記念論文集』研究社、328–35 頁）

苅部恒徳（訳）。1989–91 年。「対訳『ベーオウルフ』」（新潟大学教養部研究紀要第 20、21、22 集）

Leyerle, John. 1967. 'The Interlace Structure of *Beowulf*.' *Univ. of Toronto Quarterly*, 37 (1967), 1–17.

Niles, John D. 1983. *Beowulf: the Poem and its Tradition*. Harvard U. P.

Robinson, Fred C. 1985. *Beowulf and the Appositive Style*. U. of Tennessee P.

［本章は安藤弘編『叙事詩の世界』（新地書房、1992 年）、第 8 章「『ベーオウルフ』における「王」vs「英雄」」の第 2 部、269–82 頁より一部修正の上再録したものである］

第3章

『ベーオウルフ』の「鏡像構造」

　章題で「鏡像構造」と言っているのは、『ベーオウルフ』の第1部と第2部との関連と全体の構造について考えているときに浮かんできた言葉である。我々が鏡を見るとき実像とそれが鏡に映った鏡像では左右が逆に映るので、実像と鏡像との間には共通性・類似性と同時に、対照性・対比性が存在すると言える。また、もう一つ鏡を用いて合わせ鏡をすれば、鏡像の裏側も映し出され立体像を見ることが出来る。私はこの作品の第1部の登場人物と第2部の登場人物や出来事との間にあたかも合せ鏡をしたように、二つの像が互いに照応・対照し合って全体が立体化され、作品のもつ意味が広く深く見えてくる仕掛けがありそうだと考え、その仕掛けを「鏡像構造」と名づけた。『ベーオウルフ』批評では、まだ用いられていない用語だと思う。もちろん鏡像構造があるといっても、第1部の登場人物や人間関係や出来事のすべてが第2部に対応部分があるとか、あるいはそれらの対応の仕方がすべて物理的・機械的精密さで行われているとかではなく、大きな、ゆるい対比・反映構造として認められるということである。これを明らかにするのが本論の趣旨である。

サットン・フー舟墓出土品の黄金のバックル。豪華な組み紐文様をもつ。大英博物館所蔵

© Copyright The Trustees of the British Museum

※ 『ベーオウルフ』の構造についての議論

　本論に入る前にこれまで提案された構造についての議論のうち、筆者に興味があるものをいくつか見ることにする。この作品を解明するには各論者は構造についてしっかりとした自分の見方を持つことが必要である。先ず筆者の関心を一番引いたのはレイアール Leyerle の唱えた「組み紐文様構造」interlace structure[1] である。この構造原理は、この作品に数多く見られる隠喩 allusions、挿話 episodes、脱線 digressions などをメインプロットやサブプロットに有機的に結び付け、サットン・フーの出土品のあの黄金のバックル（左図参照）に描かれたような、龍か蛇が身をもつれ合わせながら口から尾まで長々と１巡するケルト由来の視覚芸術の文様である「組み紐文様」が文学作品の『ベーオウルフ』の構造に適用されていることを明らかにした、きわめて有効な原理だと思われる。この原理は作品全体に適用できるのであるが、筆者の言う「鏡像構造」論はそれとは異なるレヴェルにおいて、即ち、主として第１部と第２部の対比といったレヴェルでの構造原理として提案されているものである。

　次に興味をひかれる構造論は、大は冒頭のシュルド Scyld の船葬と最後のベーオウルフ Beowulf の火葬やベーオウルフの怪物たちとの３度の闘いから、小は語句のレヴェルに至るまで、類似の事象や語句の反復による繰り返しパターンに対し、ナイルズ Niles が名づけた「円環構成法」ring composition[2] である。彼によればグランド・デザインは、(A) 導入部、(B) グレンデルとの闘い、(C) 祝宴、(D) グレンデルの母親との闘い、(C) 祝宴、(B) 龍との闘い、(A) 終結部のような ABC…X…CBA の円環パターンになっているというのである。レイアールの説もナイルズの説も、この作品の物語構成について解明の方法を示唆してくれるが、最も重要な構造とみなせる第１部と第２部との関係に焦点を当てていない憾みがある。

トルキーン Tolkien はあの有名な論文で、「この詩は本質的には（相異なるものの）平衡、即ち初めと終わりを対照させたものである。最も単純に言えば、偉人の生涯における二つの（重要な）時期、即ち上昇期と下降期を対照させて描いたものである――若さと老い、最初の偉業と最後の死との、古くからある非常に感動的な対比を入念に作品化したものである」(3)と述べている。このような神話的・象徴的な構造解釈は 1936 年当時にあってはきわめて新鮮なもので、『ベーオウルフ』の文学批評への道をひらいたものとして高く評価されるべきものであり、後の批評家に与えた影響も大きく、ブローダー Brodeur(4) もその説をそっくり受継いでいる。しかし今日の我々はこの解釈を頭に入れて作品を読んでみると当然のことながら疑問が沸いてくる。作品が 2 部構成になっているのは単に「英雄の生涯における青春期と老齢期の対比」のためばかりではないだろう。それでは余りに単純に割切り過ぎて、切り捨てられてしまうものが多すぎはしまいか。そもそも「若さ」と「老い」の本質的な対比があるのか。

　トルキーン説に対する批判はサイサム Sisam の『「ベーオウルフ」の構造』(5) によってなされている。その批判は 2 点からなるが、批判の 1 点目は、第 1 部ではフロースガール Hrothgar とベーオウルフとの間には実際の年齢の違いよりも、前者の戦う力の喪失と後者のその自信の持続に真の対照があるのであり、第 2 部ではベーオウルフの老齢とウィーラーフ Wiglaf の若さが対照されているけれども、各々につけられた old と young はこの 2 人についての決まり文句 stock epithet にすぎず実質的な意味はないと考える。しかし、トルキーンは "a contrasted description of two moments in a great life" と、ほぼ主人公ベーオウルフの生涯における若武者の時と老王の時の対比を言っているのであって、サイサムが批判しているように、第 1 部のフロースガールの老齢とベーオウルフの若さ、第 2 部のベーオウルフの老齢とウィーラーフの若さの対照などを言っているのではないのである。サイサムはこの点少し誤解しているようであるが、老若の対比と言えばベーオウルフのみにとどまらないと思うのは、サイサムばかりではな

く筆者も同様である。その上で老若の対比はあまり意味を持たないと考えるのである。サイサムは前掲書の24頁で「若さと老齢がこの詩の二つの部分を強固に結び付けているとすれば、主人公ベーオウルフが第1部で若く第2部で老齢であるだけでは十分ではない、何故なら年齢の変化によって彼の怪物と闘う力の変化が示されなければならないのに、彼は最初から最後まで変わらない」と批判している。

　トルキーンは先の引用（註3参照）の中で、この作品は、事が起こった順序通に (sequentially) 話を進めて行く "narrative poem" ではないと宣言し、中間を抜いて初めと終わりに焦点を当て、"This simple and *static* structure" と言っており、静的な2時点に起こったことを叙述した単純な構造として捉えていることは明らかである。筆者はさらに一歩進め、発想を変えて、2時点ではなく2面として、しかも一人の人物の2時点ではなく、組み合わされた2人の人物の2面構造と考えた方がよいのではないかと思う。そしてこの2面構造を私は「鏡像構造」と名づけ、有力な構造論として提案するものである。鏡像の特徴は、共通したものが左右逆様に、合わせ鏡をした場合は前面と背面に配置され、類似と対比が立体的に生み出されるところにある。この作品に適用すれば、例えば、第1部のフロースガールとベーオウルフという老王と若武者の組み合わせが、第2部ではベーオウルフとウィーラーフ Wiglaf という同じ老王と若武者の組み合わせという年齢的な点では共通しているが、性格的には対照的なのである。

鏡像構造 (mirror-image structure)

　第1部は周知のごとくデネ Dene の国が舞台であり、年老いた王フロースガールとイェーアタス Geatas の若き英雄ベーオウルフが主な登場人物であり、ベーオウルフによる怪物グレンデル Grendel とその母親退治が表面の物語、つまりメインプロットになっており、裏面に未来のデネ王国の

衰亡がサブプロットとして暗示されるという構造を取っており、これらを含んだ第1部のほぼ全体が1枚の大きな鏡像をなしていると考えられる。次に第1部と第2部との連結部がくる。この部分はベーオウルフがデネの国を叔父のヒュエラーク Hygelac 王に報告する場面だが、普通は第1部に入れている。この部分をどう扱うかも一つの問題である。

　ここでは、ベーオウルフがその帰国報告の中で、我々には初耳の事柄、即ちヘオロト Heorot での酒宴の席にビールのコップを運んでいた、フロースガール王の娘フレーアワル Freawaru に触れ、彼女がヘアゾバルダン Heathobardan の王子インゲルド Ingeld との間に和平の証として結婚の約束ができているが、自分はこの和平はうまくいかないと思うと述べて、その破綻を想像すること（2020a–69a 行）で、第1部のデネの衰亡という未来の歴史 future history につながると言える。他方、場面はすでに第2部の主要な舞台であるイェーアタスに移った以上、そこからを第2部の始まりと考えられなくもない。第1部では言及されるだけのヒェラークが生身で登場しベーオウルフと主従と血縁の誓いを新たにするし、第2部のサブプロットになるイェーアタス国とスウェーデン国 Sweon との抗争の歴史の一こまを暗示して、詩人は突如ヒュエラークのヴァリエーションとして、「（スウェーデン国王）オンゲンセーオウの殺害者」 bonan Ongenþēos (1968a) という表現を用いている。このようにこの部分は前後と関連するとともにやや独立したイェーアタスの宮廷の場面を持つわけであるから、第1部と第2部との連結部であるとともにインテルメッツォ intermezzo とも言うべき1枚の小さな繋ぎの鏡面をなしているとも言えるだろう。

　第2部では老国王ベーオウルフと若武者ウィーラーフによる火龍退治がメインプロットになり、イェーアタスとスウェーデンとの3代に及ぶ抗争 feud がサブプロットになり、ベーオウルフの死を契機にこの抗争が再燃し、イェーアタスが滅亡するであろうという、過去と現在の当然の帰結として未来の歴史が予想されている。このように第2部はベーオウルフとウィーラーフの龍退治とベーオウルフの死およびイェーアタスの未来をお

びやかす過去の歴史を画面いっぱいに描き込んだ、大きな1枚の鏡面と考えられる。

　先程、鏡像は左右逆様の像であると述べたが、次に第1部と第2部との2枚の画面が互いにいかに対照をなしているかを少し詳しく見ていきたいと思う。第1面での何といっても大きな存在はフロースガール王である。彼は栄華の極みの証としてヘオロト Heorot を建てた喜びと、グレンデル Grendel の来襲と占拠によるそれ以後の苦しみを経験している国王である。だからベーオウルフの救援の来訪を聞いたとき、彼は内心の嬉しさを隠しきれず、我々聴衆には唐突に（これは詩人のよく使う allusion の技巧の一種でもあるのだが）「わしは知っている　幼い頃の彼を」'Ic hine cūðe cniht-wesende' (372) と述べて彼との旧知の関係を暗示し、概略「グレンデルのテロに対抗すべく30人力の勇士を神が恩寵として我らのところに送られたのだ。彼の勇敢さに対し宝を与えるつもりだ」(379b–85b 行参照) と一気に述べる機転の速さと、ベーオウルフの一命を賭して闘う覚悟を語る挨拶の言葉に応えて、ベーオウルフの父に恩義を売ってあることを告げる（459a–72b 行参照）抜け目なさに筆者は老獪さみたいなものを感じる。

　このような用意周到な両者の関係設定によってベーオウルフに代理復讐をしてもらっても、デネとフロースガールの名誉と威信は一応保たれるのである。この両者の関係は実は次に一層強化される。ベーオウルフがグレンデルを見事に負かして、もぎ取った片腕がヘオロトの破風に高々と飾られるのを見てフロースガールは神にこの奇跡を感謝するとともに、ベーオウルフを義理の息子として受け入れたいと養子縁組 adoption を告げる（946b–49a 参照）。フロースガールはこうして代理戦士を受け入れる態勢が十分出来たと言える。その夜、思いもかけないグレンデルの母親の復讐に遭い、重臣アシュヘレ Æschere が犠牲者になったのを悲しんだ彼は翌朝呼出したベーオウルフに躊躇なく「今やよき助言（救い）は／再び君のみが頼りだ」'Nu is se ræd gelang / eft æt þē ānum.' (1376b–77a) と言えるのである。

　建前から言えば外敵から自国を守り、殺された味方の復讐をするのは国

王やその一族および重臣の義務である。しかしデネ宮廷の国王は年を取りすぎ、王子たちは弱年で無理だとしても、甥のフロースルフ Hrothulf も重臣ウンフェルス Unferth も誰一人グレンデルに挑戦した形跡がないのは奇妙だが、フロースガールにはこの義務が果せぬことの非難が向けられないように詩人は細心の注意を払っている。フロースガールにはまず *gamol-feax* (608a) や *blonden-feax* (1594b, 1791a, 1873a) によって「髪白き」賢者のイメージを与えて、彼がもはや実戦には年を取りすぎていることを暗示している。しかし王位に就いて「50年」は、後年ベーオウルフが火龍と闘った年齢とほぼ同じであろうと推測される。その代わり彼には作中人物中、神の慈悲を称える言葉を最も多く吐かせ、またあの有名な説教 (1724b–68b 行参照) を述べさせたりして、彼に司祭的性格を与えている。ベーオウルフがグレンデル退治をした翌朝、家臣たちは喜んで瀕死の怪物が逃げ込んだ湖を見に行った帰り道に、ベーオウルフの偉業を口々に語った (857b–61b 行参照) と詩人は述べながらも、他方、「彼等は親愛なる主君を 少しも非難しなかった、／慈悲深いフロースガール王を、それは良き王だったので」*Nē hīe hūru wine-drihten wiht ne lōgon, / glædne Hrōðgār, ac þæt wæs gōd cyning.* (862a–63b) と付け加えなければならなかった背景を我々は考えざるを得ない。

　グレンデル親子の湖底の棲家からベーオウルフがグレンデルの首級と一緒に持ち返ってフロースガールに献じた古刀の柄(つか)を眺めながら彼は説教を始める。説教はまず傲慢の罪に落ちたヘレモード Heremod 王の故事を語り、次にいわば救国の英雄、凱旋将軍ともいうべきベーオウルフに、「傲慢など心に抱かぬように、／名高い武士よ！　お主の力の評判は／今一時である」*'oferhȳda ne gȳm, / mǣre cempa! Nū is þīnes mægnes blǣd / āne hwīle;* (1760b–62a) と戒める。確かに傲慢を戒め、世の無常を訴えるこのような説教は、今絶頂を極めている者にこそふさわしいとも言えるが、ベーオウルフは命を賭して得た勝利を少しも誇らず、デネの人々に代わって果たした復讐とそれによって得た当然の名誉に満足しているのであってみ

れば、この説教はいささか不当の感をまぬがれない。我が身の無力さをかこつ老王にとってこの若き英雄にどう対応したらよいのかは、内心かなり重大な問題であったのではないかと推測される。英雄の武勲には祝宴を開き、十分な宝をもって報い、偉業を称えると同時に、自分の屈辱感を隠して、いや忘れて王者の威厳を保ち、相手の上手(うわて)に立つには、若者に教訓を垂れ、息子として受け入れることしか残っていないのである。筆者はこのフロースガールの説教が本心や愛情によらない偽りのものだと言っているのではなく、自分の置かれた具合の悪い状況を無意識に修復する知恵が働いていることも否定しようもなく作品から読み取れるということである。

　この作品ではフロースガール王の不甲斐なさを「老い」の一点で言い訳をしている。詩人は帰国の途についたベーオウルフの一行を描写して「かくて航海中、フロースガールの贈り物は／しばしば賛美された……いずれの点でも非の打ちどころのない王だった、老いが彼から／力の喜びを奪うまでは」 þā wæs on gange　gifu Hrōðgāres / oft geahted;　þæt wæs ān cyning / æghwæs orleahtre,　oþ þæt hine yldo benam / mægenes wynnum, (1884a–87a) と述べ、帰国報告をするベーオウルフに「また時には再び始められた、　老いに縛られて／年取った武士は（失われた）青春を、戦さの力を嘆くことを」 'hwīlum eft ongan　eldo gebunden, / gomel gūð-wiga　gioguðe cwīðan, / hilde-strengo.(2111a–13a) と言わせている。このように第１部の鏡面では確かに、フロースガールの老いの無力さ・狡猾さとベーオウルフの若い力・素直さとが対比されているが、これだけではまだ平面的な対比である。

　次に第２部の鏡面を中心に見ていきたい。第１部および中間部の若き英雄と第２部の老いた国王になったベーオウルフを比較しても、立場・地位・年齢が大きく変わったにもかかわらず、彼の性格・勇気・体力、要するに彼の資質のすべてが変わっていないのには驚かされる。第２部で龍との闘いを前にして述べる豪語 boasting speech で「今もわしは望んでいる、／年老いた国民の保護者として、怨みを晴らし、／武勲をたてることを」

'Ic genēðde fela / gūða on geogoðe; gȳt ic wylle, / frōd folces weard fǣhðe sēcan, / mǣrðu fremman.' (2511b–14a) と述べ、続けて「今もわしは剣を携えて行きたくないところだが、／龍には武器を、もしわしに分っていれば／その怪物に対し　他の方法で／立派に手で掴みかかることが出来れば、わしが以前グレンデルと闘った時のように」 'Nolde ic sweord beran, / wǣpen tō wyrme, gif ic wiste hū / wið ðām āglǣcean elles meahte / gylpe wiðgrīpan, swā ic giō wið Grendle dyde.' (2518b–21b) と意中を語る。そして家来たちに対して「お前たちの仕事ではない／誰にも出来ぬことだ、わし以外の／怪物に対し力を振い／武勇を行うことは」 'Nis þæt ēower sīð, / nē gemet mannes, nefne mīn ānes, / þæt hē wið āglǣcean eafoðo dǣle, / eorl-scype efne.' (2532b–35a) と豪語する。ここで述べていることは武勲をたてること、出来れば素手で闘いたいこと、一騎討ちをしたいことで、これらは第1部でグレンデルとその母親との闘いを前にした豪語「そして今度はグレンデルに対し／あの怪物に対し　一人でことの決着をつけたいのです」 'ond nū wið Grendel sceal, / wið þām āglǣcan āna gehēgan.' (424b–25b)、「我は決して自らを　戦の技の強さにおいて／グレンデルが自らを思うより　劣るとは思いませぬ／それ故我は彼を剣で　殺そうとは思いませぬ」 'Nō ic mē an here-wǣsmum hnāgran talige / gūð-geweorca, þonne Grendel hine; / forþan ic hine sweorde swebban nelle,' (677a–79b)、「我は（名刀）フルンティングで我がために／名声を勝ち得るか、はたまた死が我が命を奪うかです」 'ic mē mid Hruntinge / dōm gewyrce, oþðe mec dēað nimeð!' (1490a–91b) と精神において同じなのである。彼は闘いを前にしていつも死を覚悟する。

　しかし死の覚悟は同じでも第2部ではそこに死の予感が入ってくる。たとえば詩人は彼の心理を描写して「彼の心は悲しかった／動揺し死を覚悟していた、　運命はまぢかに迫っていた」 Him wæs geōmor sefa, / wǣfre ond wælfūs, wyrd ungemete nēah, (2419b–20b) と語っている。また彼自身も龍との闘いを前にした最後のspeechで家来たちに「さもなくば戦が奪

うだろう／恐ろしい致命的な禍が、お前たちの主君を！」'oððe gūð nimeð, / feorh-bealu frēcne　frēan ēowerne!' (2536b–37b) と最期を予感する。ここで第2部最大の問題が起こってくる。英雄王が倒れたときその国はどうなるのか、である。この点を（ウィーラーフと彼の分身とも言うべき伝令の発言は後で論ずる）ベーオウルフ自身その生涯を回想したとき、「かくして敵意と争いが起こったのだ、スウェーデンとイェーアタスの間に……、／激しい戦の憎しみが、フレーゼル Hrethel 王が死んだとき」'þā wæs synn ond sacu　Swēona ond Gēata / ……, / here-nīð hearda,　syððan Hrēðel swealt.' (2472a–74b) と言っているように、国王の死が他国の侵略を招くことを重々承知していることを窺わせる。火龍を退治しなければ国土を焼き払われて国が滅ぶかもしれない、害をなした怪物には復讐しなければならない、龍を倒せる力のある者といえば自分以外にはいない、それにあわよくば龍の守っている財宝も手に入るかもしれない、という状況であるとすれば、彼には武勲の名誉を求めて闘わずにはいられない英雄の本能ともいうべきものが優先するのである。

　これと対照的に伝令はイェーアタスとフリースランドやスウェーデンとの過去の戦の歴史を長々と振り返り、現実問題として近い将来また戦が起こることを予告している。同様にウィーラーフの暗にベーオウルフ非難とも受取れるようなコメント「しばしば多くの貴族が　一人の意思によって／悲惨に耐えねばならない、　我々に起こったように」'Oft sceall eorl monig　ānes willan / wræc ādrēogan, swā ūs geworden is.' (3077a–78b) は後に続く「愛する主君に、龍を、あの黄金の番人を／攻めるべきではないと忠告して　説得できなかった」'Ne meahton wē gelǣran　lēofne þēoden, / rīces hyrde　rǣd ǣnigne, / þæt hē ne grētte　gold-weard þone,' (3079a–81b) と述べる言葉には非難よりも後悔の念が感じられるのである。こうしたウィーラーフや伝令の過去から未来を、原因から結果を予測する現状認識は、いわば一国を治める王の知恵とでも言うべきもので、これは第1部のフロースガールに備わっていたものである。この王の資質という観点から見れ

ば、第2部の若いけれどもウィーラーフが第1部のフロースガールに、思慮深さと分別において性格的には対応していると言えるのではなかろうか。

✣ 結論

　そろそろ結論を述べなければならない。簡単に言えば第1部のフロースガール王と第2部の老王ベーオウルフは国王という同じ立場の鏡像関係に置かれている。国王という立場は共通だが鏡像が左右完全に入れ替わっているように対比されているのである。この対比は英雄性を欠いた典型的な国王像としてのフロースガールと国王の知恵・分別を欠いた典型的な英雄像としてのベーオウルフである。もう一つの鏡像関係にあるのは第1部での若き英雄ベーオウルフと第2部での若武者ウィーラーフである。武勇に優れた若者像としては一つの像に見えるが、まったく逆の対照的な性格の鏡像を示していると言える。武士貴族社会では、王と英雄そして両者の関係というテーマは切実な重大な問題だったと想像される。どんな国王を戴くか、またはどんな英雄が存在するかで武士たちの、ひいては国家の命運が左右されたからである。そういう社会が生み出した叙事文学、特に叙事詩にはこのテーマが多かれ少なかれ取り上げられるのは至極当然と言えよう。例えば『イーリアス』 Iliad のアガメムノーン Agamemnon 王と英雄アキレウス Achilles、『ローランの歌』 Chanson de Roland のシャルルマーニュ Charlemagne 大帝と英雄ローランがその代表例である。どんなに人がそれを理想として望もうとも、知恵のある国王と武勇に秀でた英雄を一身に兼備えることは不可能なのである。それ故『ベーオウルフ』では無論『イーリアス』でも『ローランの歌』でも王と英雄の組み合わせになっているのである。だとすれば、ブローダーの、ベーオウルフが the ideal champion から the ideal king になったという見解[6]はナンセンスというこ

とになる。彼が鏡像構造に気づいていない証拠である。フロースガールの悲劇といったものがあるとすれば（悲劇というよりむしろ必然なのだが）、それは最も必要としたときに英雄の力を欠いたことであり、ベーオウルフの悲劇といったものがあるとすれば、それは最も必要としたときに国王の知恵を欠いたことにある。これらのことはすでに第2章で述べたことであるが、ここでも強調しておきたい。

　国王と英雄の関係は『イーリアス』ではアガメムノーン王と英雄アキレウスの、『ローランの歌』ではシャルマーニュ大帝と英雄ローランの関係がいずれも平面的であるのは、鏡像構造をもたないからである。だが『ベーオウルフ』では第1部でフロースガール王と英雄ベーオウルフ、第2部では国王ベーオウルフと若武者ウィーラーフのそれぞれの組み合わせで、国王の鏡像と英雄の鏡像が描かれることによって同じ立場の者の対比が立体的に浮かび上がる構造を持っている点がこの作品の大きな特徴であり、それによって人物や主題を解釈すべきであると思う。最後に、鏡像構造は細部にまで見られるのであるが、本章で論じた主要なものを次の表に纏めてみた。

	Part I (1–1904)	Linking part (1905–2199)	Part II (2200–3182)
Scene	Dene	Dene / Geatas	Geatas
Characters & their relation	Hrothgar, old king of Dene Beowulf, young hero of Geatas (Adoption)	Hygelac, middle-aged king of Geatas Beowulf, young hero of Geatas (Uncle amd Nephew)	Beowulf, old king of Geatas Wiglaf, young hero of Geatas (?Adoption)
Main plot	Beowulf's fight with Grendel and his dam	Beowulf's report of his adventure in Dene	Beowulf's fight with Dragon
Subplot	Past history of Dene Future history of Dene	Future history of Dene	Past history of Geatas Future history of Geatas

註

(1) John Leyerle. 1967. 'The Interlace Structure of *Beowulf*', *University Toronto Quarterly*, Vol. 37, No. 1 (Oct., 1967), 1–17.
(2) Niles, John D. 1979. 'Ring Composition and the Structure of *Beowulf*', *PMLA*, 94 (1979), 924–35.
(3) We must dismiss, of course, from mind the notion that *Beowulf* is a 'narrative poem', that it tells a tale or intends to tell a tale sequentially. The poem 'lacks steady advance': so Klaeber heads a critical section in his edition. But the poem was not meant to advance, steadily or unsteadily. It is essentially a balance, an opposition of ends and beginnings. In its simplest terms it is a contrasted description of two moments of great life, rising and setting; an elaboration of the ancient and intensely moving contrast between youth and age, first achievement and final death. It is divided in consequence into two opposed portions, different in matter, manner, and length: A from 1 to 2199 (including an exordium of 52 lines); B from 2200 to 3182 (the end). There is no reason to cavil at this proportion; in any case, for the purpose and the production of the required effect, it proves in practice to be right.

  This simple and *static* structure, solid and strong, is in each part much diversified, and capable of enduring this treatment. (J. R. R. Tolkien, '*Beowulf*: the Monsters and the Critics', *The Proc. of British Academy*, Vol. 22 (1936), 289–30.
(4) What determined that choice was evidently his judgment as an artist—a sound judgment; for to have treated these intervening events at length would have been to destroy his calculated balance, the exemplification of the heroic ideal in its two contrasted and most meaningful stages—first and last—of his heroic life. We are forever indebted to Tolkien for his perception of this. The poet wisely elected to subordinate, but *not* to sacrifice, such record as tradition gave him of his hero's exploits in the wars of peoples, and to use as his major theme the victories over monsters too formidable for any other champion to encounter. Through these he has revealed to us the matchless young hero, wise and loyal, brave and strong, beyond the measure of other men; and on the other hand, the old man still mightiest, facing certain death with unshrinking fortitude to save his people from the fury of the dragon. The sacrificial and triumphant death of Beowulf derives its meaning from this con-

trast. Had the poet stuffed his story with Beowulf's conquests of mortal foes, the incomparable "opposition of ends and beginnings" would have been lost. (Brodeur, *The Art of Beowulf*, p. 73)

(5) It is not clear what beginnings in the earlier part and what ends in the last part are opposed, or why Beowulf's rise to the throne should come in the last part. But time will be saved by concentrating on one of the pairs—youth and age.

In the earlier part of the story a distinction between the ages of Beowulf and Hrothgar is necessary: Hrothgar's greatness could not be maintained if he were fit to fight Grendel. 'Hampered by age he lamented the loss of his youth, of his strength in battle' (2111 ff., cf. 1885 ff.). Beowulf was confident in his strength (669 ff.). Really the contrast lies in this. Hrothgar's age is emphasized, not Beowulf's youth. 'Young' is applied to him only once, when Hrothgar says he has never heard one so young speak more wisely (1843). In over two thousand lines this and Wealhtheow's use of *hyse* (1217) are the express sign that Beowulf is a very young man. Nor is he represented as untried before he fights Grendel. On the contrary, the poet introduces him as the strongest man alive (196 f.). Hrothgar had heard from across the seas that he had the strength of thirty men (377 ff.). Unferth knew of his swimming match against Breca, a prodigious feat even in his version. At the beginning of his first speech in Heorot Beowulf claims: 'I have undertaken many great enterprises in my youth' (408 f.), and goes on to say that the wisest of the Geats had advised him to make the expedition because they had experience of his powers—how he had punished the race of giants and killed sea-monsters in the dark. When he first appears in the story he is a confident and proved hero.

Within the last part there is a contrast between Beowulf's age and Wiglaf's youth, but the emphasis and purpose are different. For Wiglaf, 'young' is the stock epithet. The poet shows that when first achievement is in his mind he can express it: 'That was the first time the young warrior had to fight beside his lord' (2625 ff.). And, after the fight, Wiglaf says that it was 'beyond his powers' (2879). Beowulf is often described as old (*frod, gamol, har, eald, eald hlaford*), but without elaboration. The one express contrast between his age and his youth is not striking. There is no suggestion that age was a disadvantage in his fight with the Dragon—that he would have done better had he been younger. He still trusts to his own unaided strength (2540 ff.). The demonstration that no sword could bear the force of his stroke is reserved for this last fight (2684 ff.). The contest is beyond the power of any other man (2532 ff.).

To put my argument shortly—if the two parts of the poem are to be solidly bound together by the opposition of youth and age, it is not enough that the hero should be young in the one part and old in the other. The change in his age must be shown to change his ability to fight monsters, since these fights make the main plot. Instead, Beowulf is represented from beginning to end as the scourge of monsters, always seeking them out and destroying them by the shortest way. (K. Sisam, *The Structure of Beowulf* (Oxford U. P., 1965), pp. 23-24)

(6) Herein lies the only advance: in the first part of the poem Beowulf has been presented as the ideal retainer and champion; in the second, he is the ideal king. In his passage from the lesser role to the greater, his heroic virtues inevitably find larger, though similar, modes of expression. We do not see his temper change, or his character develop: we see them reveal themselves appropriately and consistently in every action and situation. (Brodeur, *The Art of Beowulf*, p. 74)

参考文献

Bonjour, A. 1970. *The Digressions in Beowulf.* (Medium Aevum. Monographs V)
Brodeur, A. G. 1960. *The Art of Beowulf.* Univ. of California P.
Chadwick, A. H. 1912. *The Heroic Age.* Cambridge U. P., 1912, repr.1967.
Chambers, R. W. 1921. *Beowulf: An Introduction to the Study of the Poem.* Cambridge U. P., 3rd edition with a supplement by C. L. Wrenn, 1959.
Irving, E. B. 1968. *A Reading of Beowulf.* Yale U. P.
Jackson, W. T. H. 1982. *The Hero and the King: An Epic Theme.* Colombia U. P.
苅部恒徳　1987年。「『ベーオウルフ』の中世的世界」新潟大学教養部『叙事詩研究』、23-31頁。
────　1988年。「ベーオウルフの栄光の陰画としてのデネ王国の衰亡」、*Philologia Anglica*『寺澤芳雄教授還暦記念論文集』研究社、328-35頁。
Klaeber, Frederick. 1950. *Beowulf*, 3rd ed. (Heath, 1950).
Leyerle, John. 1967. 'The Interlace Structure of *Beowulf*', *University Toronto Quarterly*, Vol. 37, No.1 (Oct., 1967).

Niles, John D. 1979. 'Ring Composition and the Structure of *Beowulf*', *PMLA*, 94 (1979), 924–35.
─────── 1983. *Beowulf: the Poem and its Tradition*. Harvard U. P.
Sisam, K. 1965. *The Structure of Beowulf*. Oxford U. P.
Tolkien, J. R. R. 1936. '*Beowulf*: The Monsters and the Critics', *The Proc. of British Academy*, XXII, 245–95. Oxford U. P.

［本章は日本中世英語英文学会第4回全国大会（1988年12月3日、於同志社大学）での発表原稿を一部修正の上再録したものである］

第4章

歴史・神話・伝説の総合体としての叙事詩 ―『ベーオウルフ』の場合―

✖ 古英語英雄叙事詩『ベーオウルフ』の成立年代とその特徴

『ベーオウルフ』*Beowulf* は1000年頃に古英語で書かれた唯一の写本(British Library所蔵、MS Cotton Vitellius A. XV) によって今日に伝わる。成立年代については7世紀中頃から11世紀初期まで諸説あるが、それは確たる証拠がないからである。しかし、ホメーロスHomerの『イーリアス』*Iliad* や『オデュッセイア』*Odyssey* およびウェルギリウスVirgilの『アエネーアス』*Aeneas* などギリシャ・ローマの叙事詩をのぞく、ヨーロッパ語 (European Vernaculars)による叙事詩では最も古いものである。ちなみに、古フランス語の『ローランの歌』*Chanson de Roland* は1050年頃に、古スペイン語の『エル・シード』*El Cide* は1140年頃に、古スラブ語の『イーゴリ戦記』*Slovo o Polku Igoreve* は1185–88年に、中高地ドイツ語の『ニーベルンゲンの歌』*Nibelungenlied* は12世紀末に、古ノルド語の『エッダ』*Poetic Edda* は1270年頃に、それぞれ成立したと考えられている。

『ベーオウルフ』の成立年代については、最近、キアナンKiernanは『ベーオウルフとベーオウルフ写本』*Beowulf and the Beowulf Manuscript* (1981) において集成写本学 (codicology) の立場から、写本年代を成立年代

と見る新説を出しており、ほかにもキアナンほどではなくても、成立をアングロ‐サクソン時代 (c450-1066) の遅い時期に想定する学者が多い。しかし筆者の推論では、本叙事詩の成立は北欧ではなくイングランドで成立した事情から、8世紀中頃であろうと思う。イングランドは北欧に500年も先がけて、597年にキリスト教を受容して以来、急速に古英語 Old English の文字文化を発達させた。一方北欧では長い間、短い碑文に適したルーン文字 Runes があったとはいえ、古ノルド語 Old Norse として知られる文字を用い韻文物語や散文物語が書かれだしたのは9世紀からで、集大成されたのは12世紀後半からであり、この時期にエッダ Edda とサガ Sagas の文学が一挙に開花した。こうしてアングロ‐サクソン人と北欧人との間には文字文化の開花時期の隔たりがあったとはいえ、両者は古ゲルマンの英雄時代（4-7世紀）の伝承を北ヨーロッパ諸民族の共通の財産として、英雄時代の王や武将たちの多くの名と事績を記憶に留めていたと言える。

　現存するアングロ‐サクソン文学は全般的に言えばキリスト教の影響が強く、異教的北欧的な要素を直接留めているのは『ベーオウルフ』を始めとする、『フィンズブルグ断章』 *Finnesburg Fragment*,『ワルデレ』 *Waldere*,『遠く旅する人』 *Widsith*,『デーオル』 *Deor*[1]といった英雄叙事詩グループの短詩に限られる。これらの作品は7世紀後半から8世紀の後半にかけて成立したと思われ、古ゲルマンの英雄の名が織り込まれているのが特徴的である。『ベーオウルフ』の写本年代に近い991年に、デイン人の侵入を迎え撃って戦死したエセックス Essex の州長官ブリュヒトノース Byrhtnoth の英雄精神を歌った、ルポルタージュ風な新叙事詩である『モールドンの戦い』 *Battle of Maldon* が残っていて、この時代に古ゲルマンの英雄精神が復活（或いは継続）しているのを見て人々は驚くが、もはやそこには古ゲルマンの歴史・伝説・神話への言及は見られない。また1939年にイングランドはサフォーク Suffolk 洲のディーベン Deben 川を見下ろすサットン‐フー Sutton Hoo の丘にアングロ‐サクソン時代の船墓の遺跡

が発掘された。考古学者の調査結果から、7世紀前期の東アングリア王国のラドワルドRædwald王の墓ではないかと推定された (Evans, 1994)。副葬品の中の、一般に英雄叙事詩と関連の深い兜、楯、剣、ハープなどは『ベーオウルフ』に出てくるものと非常に近く、多くが8世紀までの製造上の特徴をもっているという。従って、『ベーオウルフ』の1000年頃の成立説は筆者には信じがたい。この点共通の題材を多く用いながら13世紀になってようやくエッダやサガとして古代の伝承が文学にまとめられた北欧文学とは、数世紀先を歩んだアングロ‐サクソン文学の場合は事情が大きく異なるのではあるまいか。

チャドウィックH. M. Chadwickの『英雄時代』*The Heroic Age* (p. 43)によれば、古英語文学史で長短の差はあれ、叙事詩的グループとみなされている、先に挙げた*Beowulf*, *Finnesburg Fragment*, *Waldere*, *Widsith*, *Deor*の5つの詩に見出される古代ゲルマンの人名は132を数え、内57が英国の歴史書にも名が見えるもので、さらにその内の40以上が7世紀末以前の人たちであるという。筆者も「神話・民話・歴史・伝説の混合物」(Damico, ix) と言われる『ベーオウルフ』における人名を調査してみたい。

✱ 歴史上伝説上の人物

『ベーオウルフ』においては、歴史文献などで確認できる歴史上の人物と、そこでは確認はできないが伝承により文学によく登場する伝説上の人物とを截然と区別することが困難な場合が時々起こるが、その問題はさて置くことにし、今回は両者を厳密に区別せず、すぐ具体的な問題に入る。『ベーオウルフ』に現れる固有名詞については、クレーバーKlaeberの刊本 (1950) の固有名詞のグロサリーによっても、レン・アンド・ボールトンWrenn and Boltonのそれによっても、ゲルマンの武士の個人名は69人

である。これは全固有名詞から民族名・地名、ナイリング Nægling、フルンティング Hrunting などの名刀や、旧約のアベル Abel (108)、カイン Cain (107, 1261) と怪物のグレンデル Grendel（龍の draca は普通名詞扱い）やフレーアワル Freawaru、ヒルデブルホ Hildeburh、ヒュイド Hygd、モードスリューゾ Modthrytho、ウェアルホセーオウ Wealhtheow などの王妃・王女を除いたものである。つまりこの叙事詩には、69 人ものゲルマンの諸王や王子に家来の武士たちが登場ないしは言及されていることになる。場所は北欧を中心に、時代は5世紀半ばから6世紀半ば過ぎまでである。まずは『ベーオウルフ』の前半（1–2200 行）の舞台となるデネの宮殿、雄鹿館ヘオロト Heorot の主人、5 代目の国王フロースガール Hrothgar 一族の系譜をたどりながら説明を加えることにする。

Dene (Denmark) の王たちの系図 (Klaeber, xxxi)

(Scyld —— Beow or Beowulf I) —— Healfdene (See below)

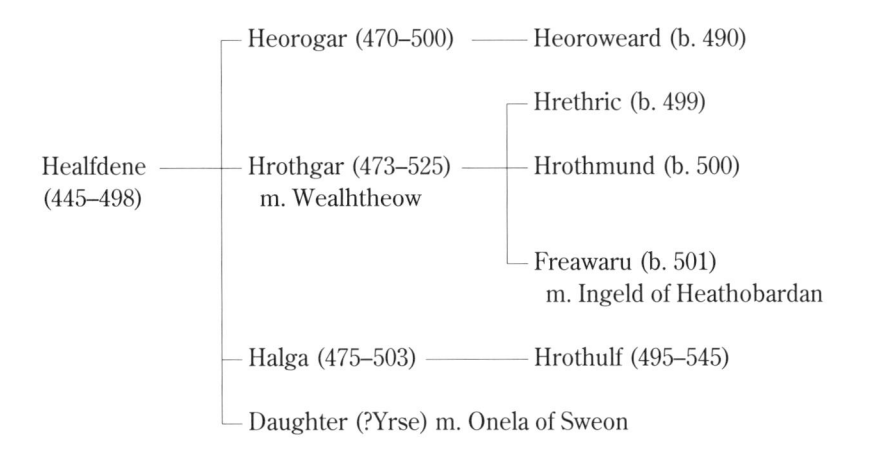

```
                    ┌─ Heorogar (470–500) ── Heoroweard (b. 490)
                    │
                    │                          ┌─ Hrethric (b. 499)
                    │                          │
Healfdene     ──────┼─ Hrothgar (473–525)  ────┼─ Hrothmund (b. 500)
(445–498)           │    m. Wealhtheow         │
                    │                          │
                    │                          └─ Freawaru (b. 501)
                    │                               m. Ingeld of Heathobardan
                    │
                    ├─ Halga (475–503) ──────── Hrothulf (495–545)
                    │
                    └─ Daughter (?Yrse) m. Onela of Sweon
```

シュルド Scyld

　前頁のデネ Dene 王家の系図と以下に述べる各人物の紹介は主としてクレーバーを援用している。この物語の劈頭まずデネの中興の祖であるシュルドの事績が 3-52 行で簡潔に述べられる。幼い彼は、ちょうどモーセ (Moses) のように、ただ一人船に乗せられてデネの海岸に到着し、長じて王になり武勇の誉れ高く、四隣を制して磐石の王国を築き、世継ぎ (Beowulf I or Beow) にも恵まれ、寿命が尽きる頃、船葬 ship-burial を遺言し、家来によって遺体と財宝を積まれた船は大海原へ帰って行く。この伝説上の神秘的な人物の導入はこの英雄物語の序 prologue にまことにふさわしく、その後の英雄の生涯という主題の展開を助け、幕切れ 3110-82 行の主人公ベーオウルフ Beowulf の死と火葬の結び epilogue と好対照をなす。シュルドは普通名詞の shield に当たる語で、国民の保護（盾）の役を立派に果たし、その名に値した。彼の国民はその後、彼の名にちなみ Scyldingas (= 'descendants of Scyld') としてデネを表す詩語にもなり、盛んに用いられることになる。出現回数を見ると、Scyldingas とその変化形の単一語 simplex が 39 回、複合語 (compounds) として 6 回を数える。この Scyld と Scyldingas は北欧語の Old Norse ではそれぞれ Skjöldr と Skjöldungar である。

ベーオウルフ I 世またはベーオウ (Beowulf I or Beow)

　彼の世継ぎの王子ベーオウルフ I 世あるいはベーオウ Beowulf I or Beow (8, 53 行) は我らの主人公と同名であるために紛らわしく、この作品中唯一おかしな点といってもよいが、この名前は、本来は Beow (= 'barley') で古いゲルマンの穀物神の名が民族の祖先名として紛れ込んだものと推測されるという (Klaeber, xxvi)。無論このベーオウルフ I 世はこの後言及されないので、我らの主人公との混同は起こらない。前頁の表で Scyld と Beowulf I が括弧に入れてあるのは彼らが神話的人物名だからである。

ヘアルフデネ (Healfdene)

　ベーオウルフⅠ世の王子ヘアルフデネ Healfdene (= 'half-danes'; ON Hálfdan(r), L Haldanus) が3代目の王になってからは大体歴史上の人物になる。『ベーオウルフ』におけるヘアルフデネへの直接の言及は次に引用したわずか7行半であるが、以後デネの現在の王フロースガール Hrothgar への言及に際し、その父称 patronymic として父 Healfdene を用いた *maga / mago / sunu / bearn Healfdenes* (= 'Healfdene's son') が15回出現する。彼は3男1女に恵まれたが、そのためにその後の複雑な家族関係と確執を生む遠因を作ったともいえる。

```
                    oþ þæt him eft onwōc
hēah Healfdene;   hēold þenden lifde
gamol ond gūð-rēouw   glæde Scyldingas.
Ðǣm fēower bearn   forð-gerīmed
in worold wōcum,   weoroda rǣswa[n],
Heorogār ond Hrōðgār   ond Hālga til;
hyrde ic ðæt [Yrse   wæs On]elan cwēn,
Heaðo-Scilfingas   heals gebedda.
```
(56b–63b)[3]

　　　　　　　　　（やがて彼に生まれた、
気高いヘアルフデネが、　生きている間支配した
老いて猛しい方は　栄光のシュルディンガスを。
彼には四人の子供が　結局全部で
この世に生まれた、　軍勢の武将たちが、
ヘオロガールとフーロスガールに　良きハールガが。
私の聞いたところではユルゼは　オネラの后、
戦のシュルヴィンガスの　いとしの伴侶だった。）

フロースガール (Hrothgar)

　さていよいよ現在の王フロースガール Hrothgar (= 'glorious spear', ON Hróðgeirr, Hróarr) の登場である。彼は系図で見るように次男であったが、長男で4代目の王ヘオロガール Heorogar が幼年の王子ヘオロウェアルド Heoroweard を残して若死にしたため王位についたと考えられる。『ベーオウルフ』の第1部では彼の宮殿ヘオロトが舞台であるため、彼は我らの若き英雄ベーオウルフに次ぐ重要人物であり、44回言及されている。彼は国威の象徴である黄金の館ヘオロトを建てさせ栄華を誇っていた（67b–87a 行）が、館での夜毎の宴会から聞こえてくる楽の音に嫉妬し腹を立てた怪物グレンデル Grendel に襲われ、夜間占拠されることになる（86a–169b 行）。彼は宮殿では王者としての威厳と知恵を誇り、同時にグレンデル母子の夜襲には国民の保護者として無力感と屈辱と老いの悲しみをなめ、ベーオウルフには説教により体面を保つ一方で別れに涙する極めて人間的な王である。しかし彼は北欧の史料では凡庸な王になっている。

ウェアルホセーオウ (Wealhtheow)

　フーロスガール王はヘルミンガス Helmingas (= 'helmet descendants') 族（620b 行）のウェアルホセーオウ Wealhtheow (= 'foreign servant or captive') を后に迎えているが、その名の示すように彼女は戦利品として異国から連れて来られたと思われる。しかし彼女は王妃にふさわしく威厳があり、しかも如才なく客や家臣に酌をし、怪物退治をしたベーオウルフに贈り物をし、幼い二人の王子たちフレーズリーチ Hrethric (= 'glorious power') とフローズムンド Hrothmund (= 'glorious hand, i.e. protection') の将来に危機が訪れた時の後見を依頼する外交術も備えている。彼女の名は『ベーオウルフ』以外には見出せないが、最近、ダミーコ H. Damico によって、彼女を古北ゲルマンの神話的 Valkyrie に、或いはサガに登場する、Helgi (Halga) の王妃であり、後にエーアドイルス Eadgils (Aðils) と再婚したユルザ Yrsa (Yrse)[(4)]に性格的に擬した造形であるという説が出され

た。にわかには信じられないが、こうした議論が活発に行われることが期待される。

フレーアワル (Freawaru)

　フーロスガールとウェアルホセーオウの間には王女フレーアワル Freawaru (= 'great care') がいるが、彼女の存在はデネ宮殿の場面では語られず、帰国したベーオウルフが国王ヒュエラーク Hygelac (= 'mindful of battle') に行う帰朝報告の中の「インゲルド・エピソード」"Heathobard or Ingeld Episode" (2024b–69a 行) で初めて語られる。彼女はベーオウルフのヘオロト滞在中に祝宴に出てビールのコップを武士たち全員に運んだ（2020a–21b 行）。ヘアゾバルダン Heathobardan (= 'war-?ship') 族との和平のためにフローダ Froda (= 'old and wise man') 王の王子インゲルド Ingeld (= 'Ing's payment', ON Ingjaldr, L Ingellus) と婚約させられたが、結婚しても双方の武士たちの怨念は消えず、夫婦の愛情も冷めることだろうと、ベーオウルフが予言する（2024b–66b 行）。

インゲルド・エピソード (Ingeld Episode)

　説話・伝説がアングロ‐サクソン人に愛好されたことを証明する最も重要な同時代的証拠は、シャルルマーニュ大帝の文教顧問となったノーサンブリア出身の修道僧・学者であるアルクイン Alcuin が 797 年にリンディスファーン Lindisfarne の司教ヒュエバルド Hygebald に宛てた書簡であった。その中でアルクインは次のような忠告を与えている。「司祭たちが食事に集まる時には神の言葉が読まれるべきです。そのような折には耳を傾けるべきは祈禱書の読師にであって、竪琴弾きにではなく、教父たちの教えにであって、異教徒の詩にではないのです。インゲルドはキリストと何の関係がありますか。家は狭く両方を入れることはできないでしょう。天の王は異教の呪われた、俗にいう王たちとは何の関係もないでしょう。と申しますのも一人の王は天で永遠に支配されますが、もう一人の王は、異

教徒で、地獄で呪われ呻吟するのです。あなた方の家々では、巷で浮かれ騒ぐ人々の無意味な言葉ではなく、読経する人々の声が聞かれるべきなのです」(H. M. Chadwick, *The Heroic Age* (1912), p. 41)。ここから明らかなことは、キリスト教の到来後 200 年たった 8 世紀末にヘアゾバルダン族の王子インゲルドの事績を語る物語詩（この詩は今では特定はできないが、事績は『ベーオウルフ』2064b–69a 行にも言及されている）が大人気で、修道院や教会で聖職者までが神の言葉よりも世俗的・異教的な物語を聴きたがったということである。この書簡はアングロ - サクソン人、ひいては彼らの文学の基層をなしているキリスト教的伝統と異教的伝統の二重性を示して暗示的である (Cherniss, *Ingeld and Christ* (1972))。

ハールガ (Halga)

　フロースガールの弟ハールガ Halga (= 'holy man', ON Helgi, L Helgo) は『ベーオウルフ』ではヘアルフデネの 3 男として名が挙げてあるのみ（61b 行）だが、ガーモンズウェイほか Garmonsway et al. の『「ベーオウルフ」とその類話』*Beowulf and Its Analogues* (1968) では 12 の類話文献に登場している北欧では有名な英雄の一人である。

フローズルフ (Hrothulf)

　しかし古ゲルマンの世界でさらに有名なのは息子のフローズルフ Hrothulf (= 'glorious wolf', ON Hrólfr Kraki, L Rolf Krake /Krag, cf. Ralph) であった。彼はベーオウルフの滞在中もそこにいたはずであるが、登場して自ら語ることなく、詩人によってフロースガールとフローズルフはともに楽しそうに酒を酌み交わしていると描写され（1014b–17a 行）、ウェアルホセーオウによって「我がフローズルフは優しくて、この王子たちを立派に守ってくれるものと承知しています」(1180b–82a 行）と述べられていて、このうまくいっていた二人、「甥と叔父」*suhtergefæderan* (1164a) について、詩人が「その時はまだ彼らの友情は固く、それぞれ相手に対し

誠実であった」(1164b-65a 行)と述べるとき、突然不吉な黒い影のような存在として扱われるのである。この後の顛末については聴衆や読者が自ら補うことが期待されている。恩義ある王と王妃を裏切り、王子たちから王位を篡奪したであろう。先に述べた、酒を酌み交わすフロースガールとフローズルフについて詩人が「その時は民の栄えるシュルディンガスは決して裏切りは行わなかった」(1018b-19b 行)と述べ、ベーオウルフに贈り物を与えたウェアルホセーオウが「ここではいずれの貴人も相手に忠実で、心穏やかです」(1228a-29a 行)と語って、それぞれ今の平和を強調するが、かえって将来の不和を暗示する。また将来の応援を期待するフロースガールの、養子にしたいというベーオウルフに対する申し出 (946b-49a, 1175-76a 行) と、すでに述べた、ウェアルホセーオウが幼い王子たちの後見をしてほしいとベーオウルフに述べる依頼に、フローズルフの裏切りに対する不安と予感を見て取ることは容易である。このような運命の逆転こそこの作品のテーマであり、語りの特徴なのである。以上述べてきたシュルディンガス族のヘオロガールとフロースムンド以外の、この一族の王や王子については 1200 年頃に成立した『シュルディンガス族のサガ』*Skjöldunga saga* に言及が見られるが、相互関係や事績は『ベーオウルフ』のものとは、しばしば異なる場合がある。

ヘレモード (Heremod)

デネの王にヘレモード Heremod (= 'army courage', ON Hermóðr) がいる。彼はこれまで扱ってきたシュルド王朝以前の伝説的王で、善王と悪王の両方を一身に体現した人物として有名だったのであろう。『ベーオウルフ』では彼についてのエピソードが 2 度引用されている。最初のものはベーオウルフのグレンデル退治を祝って、彼が逃げ帰った湖を見届けに行った帰り道に、デネの家臣たちの一人である歌人 Scop が即席に語り始めた詩においてである。始めは龍退治をしたスィエムンド Sigemund のエピソードであるが、次にヘレモードのエピソードに脱線する (901a-15b 行)。

父王の跡を継ぎ国民を守り栄えることを期待されていた若者が後年、高慢と吝嗇による悪政によって国民の信頼を失い、亡命先のユトランドで敵の術中にはまって処刑されたことが示唆的に述べられる。このエピソードはここではベーオウルフの foil（引き立て役）として用いられている。このヘレモードはさらにフロースガールの説教（1709b–22a 行）にも利用されている。グレンデルの母親の怪物も退治し、ヘオロトを清めてくれた英雄ベーオウルフに、フロースガール王は感謝の念を述べる一方で、将来の教訓にするよう高慢を戒める説教を述べる中で、ヘレモードは悪例の見本として呈示されているのである。

イェーアタス (Geatas) と スウェーオン (Sweon) 王家の系図

　第2部（2200a–3182b 行）では、メインプロットである火龍退治の間を縫って、イェーアタスと隣国スウェーオンとの3度にわたる戦争と両国の内部事情が語られているので、両王家の系図を共に掲げて参考に供したい。次頁のイェーアタス王家の系図から明らかなように、ベーオウルフはフレーゼル Hrethel (= 'glorious one') 王の王女（名は不明）と多分王の家臣であったであろうエッジセーオウ Ecgtheow (= 'sword servant') との間にできた王子であり、系図では末端に位置する。しかし詩人はベーオウルフ本人の口から、祖父のフレーゼル王にその3人の王子たちと同じように可愛がられたと言わせている（2432a–34b 行）。またこれから述べる事情によってイェーアタスの王になる。彼は歴史上の人物ではないので、神話的民話的人物の項で扱う。

スウェーデン戦争 (the Swedish Wars)

　イェーアタスとスウェーオンの双方にとって「スウェーデン戦争」は王族の多くを死に導いた重要な戦いであった。第2部でこの戦争の断片が3回語られる。1回目は詩人によって語られる、龍退治に向かうまでのベー

イェーアタスの王たちの系図 (Klaeber, xxxviii)

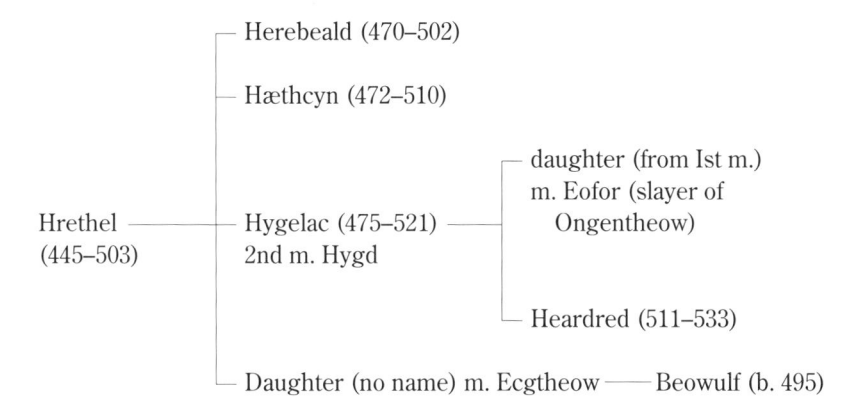

```
                ┌─ Herebeald (470–502)
                │
                ├─ Hæthcyn (472–510)
                │                              ┌─ daughter (from Ist m.)
                │                              │  m. Eofor (slayer of
Hrethel ────────┼─ Hygelac (475–521) ──────────┤     Ongentheow)
(445–503)       │  2nd m. Hygd                 │
                │                              └─ Heardred (511–533)
                │
                └─ Daughter (no name) m. Ecgtheow ──── Beowulf (b. 495)
```

スウェーオン（スウェーデン）の王たちの系図 (Klaeber, xxxviii)

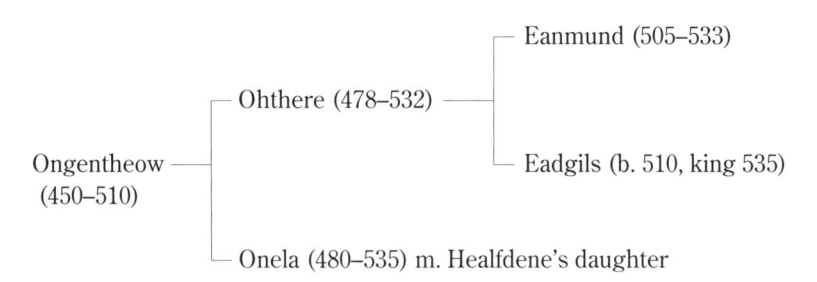

```
                                      ┌─ Eanmund (505–533)
                   ┌─ Ohthere (478–532) ─┤
                   │                  └─ Eadgils (b. 510, king 535)
Ongentheow ────────┤
(450–510)          │
                   └─ Onela (480–535) m. Healfdene's daughter
```

オウルフの事績の中である（2379b–96b 行）。ベーオウルフはヒュエラークが戦死して、後に残された幼い王子ヘアルドレード Heardred (= 'brave council') に代わって王になることを要請されるが辞退して、王子が成人するまで後見に甘んじた。そこへスウェーオンのオネラ Onela (= ' ? ', ON Áli, L Alonis) 王に反乱を企てイェーアタスに亡命してきたオーホトヘレ Ohthere (= '? terror army', ON Óttarr) の二人の王子エーアンムンド

Eanmund (= '?Ean hand', ON Eymundr, L Hömothus) とエーアドイルス Eadgils (= 'wealth hostage', ON Aðils, L Adilsus) を受け入れ歓待したため、オネラの軍勢に攻められてヘアルドレードが致命傷を負って若死にした。オネラはベーオウルフを王位につけて帰国する。ベーオウルフは若君の仇を討つべく海を渡ってスウェーオンに赴きエーアドイルスを応援し、オネラ王の殺害を助ける。

　エーアドイルスによるオネラ王殺害についての北欧の記述は『ベーオウルフ』とは異なる。エーアドイルスはデネのフローズルフに報酬を約束して、その12人の武士たちの助けを借りて目的を果たしたのに、約束を履行しなかったことが、『シュルディンガス族のサガ』 *Skjöldunga saga* (c1200), ch. 12 とスノッリ・ストゥルルソン Snorri Sturluson の『エッダ』 *Edda* (c1220) の『詩人のことば』 *Skáldskaparmál*, ch. 54;『ビヤルキの歌』 *Bjarkarímur* (c1400), VIII ほかに出ている (Garmonsway, pp. 216–21)。

　2回目は龍退治を前にしてベーオウルフが行う回顧談の中においてであり、時間的にはこちらの方が先に起こった出来事なのである。フレーゼル王の亡き後ハスキュン Hæthcyn (= 'war kindred') が王位につくが、これをきっかけにスウェーオンのオンゲンセーオウ Ongentheow (= '? Ongen's servant', ON Angantýr, = Egill) 王とその好戦的な二人の王子オーホトヘレとオネラが攻め込んでくる。これにより「スウェーデン戦争」が起こる。この戦でハスキュン王は戦死した。しかし近侍の武士エアヴォル Eafor (= 'boar') はオンゲンセーオウ王を倒し主君の仇を取る（2472a–89b 行）。

　3回目はイェーアタスの砦の陣地にベーオウルフと火龍の死を知らせに走る伝令によって語られるもので、宿怨の敵であるスウェーオンはベーオウルフの死を聞くや攻めてくるであろうと予想する部分である。第1部で怪物退治のメインプロット以外の歴史的背景がエピソードの形で挿入された場合と似ていて、第2部でもこの戦争のいくつかの場面が小出しにされる。今回はハスキュン王の命を奪ったオンゲンセーオウ王が倒されるまでの戦闘の場面がクローズアップされる。オンゲンセーオウは人質にとられ

た后を救出し、イェーアタス軍を鴉森 Hrefnesholt (= 'Raven's Wood') に追い詰め、全滅を覚悟せよと一晩中脅しつづける。そこへヒュエラークに率いられた援軍が到着し、オンゲンセーオウは後退を余儀なくされ砦に追い詰められる。そのオンゲンセーオウに前述のエアヴォルと兄弟のウルフ Wulf (= 'wolf') が襲いかかり、ウルフは重傷を負うがエアヴォルが見事に倒す。その後ヒュエラーク王は兄弟に恩賞を取らせ、エアヴォルには一人娘を妻として与えた（2928a–98b 行）。

ヒュエラーク (Hygelac)

ヒュエラーク Hygelac (= 'mindful of battle, warlike one', ON Hugleikr, L Huiglaucus / Higlacus / Hugletus / Chochilaicus / Chlochilaicus) は最初の妃との間に王女を一人と、再婚した后ヒュイド Hygd (= 'thought, deliberation') との間に王子ヘアルドレード Heardred (= 'brave council') をもうけた。ヒュエラークはフランク族との戦いのためにフリースランドに遠征して戦死したと『ベーオウルフ』の中でも何回となく告げられている（2201b, 2354b–59a, 2372b 行）ように、この事件は非常に有名でトゥールのグレゴリー Gregory of Tours (d. 594) の『フランク族の歴史』 *Historia Francorum*, III ch. 3;『妖怪の本』*Liber Monstrorum* (8C ?), Part I ch. 2;『フランク族の事績』*Gesta Francorum* (c727), ch. 19 等の文献でも扱われている (Garmonsway, pp. 112–15)。それらの文献には彼をデンマーク王やスウェーデン王としているものもあるが、イェーアタスの国が間もなく滅んで無くなったことを考えれば無理からぬことであろう。

ベーオウルフとヒュエラーク (Beowulf and Hygelac)

ベーオウルフの叔父ヒュエラークへの私淑ぶりはヘオロトでのベーオウルフの名乗り方によく現われている。父称の「エッジセーオウの息子」 *bearn / sunu Ecgþeowes* は殆どすべて地の文で直接話法を導く「ベーオウルフは述べた、……」*Bēowulf maþelode, bearn Ecgþēowes* という formula

で使用されている。しかし彼自身が、時には部下も含めて名乗るときは「ヒュエラーク王の近侍の武士」*Higelāces þegn* (194b, 2977b), *Higelāces ðegn* (1574b)「ヒュエラーク王の炉辺の友」*Higelāces heorð-genēatas* (pl., 261),「ヒュエラーク王の食卓の友」*Higelāces / bēod-genēatas* (pl., 342b–3a),「ヒュエラーク王の身内の者」*Higelāces / mǣg* (407b–8a),「ヒュエラーク王の身内の若侍」*Higelāces / mǣg ond mago-ðegn* (407b–8a) と述べた。詩人も地の文でこれに倣いベーオウルフのことを「ヒュエラーク王の身内の者」*mǣg Higelāces/Hȳlāces* (737a, 758b, 813b, 914a, 1530b) と呼んでいることは注目に値する。

イェーアタス族（国）(Geatas)

　ここでイェーアタス Geatas 族（国）について一言しなければならない。今に残るデネ（デンマーク）とスウェーオン（スウェーデン）はなじみ深いのに対し、Geatas (= Gotan 'Goths', ON Gautar) はスウェーデン南部のイェートランド Götland にいたゴート族の一派ではあったが、6世紀半ば以降に滅んでスウェーデンに吸収されてしまったために一般にはあまり知られていない。イェーアタスの所在についてはユトランド Jutland のジュート Jutes (OE Eotan, ON Iótan) 族説もあったが音韻的に無理があり、多くの学者はイェートランド説を支持した。しかし1967年にジェイン・リーク Jane Leake は「地理神話学」(geographical mythology) 的アプローチによってラテン語文献に記述の多い、伝説上の Getae 族（国）であると主張したが、批判が多い。いずれにしろ我らの主人公はこの古ゲルマンの謎の多い王国の最後の王に擬せられているわけで、英雄王の死による王国の滅亡というのは叙事詩の美学にうってつけの主題であったのであろう。

※ その他の歴史上伝説上の人物

オッファⅠ世とモードスリューゾ (Offa I and Modthrytho)

　ベーオウルフの一行が船で故国に帰還する。海岸近くに建つヒュエラーク王の宮殿も近い。詩人はヒュエラークの后、若く賢く貞淑で臣下に贈り物を惜しまないヒュイドを紹介しながら (1925a-31a 行)、連想の翼に乗ってもう一人の女性、じゃじゃ馬のモードスリューゾ Modthrytrho (= 'mind strength') の話に飛ぶ。彼女に色目を使っただけで家臣は成敗され、誰も恐れて彼女の顔を見ないほどであったが、アングル族の若武者オッファⅠ世 Offa I ('？', L Uffo) と結婚するや愛情深い気前のよい淑女に変身した。王になったオッファは武勇と知恵で国をよく治めた。二人の間に王子エーオメール Eomer (= 'famous horse', L Eumer) が生まれた。彼は祖父ガールムンド Garmund (= 'spear hand or protection', L Wermundus) の孫になる。『ベーオウルフ』へのオッファの挿入はその子孫と言われている同名のマーシャ Mercia 王オッファⅡ世（治世 757-796）へのオマージュからだと言われている。

「フィン・エピソード」におけるフィンとヒルデブルホ
Finn and Hildeburh in the Finn's Episode

　ベーオウルフが怪物グレンデルに素手の一騎打ちで相手の右腕をもぎ取り致命傷を負わせて湖の棲家に退散させた戦勝の祝宴で、フロースガール王の歌人 Scop が余興に「フィン・エピソード」として知られる、宿怨による殺戮の物語をハープに合わせて吟ずる (1063a-160a 行)。母国と嫁ぎ先の国との間の宿怨の火が吹いたために、フィン Finn ('？') 王の后ヒルデブルホ Hildeburh (= 'battle fortress') が兄と息子を同時に失う悲劇を描いた物語は、『ベーオウルフ』以外に古英語詩に 48 行の断片が残っており、ふつう『ベーオウルフ』の刊本に付録の形でつけられる。この両者を比べ

相補ってようやくある程度事件の内容が分かるという類のものである。それでもなお物語の前置きが欠けている。この物語の要約を示すのにボンジュール Bonjour はその名著『「ベーオウルフ」における話しの脱線』*The Digressions in Beowulf* (1970) においてクレーバー Klaeber の「断片」の要約 (pp. 231–32) をそっくり借りているが、この個所 (p. 56) は手抜きとも言える。 想像される前置きは、フロースガール王の父ヘアルフデネ Healfdene の名に因む（従って分族か？）ヘアルフ・デネ Healf-Dene 族の王女ヒルデブルホが政略結婚か掠奪結婚（報奨結婚？と並んで当時の王族間ではふつうの婚姻様式）でフリジア Fresan (Frisians) 族のフィン王の下に嫁いで王子をもうけ、彼が若武者になった頃の出来事である。出来事は2度起こった。

　最初の出来事の前半は「断片」による。ヘアルフデネ族のホーク Hoc (= 'hook or clutch') 王の王子であったフナッフ Hnæf (= 'fist') は妹の嫁いだフィン王の宮殿を（養育した彼女の息子と）60人の家来を連れて来訪し広間に滞在する。ある日夜明け前に敵の襲撃の物音に気づいたフナッフは家来を起こし広間を守らせる。彼の一隊は5日間よく闘い、一人の戦死者も出さなかった。一方フィン王の守備隊のところに鎧を破られ兜を射貫かれ傷を負った武士が一人帰ってくる。守備隊長は彼に（味方の）武士たちの負傷の具合と若武者の誰が……と訊く。「断片」はここまでだが、後を「エピソード」から補うと、結局、フナッフはこの戦いで倒れ (1069b–70b 行)、ヒルデブルホは兄ばかりでなく我が子の王子も失った (1072b–74a 行)。双方とも少数の者を残して多くが戦死した。フィン王はヘアルフデネの生き残りの武将ヘンジェスト Hengest (= 'horse') に休戦条件を出して、彼らに別の館を提供し、贈り物から宴会まですべて自国の武士と同等に扱うと約束する。そして双方の死者を火葬で葬るべく薪の山には甥と叔父が肩を並べて置かれる (1108b–18b 行)。轟音を立てる火炎に死体の頭は溶け、傷口は裂け血を噴出する (1119a–24b 行)。ベーオウルフの火葬に比すべきもので、その一種の伏線になっている点は見逃せない。

後の出来事は「エピソード」だけによる。ヘンジェストとその一行は冬のため港は氷に閉ざされ、やむをえずフィンの宮殿に留まる。春になり帰れるようになると復讐心も甦り、家来のフンラーフィング Hunlafing (= 'high remnant descendant'), Guthlaf (= 'war remnant'), オスラーフ Oslaf (= 'god remnant', cf. ON áss = 'god') たちに促されて復讐を実行に移し、フィン王とその警護の武士をその宮殿で殺害し、ヒルデブルホを王の宝物もろとも故国に連れ帰った（1136b–59a 行）。素晴らしく緊迫感に満ちたエピソードである。怨みと暴力の激しさはドイツ語叙事詩『ニーベルンゲンの歌』Nibelungenlied を思い出させる。

エオルメンリーチ、ハーマとブローズィンガスの首飾り
(Eormenric, Hama and the Brosinga mene)

『ベーオウルフ』詩人は、「ブローズィンガスの首飾り」の因縁話の短いエピソード（1195b–1214a 行）で、ゴート族のエオルメンリーチ Eormenric (= 'immense powerful (ruler)', ON Jörmunrek(k)r, Erminrekr, L Ermenrichus, Jarmericus, Hermanaricus) (1201a) とハーマ Hama ('= ? cricket or dwarf', ON Heimir) に 1 度だけ言及する。ベーオウルフはグレンデルの母親も退治して帰国するとき、王妃ウェアルホセーオウから 2 個の腕輪、鎧と指輪のほかにこの世で「最高の首飾り」heals-bēaga mǣst (1195b) として伝説上有名な「ブローズィンガスの首飾り」Brōsinga mene (ON Brísinga men) を贈り物として受け取る。この首飾りは、もともとは『韻文のエッダ』Poetic Edda (c1270), stanzas 13, 19 で述べられているように、女神フレイア Freyja のものであったとされる。この首飾りは後にブローズィンガス Brosingas 族から東ゴート族のエオルメンリーチ王の所有になり、それを彼の従者のハーマが騙し取った（1198b–201b 行）。ベーオウルフはこの首飾りを帰国後、后のヒュイドに捧げた。どうしたことかこれをフリースランドに遠征した夫のヒュエラークが身に付けていて、彼の戦死とともにフランク族の手中に帰した。

エオルメンリーチはゲルマンの故事を詠んだいくつかの古英語詩に登場する。『遠く旅する人』 *Widsith* では放浪の詩人ウィードスィース Widsith がエオルメンリーチ王の下に滞在するが、詩人は王を「残忍な裏切り者」 *wrāþes wærlogan* (9a) と述べている。いわば英雄抒情詩ともいうべき *Deor* は、デーオルという名の詩人が古の6人の英雄たちの悲運を次々と歌って最後に「あれは過ぎ去った、これもそうなるであろう」 *þæs oferēode; þisses swā mæg* (7, 13, 17, 20, 27, 42) という有名なリフレーンをもった詩である。英雄たちの中には『ベーオウルフ』でも言及される伝説のウィーランド Weland (= '? artificer', ON Volundr, OHG Wieland) (455a 行) がいる。グレンデルとの戦いを前にしてベーオウルフが自分に万一あるときはフレーゼル王の遺品である、名立たる鍛冶ウィーランドの作なる自分の鎧をヒュエラーク王の下に送り返して欲しいと願う。『デーオル』でも先のエオルメンリーチ王が「狼の心」 *wylfenne geþōht* (22a) をもった「残酷な王であった」 *þæt wæs grim cyning* (23b) と歌われる。このようにエオルメンリーチは英雄詩では残忍な裏切り者の圧制者の典型として扱われる。

❋ 神話的民話的な人物・怪物・怪獣

類話としての「熊の子物語」(Bear's Son Tales as an Analogue)

『ベーオウルフ』のメインプロットの構成要素であるベーオウルフ、怪物グレンデル母子、それに怪獣 draca（火龍）はそれぞれ神話的・民話的な人物・怪物・怪獣である。ベーオウルフと怪物グレンデル母子の格闘は、クレーバーのよっているパンツァー Panzer の研究によれば、ヨーロッパとその他の地域で200余りも類話のある 'Bear's Son Tales'「熊の子物語」として有名な民話と著しく似ているという。その話は概略次のようなものである (Klaeber, xiii–iv)。

　ある老いた王によって建てられた館に鬼が1匹現れる。年長の王子たち

はこの侵入者に対処できないが、一番年少の王子がうまく抑えることができた。鬼は傷を負うが何とか逃げる。その血の跡をたどって行くと地下の不思議な棲家にたどり着く。若武者はそこで雌鬼と闘い打ち負かして、幽閉されていた乙女たちを解放し、彼女らは地上に戻る。しかし彼は仲間に裏切られ、怪物の棲家に留まらざるをえなくなるが、ついに脱出法を見つける。この概略を『ベーオウルフ』に具体的に当てはめると次のようになる。これもパンツァー (Klaeber, xiv) による。

　黄金の宮殿の建築 (cf. Heorot)、大鬼の夜毎の掠奪 (cf. Grendel's ravage)、少年期には役立たずと軽視されていた (cf. Beowulf's inglorious youth, 2183b–89a) のに、青年期になると急に力持ちに変身する (cf. young warrior Beowulf competing with Breca) 英雄への変化、最初の格闘で鬼からもぎ取った腕の展示 (cf. Grendel's arm)、母鬼との水底の洞窟での格闘 (cf. fight with Grendel's mother)、魔法の剣の出現 (cf. ancient sword on the wall in the cave) 等である。

　以上が民話「熊の子の物語」との関連であるが、ベーオウルフのグレンデル Grendel ('? grinder, i.e. destroyer', cf. Klaeber, xxviii–ix) 母子との格闘モチーフは北欧伝説の英雄グレッティル Grettir (d. 1031) の事績を語る『グレッティルのサガ』*Grettis saga* (c1300) の記述の 64–66 章が最も近いと言われている。

類話としてのグレッティルの物語 (Grettir's Story as an Analogue)

　クリスマスに、とある家の妻が夫を我が家に残して一人教会に出かけている間に、何者かに夫が連れ去られていなくなる。次の年も下男に同じことが起こる。この話を聞いたグレッティル Grettir が志願してクリスマスの夜に何者かを待ち受ける。すると真夜中近くに大きな物音がして、巨大な女怪 (huge troll-wife) が肉入れのえさ箱 (trough) と肉切り包丁を持って出現、激しい取っ組み合いになる。それにより家は壊れ、力に勝る女怪は彼を絶壁まで引きずって行く。彼は押さえつけられるが、女怪を振り払っ

て脇差でその肩に切りかかり右腕を切り取る。女怪は絶壁から海に落ち、波に滝壺に運ばれる。

　クリスマス後にグレッティルは証人に司祭を伴い勝利の現場に赴く。絶壁から海に流れ落ちる滝の裏に洞窟があり、彼は絶壁から飛び降りると水に潜り洞窟の入口に這い上がって入って行く。中では焚き火が燃え盛り、そばに見るも恐ろしい巨人 (jotunn) が座っており、グレッティルが近寄ると、飛び上がって短剣を打ち振るう。グレッティルは打ち返して巨人の胸から腹を切り裂くと内臓が飛び出して死ぬ。絶壁で見張っていた司祭は水が血で汚れたのを見て帰宅する。グレッティルは洞窟内に二人の男の骨を見つけ、かばんに入れて持ち帰る。

　このグレッティルの２回の冒険はグレンデル母子との闘いと大まかな点でいかに似ていることか。北欧ではグレッティル系統の古い冒険譚がグレッティル以前から伝承されていたことは想像に難くない。しかし我らの詩人もこの伝承を用いたにしても、出来上がった作品は冒険譚と大きな違いがある。グレッティルの冒険譚(5)では生々しい粗野な力強さが特徴であるが、ベーオウルフの冒険は、宮廷貴族の礼儀作法 decorum が守られた武士貴族階級の社会の中に組み込まれ、彼の行為は高い志によって叙事詩の高みに引き上げられている。『ベーオウルフ』詩人がもしベーオウルフをグレッティルに置き換えたとしたら名前ばかりでなく、その資質も全く変えてしまうことになったであろう。

類話としての「ボーズヴァル・ビヤルキの物語」
(Böðvarr Bjarki Story as an Analogue)

　紹介すべきもう一つの類話は『ベーオウルフ』にやや近い歴史的な枠組みをもって語られる、デネのフロールズルフ王の事績を語る『フロールフのサガ』 *Hrólfssaga* （15世紀初期の成立）に出てくるボーズヴァル・ビヤルキ Böðvarr Bjarki の冒険である。その粗筋は、イェーアタス王の弟ボーズヴァル・ビヤルキはデネのフロールフ Hrólf (Hrothulf) 王の宮殿フレイズ

ラ Hleiðra (Lejer) に赴く。ボーズヴァル・ビヤルキは宮殿に無断で入って行くも人気なく、骨の山に埋まっていた臆病者のホット Hott を救い出す。乱暴な家来たちがやって来て見知らぬ彼に骨を投げつける。骨を投げ返して家来を一人殺してフロールフ王の前に横柄に構えて出る。(これに相当する『ベーオウルフ』の部分は、イェーアタス王の甥のベーオウルフがデネの宮殿ヘオロトに赴く部分に当たる。ベーオウルフは礼儀正しく宮殿に入場し、フロースガール王の側近 (Unferth) の失礼な誹謗に応酬する) (Klaeber, xviii–xix 参照)。

　見かけの華やかさの陰に宮廷は 2 年ばかり翼ある獣に家来や家畜を襲われ悩まされていた。ボーズヴァル・ビヤルキはデネの武士たちに代わって、夜ただひとりホットだけを伴い、鉄剣が効かぬというこの獣と闘い剣で倒す。この点は物語の辻褄が合わない。ボーズヴァル・ビヤルキは臆病者のホットにこの獣の血を無理やり飲ませ、心臓の一部を食べさせる。すると彼は勇者に生まれ変わる。ボーズヴァル・ビヤルキは死んだ獣を生きているように立たせ、武士たちの見ている前でフロールフ王から借りた名刀グリンヒヤルティ Gullinhjalti でホットに首を切らせ名誉を得させる。喜んだ王からこの剣を賜ったホットはこの剣の名に因んでヒヤルティ Hjalti と呼ばれる (Chambers, pp. 54–61)。[6]（『ベーオウルフ』ではホットに当たる人物は出てこないが、魔法の剣でグレンデルの死体から首をはねるところは似ている。）ベーオウルフとボーズヴァル・ビヤルキとの類似点に格闘の際の「熊」のようにすごい握力があり、ベーオウルフの場合はグレンデルやフランク族の武将ダイフレヴン Dæghrefn (= 'day raven') (2501a–09a) との格闘で示されるものである。この熊のような点は語源説からもある程度言えることである。ベーオウルフの語源は諸説あったが、今では 'bee-wolf', i.e. 'ravager of bees or hive plunderer to eat honey', i.e. 'bear' が受け入れられており、Bjarki も 'little bear' の意味である。

Beowulf

　以上のように『ベーオウルフ』のグレンデル母子との闘いが、北欧サガのグレッティルやボーズヴァル・ビヤルキの冒険と類似していることを指摘したが、ベーオウルフは歴史上の人物としては跡付け難い。上記の王族の系図を見て分かるように、デネのヘアルフデネ王以降の名とイェーアタスの名はすべて語頭にHをもつし、スウェーデンの王族の名もOかEの母音で始まる。これが習慣的な名付けであるが、我らのベーオウルフの場合は例外となる。また父の名とされるエッジセーオウ Ecgtheow およびその血筋と言われるワイムンディンガス Wægmundingas (= 'descendants of wave protector') 族とも頭韻を踏まない (Klaeber, xxvii, Chambers, pp. 10-11)。ベーオウルフのこの歴史の枠に縛られない架空の人物としての設定こそ怪物・怪獣を退治できる超人性（と子孫をもうけない一回性）を獲得しているといえる。この作品は多様性がその特徴であるとはいえ、メインプロットのファンタジー性も大きな魅力の一つなのである。

ブレカ (Breca)

　若きベーオウルフの競泳の相手、ブロンディンガス Brondingas (= 'sword-descendants = swordsmen') 族（521b行）の武将ブレカ Breca (583b) (= '? rusher over sea')[8] も英雄伝説の人物と考えられる。『遠く旅する人』 *Widsith* に「ブレカはブロンディンガス族を支配した」 *Breoca wēold Brondingum* (25) とあって『ベーオウルフ』のそれと一致するがそれ以上のことは分からない。ブレカとの競泳でベーオウルフが負けたというフロースガール王の顧問官ウンフェルス Unferth (= 'non-peace') の中傷に応酬して語るブレカ・エピソード（530a-81a行）の導入は、怪物退治を前にしてこれまで武勇の実力の程が示されていないベーオウルフに、それを誇らせる絶好の機会を与えたことになる。彼は競泳でブレカに負けていなかったことはもちろん、二人が嵐で離れ離れになったあと、襲ってくる海獣をことごとくやっつけたと明言するが、これはベーオウルフが目前の怪物

退治に臨む資格が十分あることの証明にもなっている (Bonjour, pp. 17–22)。

グレンデル (Grendel)

グレンデルの語源は諸説 (Klaeber, xxviii–ix) あって、あまりはっきりしないが、Grendel = *grend-el* 'one (who lives on) the *grand* (= ground or bottom of the sea)' 説が彼にも彼の名のない母親にもその海底・湖底の棲家を考慮すれば合致する。グレンデルは外見や行動はサガによく出る地下や洞窟に棲む巨人の怪物であるトロール troll タイプの「巨人」*eoten* (761a) である。しかし『ベーオウルフ』ではグレンデルは弟アベル Abel を殺したために神よって追放されたカイン Cain の末裔に位置付けられ、明らかにサタンの呼称 appellations である「人類の敵」*fēond mancynnes* (164b)、*mancynnes fēond* (1276a)、「神の敵対者」*Godes andsacan* (786b)、「地獄の悪魔」*fēond on helle* (101b)、「地獄の囚人」*helle hæfton* (788a) と呼ばれている (Klaeber, Introduction, 1)。このように詩人は異教伝説的なグレンデルをトロールから引き離してキリスト教伝説的なカインに結び付け、キリスト教的呼称を用いることによってキリスト教化 (Christianization) を行い、このグレンデルにまつわる物語を彼のリアルなトロール性を残しながらも象徴化して、キリスト教徒の聴衆・読者にも十分鑑賞に堪えうる存在にしたのであった。

龍退治をしたフローゾ、スィエムンド、スィグルズ (Fire Dragon, Frotho, Sigemund, and Sigurðr as the Dragon Slayers)

龍退治の話は中世文学では珍しくない。龍退治で有名な人物はスィグルズ Sigurðr, フローゾ Frotho, ペルセウス Perseus, セント・ジョージ St George 等、枚挙に暇がない。アルフレッド Alfred 王の指示によって編纂がはじめられたと思われる歴史書の『アングロ‐サクソン年代記』*Anglo-Saxon Chronicle* にも 793 年の項に、北部のノーサンブリア Northumbria に

巨大な旋風が起こり、稲妻が光り、火龍が空を飛ぶといった凶兆が顕れ、大飢饉に見舞われたと記されている。『ベーオウルフ』の龍退治に一番近いものを選ぶとすれば、サクソ・グラマティクス Saxo Grammaticus の『デンマーク人の事績』 *Gesta Danorum* (ii, 38f.) にあるデネの王フローゾ Frotho (= 'the wise', OE *frōd* 'wise') の龍退治である。(7) フローゾは『ベーオウルフ』の系図には登場しないが、実際にはヘアルフデネの父で、ベーオウルフⅠ世と入れ替わるべき人物なのである。

　サクソの記す話では、若いフローゾは龍の宝庫を狙って闘いを挑み、スィグルズ Sigurðr（後出）のように勝利して名声をえる。そこには元気のよい攻撃的なトーンがみなぎっている。これに反して老王ベーオウルフは一人の盗人が宝庫を荒らしたために怒って国土を焼き始めた火龍から国民を守るために立ち上がる。血縁者の若い武士ウィーラーフ Wiglaf (= 'war-survivor') の名はなんとふさわしい名であることか。彼は闘いの証人になる最後の生き残りに当たるからである。ベーオウルフは彼の助太刀によって龍退治に成功するが自らも落命する。ここには哀歌風な悲壮感が漂っている。チェーンバース Chambers (pp. 91-97) は、ズィーフェルス Sievers が1895年の論文でサクソと『ベーオウルフ』における龍の扱いの共通項を挙げて同一起源によるという説を示唆したのに対し、その共通項はあまりに一般的で個別的なものに欠けているので認めがたいとしている。いずれにしても龍退治の話は民話に非常に多くあり、どれが『ベーオウルフ』のものと同じかは言えないということである。

　ところが『ベーオウルフ』の中にはもう一つ龍退治の物語が挿入されている。それはスィエムンド Sigemund (= 'victory hand or protection', ON Sigmundr) によるものである（884b-97b行）。ベーオウルフがグレンデルの右腕をもぎ取って致命傷を負わせて退散させた後、デネの家臣たちはその血の跡をたどって棲家の湖を見届けてから、若者たちは競馬を楽しんだりしながら意気揚々と凱旋（？）してくる道中に馬の歩みを遅らせて、詩作の心得のある家臣の一人が龍退治をして名声を得たスィエムンドの武勇

伝を短詩に詠む。一般に北欧伝説では龍退治をしたのは彼ではなく、その子のズィークフリート Siegfried (= 'victory friend', ON *Sigurðr*, Middle High German *Sigfrit*) であるとされている。ではなぜスィエムンドなのか理由は明らかではないが、むしろこちらがオリジナルということもある。スィグルズの龍 Fafnir 退治の話はエッダの中の『ファーヴニルの物語』*Fáfnismál* 'Lay of Fafnir' (13C)[9] に詳述されているほか、彼の祖父ヴォルスング Völsungr に発する一族の事績を中心に記された『ヴォルスング族のサガ』*Völsunga saga* (c1200–70) の 18、19 章[10]にパラフレーズされている。ドイツでのズィークフリート Sigfrit (= Siegfried) の名声は英雄叙事詩『ニーベルンゲンの歌』*Nibelungenlied* を経て、ワーグナーの『ニーベルングの指輪』*Der Ring des Nibelungen* で不滅となっている。

聖書のカイン、アベル、洪水、巨人族
(Cain, Abel, Deluge, and Giants in the Bible)

　聖書物語が『ベーオウルフ』には含まれており、かなり重要なファクターを担っている。それは旧約『創世記』*Genesis* のカインのアベル殺しと、巨人族の洪水による絶滅の物語である。巻頭デネの歴代の王たちを紹介したあと、現王フロースガールの宮殿ヘオロトでの宴の席では歌人 Scop が天地創造を歌ったりして武士たちが幸せに暮らしていたが、この歓楽の歌声に嫉妬し腹を立てた沼地に棲む怪物グレンデルが邪悪な行為を始めた (86a–90b 行) と詩人は語る。そしてグレンデルが、弟のアベルを殺して創造主により追放されたカインの血筋であると紹介される (106a–10b 行、cf. *Genesis* iv.1–15)。聖書ではカインの末裔が悪事をなすのを見て人を造ったことを悔いた神がすべての生きものを一対だけノアの箱船に乗せ、残りはすべて洪水を起こして滅ぼした (*Genesis* vi.1–7, vii) と語られる。しかし『ベーオウルフ』では（恐らく洪水の後も生き残った）カインの子孫から邪悪な食人鬼、妖精、悪霊、それに巨人が生まれ、神と戦って返報を受けた巨人からグレンデル (111a–14b 行) が血を引いていることが暗示される。

『創世記』の洪水にまつわる話はベーオウルフが湖底の洞窟でグレンデルの母親を殺し、グレンデルの首を切った古刀の柄(つか)に関係する。そこには洪水が巨人族を滅ぼしたときのことがルーン文字で彫られてあったと詩人は語る（1677a–98a 行）。

　カインの物語は実はもう1度、復讐に現れたグレンデルの母親の女怪についてもカインの呪われた子孫であると説明される（1255b–67a 行）。この『ベーオウルフ』における記述の直接のソースは発見されていないが、聖書外典の『エノク書』*The Books of Enoch* などに述べられたヘブライの伝説に由来すると考えられている (Klaeber, 132)。カインの兄弟殺しはこの作品では一種の強迫観念となり、フロースガール王の顧問官ウンフェルスの中傷に応戦したベーオウルフが「君は兄弟殺しの罰で地獄落ちする身だ」（587a–89a 行）と告げる。このウンフェルスの兄弟殺しの話はグレンデル退治の戦勝の宴でウンフェルスが王の足元に坐していると詩人が述べる際には、わずか1行で簡単に触れられる。またベーオウルフ自身火龍との戦いで死に行くとき「万民の神は肉親殺しの件でわしを非難なさる必要はない」（2741a–42a 行）と喜ぶ。このカインの兄弟殺しのテーマはアングロ‐サクソン社会の肉親殺しのタブーと合致して、最大の罪と考えられるに至ったのであろう。

✣ おわりに

　以上見てきたように『ベーオウルフ』はまさに歴史と伝説と神話・民話の「混合物」amalgam である。サットン・フーからの出土品の黄金のバックルに見られる組み紐文様 (interlace)、即ちケルトにもある蛇状の動物が絡み合って織りなす複雑な文様（34頁、図参照）と『ベーオウルフ』の構成がよく似ている。英雄ベーオウルフの3度におよぶ戦いのメインプロットをバックルの三つの鋲とすると、その間を歴史・伝説・神話・民話

のさまざまな要素がいくつも見え隠れしながらつなぎ合わされている。従って、これらの要素の多くはまとまったものとしてではなく、脱線 (digressions)[11] やエピソードとして極めて「引喩的」allusive に織り込まれるので、読者・聴衆はそれらの「暗示的」implicit に述べられた断片から全体を補い、同時に詩人の意図を推察することが要求される。こうして出来上がった作品は極めて技巧的な複雑な構成のものとなる。複雑な要素が絡み合っているということは作品解釈に幾種類もの可能性を与え、作品論は永遠に尽きることはない。『ベーオウルフ』はそれに十分耐えるだけの内容を蔵していると言える。

註

(1) これら4詩についてはそれぞれ刊本があるが、Klaeber の Appendix IV (283–92) に収録されている。
(2) *Beowulf* の原文は Klaeber および筆者の「対訳版」を基にした。
(3) 原文と訳は筆者の「対訳版」を基に改訂した。
(4) Yrsa については Garmonsway, pp. 216–21 参照。Onela の后とは異なる関係が述べられている。[補説。第6章の註5を参照]
(5) *Grettis saga* からの該当部分の原文と現代英語訳は Chambers, pp. 146–82 参照。
(6) この ON の原文 (*Hrólfssaga*, chap. 23) と現代英語訳は Chambers, pp. 138–46 参照。
(7) Saxo Grammaticus, *Gesta Danorum* (13c), Book II 参照。
(8) Wrenn 1958 は Breca 'breaker (= distributor) of rings' か 'breaker of shield-wall' のように王者の比喩的命名と見ている (p. 60) が、Klaeber 1950, p. 148, fn. 3 のように海に関連づける方がよい。
(9) Hollander, pp. 223–32 参照。
(10) Schlauch, pp. 95–110 参照。
(11) Digressions and episodes のリストについては Bjork and Niles (1997), pp. 211–2, Note のそれを再録する。

In part I the digressions and episodes are: (1) Scyld Scefing, 4–52; (2) the fate of Heorot, 82b–85; (3) the song of creation, 90b–98; (4) the story of Cain, 107b–14, 1261b–66a; (5) Beowulf's slaying giants in his youth, 419–24; (6) the settling of Ecgtheow's feud, 459–72; (7–8) the Unferth episode (plus Breca), 499–606; (9) the Sigemund and Heremod episodes, 874b–915; (10) the Finnsburg digression, 1069–1159a; (11) the stories of Eormenric and Hama, 1197–1201; (12) the fall of Hygelac, 1202–14a; (13) the Deluge and destruction of the giants, 1689b–93; (14) Heremod's tragedy, 1709b–22a; (15) Hrothgar's "sermon" against pride, 1724b–57; (16) the Thryth and Offa digression, 1931b–62; (17) the Heathobard-Dane feud, 2032–66; and (18) Beowulf's inglorious youth, 2183b–89. In part II they are (19) the Lay of the Last Survivor, 2247–66; (20–21) Geatish history: Hygelac's death, Beowulf's swimming match, and Heardred and the second Swedish war, 2354b–96; (22–25) the stories of Hrethel and Herebeald, the earlier Swedish war, and Dæghrefn, 2428–2508a; (26) Weohstan's slaying of Eanmund in the second Swedish war,

2611-25a; (27-28) Hygelac's fall, and the battle at Ravenswood in the earlier Swedish war, 2910b-98.

テクストと訳

苅部恒徳。1989, 1990, 1991 年。「対訳ベーオウルフ」(『新潟大学教養部研究紀要』、第 20 集、21 集、22 集)。
Klaeber, Fr. 1950. *Beowulf and the Fight at Finnsburg*. 3rd ed. D. C. Heath and Company.

参考文献

Bjork, Robert E. and John D. Niles. eds. 1997. *A Beowulf Handbook*. University of Nebraska Press.
Bonjour, Adrien. 1970. *The Digressions in Beowulf*. Medium Ævum Monograph V.
Bruce-Mitford, Rupert. 1972. *The Sutton Hoo Ship-Burial: A Handbook*. British Museum.
Chadwick, H. Munro. 1912. *The Heroic Age*. Cambridge U. P.
Chambers, R. W. 1959[3]. *Beowulf: An Introduction to the Study of the Poem with a Discussion of the Stories of Offa and Finn*. With a Supplement by C. L. Wrenn. 3rd ed. Cambridge U. P.
Cherniss, Michael D. 1972. *Ingeld and Christ*. Mouton.
Damico, H. 1984. *Beowulf and Wealhtheow*. Univ. of Wisconsin Press.
Evans, Angela Care. 1986. *The Sutton Hoo Ship-Burial*. British Museum.
Garmonsway, G. N. et al. 1968. *Beowulf and its Analogues*. J. M. Dent and Sons.
Hollander, Lee M. tr. 1964[2]. *The Poetic Edda*. Univ. of Texas Press.
Holthausen, F. 1963. *Altenglisches Etymologisches Wörterbuch*. Carl Winter, Universitätsverlag.
石母田 正。1948 年。「古代貴族の英雄時代―『古事記』の一考察―」『神話と文学』岩波現代文庫、2000 年所収。
Kiernan, Kevin S. 1981. *Beowulf and the Beowulf Manuscript*. Rutgers U. P.
―――― 2000. *Electronic Beowulf*. British Library.

Klaeber, Fr. 1950. *Beowulf and the Fight at Finnsburg*. 3rd ed. D. C. Heath and Company.
Lawrence, William Witherle. 1928. *Beowulf and Epic Tradition*. Harvard U. P. Reissued. Hafner Publishing Company, 1967.
Leake, Jane Acomb. 1967. *The Geats of Beowulf: A Study in the Geographical Mythology of the Middle Ages*. Univ. of Wisconsin Press.
Rauer, Christine. 2000. *Beowulf and the Dragon: Parallels and Analogues*. D. S. Brewer.
Saxo Grammaticus. 1931, 1957. *Gesta Danorum*. 2 vols. Copenhagen. 谷口幸男訳『デンマーク人の事績』東海大学出版会、1993.
Schlauch, Margaret. tr. 1930. *The Saga of the Volsungs*. The American-Scandinavian Foundation.
Wrenn, C. L. ed. 1958. *Beowulf with the Finnesburg Fragment*. Revised and Enlarged Edition. George G. Harrap & Co.
―――― ed. 1973. *Beowulf with the Finnesburg Fragment*. Fully Revised by W. F. Bolton. George G. Harrap & Co.

［本章は、『神話・伝説の成立とその展開の比較研究』（平成12年度新潟大学基礎的研究プロジェクト報告書、2001年）、「歴史・伝説・神話の総合体としての叙事詩―*Beowulf*の場合―」、81-103頁を一部修正の上再録したものである］

第5章

『ベーオウルフ』と日本の妖怪学

❋ はじめに

　英雄叙事詩『ベーオウルフ』は北欧の英雄ベーオウルフが怪物グレンデルとその母親、および火龍を退治する話をメインプロットにした古英語文学の一大傑作である。本章はこれら怪物・怪獣に焦点を当て、彼らと人間社会との関係を論じることにする。この作品の背景にあると考えられる北欧の神話的宇宙論やこれと類似した『古事記』の宇宙論 cosmology を概観し、その後これらと深く関係し、日本の民俗学・妖怪学 monster lore, demonology ではすでに常識化している観のある「異界」と「異人」という概念を用いて、『ベーオウルフ』の怪物論に新たな切り口を提示したい。ついでに言えば「異界」と「異人」という概念は非常に重要で、今日の差別問題の存在理由や「敵役(かたきやく)」の生成などの解明にも役立つもので、古代中世の物語が単に昔話ではなく、現代にも再生産されているものであることも暗示できれば幸いである。

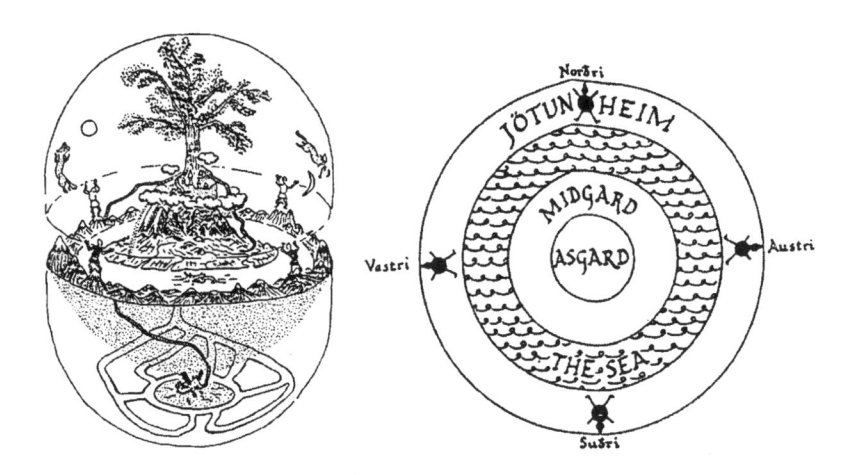

図2. 北欧神話の宇宙図 (Cosmography)
Brian Branston, *Gods of the North* (1955), 73-74 頁より

❋ 北欧神話と『古事記』の宇宙観　(Cosmology)

北欧神話の宇宙観

　ブランストン Branston の『北欧の神々』*Gods of the North* (1955) のカプセル状の宇宙図を見ると、宇宙の真中にイグドラスィル Yggdrasil と呼ばれる巨大なトネリコの宇宙樹が1本立っている。イグドラスィルという呼び名は詳しくは「アスクル・イグドラスィル」*askr Yggdrasils* 'ash-tree of the horse of Yggr (= surname of Odin)' で、北欧神話の主神オーディン Odin の支配体系を表したものと思われる。この宇宙樹から出た3本の根がそれぞれ神々の国アスガルド Asgard、人間界の中つ国ミドガルド Midgard、地下の国ニブルヘイム Niflheim の3界に伸びていて3層構造をなす。地上の人間界と地下の国との間に海が横たわり、地下から海に突き出てこれを取り囲む山々には4人の小人がそれぞれ東西南北に立って空

(sky) を支えている。2匹の狼がそれぞれ太陽と月を追いかけている。地上を取り巻く海には宇宙蛇 World Serpent がいて、地下では龍のニースヘッグル Níðhöggr がそこの根に噛み付いている。すべての川は涸れることのない泉フヴェルゲルミル Hvergelmir から流れ出ている。右の図にはこの宇宙図を輪切りにして同心円的に見た図解がある。真中が神々の国 Asgard、その外側に人間界 Midgard があり、それを海が取り囲み、その向こうに巨人国のヨートゥンヘイム Jötunheim があることを示している。

　筆者が叙事詩『ベーオウルフ』との関係で注目したのは地上界の隣に横たわる大海 Great Sea と、そこに棲む怪物たちである。日本で最近盛んに研究されている妖怪学に従うなら、大海および水辺一般は妖怪の棲む異界の主要なものの一つなのである。しかし妖怪を論ずる前に北欧の宇宙観がわが国の『古事記』に述べられている日本神話のそれと非常に類似したものであることも見ておきたい。

『古事記』の宇宙観

　『古事記』のコスモロジーは世界を通常3層あるいは4層構造で捉えている。最初に神々の国である「高天原(たかあまのはら)」が天にあり、そこからイザナキとイザナミの2神が天降って大八島を生み、この世の人間が住むことになる世界が誕生する。この2神はアマテラスとスサノオを生む。アマテラスは秩序と再生を体現する一方、スサノオは混沌と無秩序を体現し、高天原から追われて出雲に降る。そこでヤマタノオロチを退治した後、クシナダヒメと結婚する。その後スサノオは「根之堅州国(ねのかたすくに)」即ち根の国を支配する。彼の子、オオクニヌシは父の下で幾多の試練に絶え、葦原の中つ国の主になる。これに対しアマテラスの孫のニニギがこの中つ国に秩序をもたらそうとしてオオクニヌシと争い、アマテラスの命(めい)により中つ国を譲られ高千穂に降りる。

　この日本版創世記によって宇宙図を描くならば、天空には昼を司るアマテラスとその弟で夜を司るツキヨミなどの神々の住む**高天原**（北欧のアス

ガルド）があり、地上には人の住む葦原の中つ国（北欧のミドガルド）があり、それと隣接する形でイザナミの支配する黄泉の国とスサノオの支配する根の国がある。ニニギの登場によって、根の国は海原へと移動して海神の国（北欧のニブルヘイム）となり、中つ国にとっての異界となっていく。（しかし神野志隆光氏は『古事記を読む（下）』(1994年NHK出版、30–31頁）で、西郷信綱『古事記の世界』に代表される通説となった3層構造説を批判して、2次元説、即ち世界は高天原と葦原の中つ国のいわば天と地の二つからなり、根の国＝海神の国を含む黄泉国は中つ国の一部であると説くが、筆者は採らない。）

以上の説明で北欧と日本の古代の宇宙観が類似・対応していることが明らかになったと思うが、これを整理すると次のようになる。

天上界＝神々の国＝Asgard／高天原
地上界＝人間界＝Midgard／中つ国
地下界＝死者の国＝Niflheim／黄泉の国、根の国、海神の国

しかし我々の問題は、繰り返し述べるならば、こうした二つの宇宙観の全体的な類似と対応ではなく、北欧の宇宙図に示されているミドガルドを取り巻く大海とそこに棲む大蛇および地下の国とそこに棲む龍に、同じく『古事記』に示されている中つ国とそれに隣接する海神の国に、人間社会とそれに隣接した「異界」やそこに棲む「異人」との関係が暗示されていることである。しかしこのテーマに入る前に、作品『ベーオウルフ』に出てくる怪物グレンデルGrendel母子退治と日本の説話に出てくる妖怪退治の話の類似性を、類話Analoguesについてのこれまでの研究から見ていきたい。

グレンデル (Grendel) 母子退治の日本の類話

一番古い研究はチェーンバーズ (R. W. Chambers) がその大著『ベーオウルフ研究序説』*Beowulf: An Introduction to the Study of the Poem* (Cambridge U. P., 3rd ed., 1951) で紹介した、1901年に発表されたヨー

ク・パウエル York Powell のものである。彼は 19 世紀に出た日本の子供向けの絵本に拠って渡辺綱の鬼退治の物語を次のように翻訳ないしは再話 retold した（原文は英語。下記の訳は筆者による大意）。

　荒果てた寺のあたりを通ったとき、腕の立つ武士である渡辺綱が鬼に襲われるが、その腕を名刀「髭切り」で切り落とし持ち帰って箱に大事にしまっておくと、翌日、養母が訪ねて来てその腕を見たいと所望する。綱が断わりきれずにそれを見せると、養母は鬼に変じて腕を取り戻し、屋根を破って逃げる。しかし最後には鬼は退治される。

このような物語に、作品『ベーオウルフ』のグレンデルの物語に見られるいくつかのモチーフ（即ち、武士が鬼と闘い鬼は腕を切られて逃げ帰る。翌日女に変装してやってきて腕を取り返すが、最後には退治され、武士は名を上げる）の類似を認めたものである。筆者も子供の時に講談社の絵本で同じ話を読んだ気がするが錯覚だろうか。
　次に日本人学者二人がこのような類話をもっと精緻に研究して海外に紹介したものを挙げる。一つは忍足欣四郎氏（岩波文庫に『ベーオウルフ』の翻訳あり）の "A Japanese Analogue of *Beowulf*" (1988) という論文で、上記パウエルが紹介した物語は『平家物語』の剣の巻に出ている話の要約であることを指摘した後、さらに同種の説話として『太平記』32 巻「直冬上洛ノ事付鬼丸鬼切事」の、渡辺綱が鬼の腕を切り落とすのに用いた名刀「鬼切り」の物語（日本古典文学大系、36 巻（岩波書店、1962））を英語に翻訳紹介している。筆者によるこの題材の大意を次に挙げる。

　大和の国は宇多の郡の森に夜な夜な通行人を襲って食べ、家畜を引き裂く鬼が潜んでいた。この話を聞いた摂津の守、源頼光は家来の渡辺綱に名刀「鬼切り」を貸し与えて退治を命じる。森で綱は夜な夜な鬼を待ち受けるが、鬼はおびえたのか現れない。一計を案じ女装して月の薄明かりの夜

に通ると、突然森の主が綱の襟元をつかんで宙に引き上げる。綱がとっさに剣で虚空を払うと恐ろしい悲鳴がして血しぶきを浴びる。3本の指に爪が伸びた毛むくじゃらの腕が切り落とされていた。話の面白さはここからで、主君頼光に捧げられた腕は朱塗りの箱に収められ保管される。この後頼光は夜な夜な悪夢にうなされ、陰陽師の清明に相談して7日間門を固めて自宅に物忌みする。7日目の前夜、河内の国高安に住む母が訪ねてきたので、もてなしの最中に、はずみで秘密を漏らしてしまう。よくやった、その腕を見せてほしいと所望され、箱を開けると母は腕を眺めていたかと思うと、これはわが腕なりと言って、それを右の斬られた肘に付け、牛鬼に変じて襲いかかる。頼光は「鬼切り」で牛鬼の首を落とすと、首は宙に飛び上がり太刀の切っ先を5寸食い切って口にくわえ、半時ばかり躍り上がり咆え怒ったがついに死に、胴体は破風を破って大空に飛び去った。

これを『ベーオウルフ』の怪物グレンデルとその母親に比較すると表面的には似ていなくもないが、異なる点も多い。渡辺綱は女装して怪物をおびき出すが、英雄ベーオウルフ Beowuf はグレンデルが武器・武具を持たぬ相手であることを聞き、自分も武器・武具をつけず素手で一騎打ちをすることにし、完全なフェアプレイで闘うことを誓い実行する。従ってグレンデルの右腕は剣ではなく腕力でもぎ取ったものである。腕をもぎ取られたグレンデルは血を流しながら棲家に帰るが、これが致命傷となり死んだことが後で分かる。翌日、戦勝の記念である腕はフロースガール Hrothgar 王の宮殿の破風に飾られる。平和が戻ったことを喜び祝宴を張り、武士たちが久しぶりに広間に就寝する。すると夜中に思いがけず、グレンデルの母親が我が子の復讐にフロースガールの宮殿を襲い、王の寵臣を連れ去る。翌日、英雄ベーオウルフが王の一行とともにグレンデル母子の棲家と目される湖に行くと、岩の上に連れ去られた廷臣の生首が置いてある。日本の類話では腕を取り戻しに来る女は鬼が変装したものであるが、『ベーオウルフ』の怪物の女は我が子の復讐に訪れた母親である。

忍足氏は次に能の『羅生門』（日本古典文学大系、41巻 (1963)）を英訳紹介している。ここでも筆者による大意を載せる。

　源頼光と彼の家来の四天王は春の長雨の憂さを晴らそうと、酒盛りして夜を過ごしている。その語らいの中で、保正が京の都の羅生門に鬼が出るとの噂話をする。渡辺綱は天皇のしろしめす都に鬼が出るはずがないと信じないが、自分で確かめに行ったらよかろうという保正の言葉に行くことを決意し、仲間が止めるのも聞かず出発する。羅生門にくると馬が恐怖していななき後脚で立ち上がるが誰もいない。綱は来た証拠に札を張って戻ろうとすると、兜の後ろをつかむものがいる。これは鬼だと思い剣を抜いて見ると、門の軒まで届くほどの大鬼で、太陽と月のように光る両の目で綱をねめつける。鬼は鉄棒を振るい彼に飛びかかって来た時、綱が横ざまに剣を振るうと、鬼の腕が切り落とされる。おののいた鬼は死ぬまで祟ってやると言い残して黒雲に隠れて去る（『御伽草子』にも類話がある）。

　次は小倉美知子氏の論文 "An Ogre's Arm: Japanese Analogues of Beowulf" (1998) である。この論文で小倉氏は、『平家物語』の「剣の巻」(1215) と『太平記』(c1370) に編纂された (1) 英雄が鬼の腕を切り取る、(2) 鬼が女に化けて腕を取り戻しに来る、という話を古い橋姫伝説から『大鏡』(1060) と『今昔物語』(1100) の産女伝説、羅生門伝説までたどり、さらにこれから能の『紅葉狩り』や『羅生門』へと発展し、後者から『戻橋』と『茨木』が分化する系譜をたどっている。

　忍足氏や小倉氏の研究は、英米の『ベーオウルフ』*Beowulf* 研究者からの、日本に類話はないのか、あればどんなものかという示唆と要望に応えて行われたものであろう。いずれも『ベーオウルフ』研究に貢献するところ大である。世界各地の類話をさらに多く集めることによって説話研究に新たな知見が開けることは間違いない。妖怪グレンデルに関しては、夜な夜な人を襲ったため退治に来た武士に片腕を切り取られるが、女の姿に変

じて（あるいは母親が）その腕を取り戻す、といったような外面的なstoryの類似性を取り上げる類話だけでは筆者は満足できない。妖怪自体の存在理由が希薄である。王位に最も近い者が、本人にはまったく理不尽な理由で権力闘争の敗者となって追放され、異界に下って鬼となって恨みを晴らそうとする人間存在の内的衝動、執念といったものを認めなければ、『ベーオウルフ』を始め「妖怪物」として知られる作品の本質が理解されないと信ずる。そうした妖怪の諸性格を見るには『酒吞童子』を取り上げるべきとの考えから本論に入る前にそれを見ることにする。

酒吞童子と Grendel

佐竹昭広の『酒吞童子異聞』(1977, 1992) によって酒吞童子の説話の大意を次に示す。

酒吞童子は幼少の頃は伊吹童子で、その父親は弥三郎といい、近江の国柏原荘の地頭であったが、悪事を働き凶賊になり山中に住む。彼はヤマタノオロチを祭る伊吹大明神の申し子で蛇神の化身であった。弥三郎は大野木殿の姫君に求婚し1児をもうけるが、33ヵ月目に生まれたこの男子は、すでに黒髪が肩まで垂れ、歯は上下とも生えそろい、「父はいずくにおわしますぞ」とことばを発する怪童だった。大野木殿はこれは鬼子だと怖れ、伊吹山中に捨て子する。この「捨て童子」がなまって「酒吞童子」になったという説がある。この名にはむろん彼自身も先祖のヤマタノオロチも佐々木信綱によって討伐された父弥三郎も大酒吞みであったことによる命名でもある。山中で無事育った酒吞童子は乱暴者になったので伊吹大明神の怒りに触れ、比叡山の伝教大師の下で寺の稚児、童子となるが、そこも追われて丹波の国の大江山に移り住み、そこで略奪・暴虐をほしいままにし栄華を誇る。山中に岩窟をうがち鬼神を従え「鬼が城」の主になり、家来を都に遣わして宝を奪い、若く美しい女房をかどわかし岩屋に入れ置き、優れたる者を召し使い、劣る者を打ち殺して喰らったという。

後は有名な鬼退治の話になるが、勅命を受けて頼光と保正の二人に渡辺綱・坂田金時・碓井定光・卜部季武(うらべのすえたけ)の四天王の6人が山伏姿に変装して入山するが、八幡・住吉・熊野の3社の翁が先達の役を引き受ける。気を許して彼らを客扱いした酒呑童子は酒宴を開き、土産の3社の神から賜った神便鬼毒酒（鬼殺し）の入った竹筒からあふれ出る酒を飲みすぎて寝所に引き上げる。そこを襲うことになるのだが、酒呑童子はすでに変じて髪は赤く逆立ち、その間から角が生え、手足は熊のごとくに恐ろしき姿に変化(へんげ)していた。頼光に切られた首は怒りをなして舞い上がり、頼光めがけて落下して兜に喰らいついたが、これも3社の神から賜った星兜を被っていたので事なきを得て、見事に鬼を退治した。

この酒呑童子には異人性と異界性がかなり具体的に認められるのではないだろうか。

「異人」としての Grendel

　異人とは共同体からの追放者であり、アウトロー outlaw として共同体の法の秩序と保護の埒外に置かれた存在であり、共同体内部の権力闘争に敗れ外部に逃れたものの、怨念と復讐心とで鬼と化し人間社会に復讐をなすものである。この異形(いぎょう)の物怪が棲む場所が異界であり、自然界では山・海・河・湖・沼・洞窟などである。京都のような都会であれば内と外を何らかの意味で隔てる朱雀門や羅生門のような城門であり、戻橋のような河にかかる橋であり、辻や廃寺などである。このような異人・異界の定義は古今東西に及ぶ妖怪物語の妖怪に普遍的に適用されうるものではないだろうか。実は龍蛇など、もう一つの異人（異物？）が存在するが、それも人間社会が征服・排除すべき敵や悪として幻想したもの、あるいは取り込んで祀り立てたもので、同じ物であると言える。次に『ベーオウルフ』からグレンデルについての詩人の最初の説明を引用によって見てみよう。

Swā ðā driht-guman   drēamum lifd(on),
100 ēadiglīce,   oð ðæt ān ongan
    fyrene fre(m)man   fēond on helle;
    wæs se grimma gǣst   Grendel hāten,
    mǣre mearc-stapa,   sē þe mōras hēold,
    fen ond fæsten;   fifel-cynnes eard
105 won-sǣlī wer   weardode hwīle,
    siþðan him Scyppend   forscrifen hæfde
    in Cāines cynne—   þone cwealm gewræc
    ēce Drihten,   þæs þe hē Abel slōg;
    ne gefeah hē þǣre fǣhðe,   ac hē hine feor forwræc,
110 Metod for þȳ māne   mancynne fram.
    þanon untȳdras   ealle onwōcon,
    eotenas ond ylfe   ond orcnēas,
    swylce gī[gantas]   þā wið Gode wunnon
    lange þrāg(e;   he) him ðæs lēan forgeald.
115 (Ge)wāt ðā nēosian,   syþðan niht becōm,
    hēahan hūses,   hū hit Hring-Dene
    æfter (b)ēor-þege   gebūn hæfdon.
    Fand þā ðǣr inne   æþelinga gedriht
    swefan æfter (sy)mble;   sorge ne cūðon,
120 won-sceaft wera.   Wiht unhǣlo,
    grim ond grǣdig,   gearo sōna wæs,
    rēoc ond rēþe,   ond on ræste genam
    þrītig þegna;   þanon eft gewāt
    hūðe hrēmig   tō hām faran,
125 mid þǣre wæl-fylle   wīca nēosan.
    Ðā wæs on ūhtan   mid ǣr-dæge
    Grendles gūð-cræft   gumum undyrne;

　　　　このように武士たちは　歓楽のうちに過ごした、
100　幸せに、　ところが、ある者が始めたのだった、
　　　　邪悪な行いを　地獄の悪魔が。
　　　　この恐ろしい怨霊は　グレンデルと呼ばれたが、
　　　　名の知れた境の放浪者で、　沼地を支配していた、
　　　　湿地と砦を、　怪物の眷属の土地を
105　幸薄き者が　ずっと占めていた、
　　　　彼を創造主が　追放して以来、
　　　　カインの血筋として──　殺人に報いたのだった、
　　　　永遠の主が、　彼がアベルを殺したために。
　　　　主はその争いを喜ばれず、　彼を遠くに追放されたのだった、
110　神はその犯罪のために　人類から。
　　　　そこから邪悪な子らが　すべて生まれた、
　　　　食人鬼と妖精　そして悪霊が、
　　　　それに巨人も、　彼ら［巨人］は神と戦った、
　　　　長い間。　神は彼らにそれに返報なされたのだった。
115　グレンデルは近づいてきた、　夜になると
　　　　高殿に、　そこに「指輪の」デネの人々が
　　　　ビールを飲んだ後　休んでいた。
　　　　彼はその時その中に見出した　家来の一団が
　　　　宴の後に眠っているのを、　悲しみを知らずに、
120　不幸な人たちが。　邪悪な生き物は、
　　　　獰猛で貪欲な、　すぐに破壊の準備をした、
　　　　野蛮で恐ろしい（者）は、　そして寝床で捉えた
　　　　30人の近侍の武士を、　そこから帰って行った、
　　　　戦利品に意気揚々と　家路をたどって、
125　殺した獲物あまた抱えて、　棲家に向かって。
　　　　さて夜明けに　日が昇ると共に
　　　　グレンデルの戦の業が　人々に明らかになった、

þā wæs æfter wiste wōp up āhafen,
micel morgen-swēg. Mǣre þēoden,
130 æþeling ǣr-gōd, unblīðe sæt,
þolode ðrȳð-swȳð þegn-sorge drēah,
syðþan hīe þæs lāðan lāst scēawedon,
wergan gāstes; wæs þæt gewin tō strang,
lāð ond longsum! Næs hit lengra (f)yrst,
135 ac ym(b) āne niht eft gefremede
morð-beala māre, ond nō mearn fore,
fǣhðe ond fyrene; wæs tō fæst on þām.
þ(ā) wæs ēað-fynde þē him elles hwǣr
gerū(m)līcor ræste [sōhte],
140 bed æfter būrum, ðā hi(m) gebēacnod wæs,
gesægd sōðlīce sweo(to)lan tācne
heal-ðegnes hete; hēold h(y)ne syðþan
fyr ond fæstor sē þǣm fēonde ætwand.
Swā rīxode ond wið rihte wan,
145 āna wið eallum, oð þæt īdel stōd
hūsa sēlest. Wæs sēo hwīl micel; .
twelf wintra tīd torn geþolode
wine Scyldinga, wēana gehwelcne,
sīdra sorga; forðām [secgum] wearð,
150 ylda bearnum undyrne cūð
gyddum geōmore, þætte Grendel wan
hwīle wið Hrōþgār, hete-nīðas wæg,

そのとき宴の後に　　泣き声が起こった
　　　死を悼む大きな叫びが。　　名高き王は、
130　いと優れし貴人は　　喜び無く座し、
　　　強き者は苦しみ、　　近侍の武士の死を悲しんだ、
　　　彼らが憎き敵の　　足跡を見たとき、
　　　呪われた悪鬼の、　　その争いは余りにも激しく、
　　　憎悪に満ち長期に及んだ！　　もっと先ではなく、
135　一日後に　　また行なった、
　　　更なる殺戮を、　　そして怯むことなく
　　　悪行と犯罪を、　　それはすっかり常習化した。
　　　それからは多かった、　　どこか他の
　　　遠く離れた所に　　寝所を求める人が、
140　離れの間に寝床を、　　彼らに明示された時、
　　　事実が述べられた時、　　明白な証拠によって、
　　　広間の占拠者の憎しみが、　　その後は身を守った、
　　　一層遠く安全な場所に　　悪鬼から逃れた者は。
　　　このように占拠して　　正義に刃向かった、
145　一人が全員に対して　　ついには空き家になるまで
　　　最も優れた館が。　　その期間は長かった、
　　　12年間というもの　　苦しみをなめた
　　　シュルディンガスの友［王］は、　　あらゆる難儀、
　　　深い悲しみを、　　それ故、人々には
150　人の子らには　　まぎれもなく知れ渡った、
　　　哀しい歌で、　　グレンデルがなしたことが、
　　　長い間フロースガールに対し　　敵対行為を、

（原文とその対訳は筆者の「対訳『ベーオウルフ』」(1989–91) を基に改訂したものである）

上の長い引用を見てみよう。暗闇の沼地に棲むグレンデルが王宮ヘオロト Heorot（雄鹿舘の意。雄鹿は王権の象徴でもある）を襲う動機は、その黄金の広間から夜毎聞こえてくる宴の歓楽の音に耐え切れなくなったからであると詩人は説明する。つまり疎外された者の妬みと恨みである。100b–1b 行では「地獄の悪魔が邪悪な行いを始めた」と、邪悪な行為の内容が示される前にすでにグレンデルはキリスト教的に見た悪魔に擬せられている。さらに彼は兄弟アベル Abel を殺して神から追放されたカイン Cain の末裔であり、112a–13a 行でそのカインから生まれた「食人鬼・妖精・悪霊それに（神に反抗したため洪水で滅ぼされた）巨人族」*eotenas ond ylfe ond orcnēas / swylce gīgantas* と同類であると説明される。作品『ベーオウルフ』の成立年代は 750 年頃から 1000 年頃までと学者により判断がまちまちだが、筆者は作品の内容から最も早い 750 年頃の成立を妥当と見ている。すでに 597 年にスント・オーガスティン St Augustin によるキリスト教の布教が始まってから 1 世紀半もたち、キリスト教が全国に浸透し、7 王国の王たちも帰依し、学僧ビード尊師 Venerable Bede (673–735) や大陸で活躍したボニフェイス Boniface (?680–754) を輩出した時代であり、しかも詩人も聴衆も、修道士などの聖職者や宮廷人であったことを考慮すれば、スキャンディナヴィアの異教の題材をキリスト教化しても不思議ではない。

　また詩人によるグレンデルの紹介を見ると、103 行で「名の知れた境の放浪者で、沼を支配していた」*mǣre mearcstapa, sē þe mōras hēold* となっているが、*mearcstapa* と *mōras* はキーワードで *mearc* は現代英語で境の意味の mark, march になるもので、ここでは国境の意味よりも異界との境を意味しており、その棲家も異界の典型的な場所の一つである水辺、この行では m の頭韻の要請により *mōras* つまり 'moors' となっているが、他のところでは「沼地」*fen* とか「湖」*mere* ともなっており、結局は後でその棲家は湖底にあることが分かる。*mearcstapa* の *stapa* は文字通りは stepper で、ここでは 'stalker' の意味である。いよいよグレンデルの来襲であ

る。いつものように宴会の後、ヘオロトの広間を寝所とした近侍の武士たち 30 人を連れ去る（122b–23a 行）。夜明けにこの惨状を見た王は嘆き悲しむ（129b–31b 行）。night-stalker のグレンデルはこれに味を占め、夜毎現れ 12 年もの間夜間は広間を占拠するが、デネ Dene の王や廷臣たちはこの nightmare になす術を知らない。それでもグレンデルの悪行は限定されている。フロースガール王の玉座には神を恐れて近づけない（168a–69a 行）。これはキリスト教化であり、秩序化でもあり、日本の妖怪もそうであるように殺戮、即ちテロ行為によって人々を恐怖に陥れるが、共同体の支配者に取って代わりはしない。妖怪物語であれ、ハリウッド映画のアクションものであれ、作者や制作者は最終的には秩序維持・体制維持の原理を保持しているからである。

　この異国の窮状を船乗りからの情報で知ったイェーアタス Geatas の若き王子ベーオウルフは、鬼が島の鬼退治に向かう桃太郎よろしく 14 人の家来を連れてデネに赴く。デネの賢い沿岸警備の武士に誰何され、疑いが晴れると、丁重にヘホロトに案内され、取次役が面会を王に取り次ぎ、王が歓待する、という一連の宮廷作法に則った、とはいえ王の悪賢い顧問官 Unferth のそれに反した誹謗などを挟みながら、貴族武士社会を活写した素晴らしい場面が続くが、ここではそれを割愛し、ベーオウルフとグレンデルの一騎打ちの場面に移る。

　ベーオウルフの一行が広間に就寝し、彼だけが起きて待ち構えているところへグレンデルがやって来て、久しぶりのご馳走とばかり家来のひとりを喰い尽くす（739a–45a 行）。この描写はグレンデルが食人鬼であることを示すためのものであろう。恐ろしいはずのグレンデルの外面描写が少ないことはよく知られている。しかし彼には四足獣の特徴は皆無であり、人間が妖怪・変化となったものである。外面描写は「彼の両眼からはまるで炎のような恐ろしい光が出ていた」*him of ēagum　stōd / ligge gelīcost lēoht unfǣger* (726b–27b) と、ずっと後で回想的に述べられる鉄の鉤のような爪（後出）についてのみである。従って、この作品の再話や現代英語訳など

に挿入されている挿絵では、毛髪や体毛に黒々と覆われた眼光のみ鋭く爪が伸びた異形の巨人として描かれている。迎え撃つベーオウルフは相手が鎧もつけず剣も用いないことを知って、自らも鎧を脱ぎ、剣を置き、ただ腕力・握力のみで対等に戦うことを誓う。妖怪に対するもフェアプレイに徹するベーオウルフはまさにフェアプレイの権化であり、ほかに例を見ない英雄中の英雄である。酒呑童子を退治するのに頼光は相手を酒で酔わせ、名刀「髭切り」を用いる。ヤマタノオロチに対するスサノオも大蛇に酒を飲ませ酔いつぶして退治する。ヤマトタケルもクマソの屋敷に童女の姿に変装して入り込み、宴たけなわになるのを見計らって剣で刺し殺す。西郷信綱は『古事記』の例を引いて「だまして勝つということが人間の知恵のはじまりであり、かつてはそういう智慧の体現者こそ英雄であった」と重要な指摘をしている（『古事記の世界』75頁）。これらに対しベーオウルフの態度は日本の中世の、武士道の精神に近いものと考えられる。

　グレンデルとベーオウルフの闇の中での激しいレスリングのような闘いが始まるや、鋼鉄のたがが嵌めてある頑丈なつくりのヘオロトに壊れんばかりの大音響が鳴り響いたことが、767a行と770b行に繰り返し述べられる。この音による描写は敗北した地獄の囚人の、傷の痛みに耐えかねた悲鳴でクライマックスに達する。描写のもう一つの特徴は、グレンデルの心理描写である。ベーオウルフに掴まった彼はこれまで経験したことのない強い握力に驚き、逃げ帰りたいと思ったと繰り返し述べられる（750a–57b行）。グレンデルは肩の腱が切れ関節が砕ける致命傷を負い（816b–18a行）、もぎ取られた片腕を残して越境した境に戻り棲家に退散する。ここでもグレンデルの棲家は「沼地の崖下」 *under fen-leoðu* (820b)、「海獣のいる湖（に）」 *on nicera mere* (845b) と湖であることが暗示されている。北欧のフィヨルド fjord は海とも湖とも呼ばれている。彼の腕はトロフィーとしてヘオロトの破風に高々と飾られる。フロースガール王の、神とベーオウルフへの感謝の言葉（928a–56b行）とベーオウル自身による昨夜の闘いの簡単な報告（958a–79b行）の後に、詩人は残された腕の爪

のすごさに注目し、おおよそ「一本一本鋼鉄の鉤爪のような異教徒の、闘技士の、手の硬い恐ろしくもおぞましい爪を見て、皆が述べた、いかなる鉄剣もこれには歯が立たないだろうと」 stiðra nægla gehwylc　stȳle gelīcost, / hǣþenes hand-sporu　hilde-rinces / eglu unhēoru;　ǣghwylc gecwæð, / þæt him heardra nān　hrīnan wolde / īren ǣrgōd. (985a-89a) と記している。

　これまで作品『ベーオウルフ』に書かれている、いわば表層を見てきたわけだが、これだけではグレンデルが選りによってデネのフロースガール王の宮殿を何故襲うのか、動機と関連が今ひとつはっきりしない。この作品にはほぼ同年代の北欧の3か国が登場する。デネ、イェーアタス、スウェーオン Sweon の3か国における宮廷のありさまが叙述されるが、グレンデルはそのうちデネの宮廷を何故ターゲットとするのか。グレンデルの棲家がたまたまヘオロトから遠くない所に位置したという偶然だけでは済まされないのではないのか。グレンデルは不特定の人間を襲う単なる食人鬼ではないのではないのか。フロースガールがこの世の栄華の極みとして黄金の広間を建てるまでに、王家に内紛や権力闘争はなかったのか。知恵に長けたフロースガール王はなぜ手をこまねいているのか。何か後ろめたさがあるのではないのか。祟りを恐れているのか。疑問はいくらでも生ずる。次にデネ王朝の系図（次頁）を見てみる。

　5代目の王フロースガールは3代目になる父王ヘアルフデネ Healfdene の4人の子供の次男であり、4代目になった長男ヘオロガール Heorogar が30歳くらいで若死にしたために王位に就いたと考えられる。従って王位簒奪の汚名はすぐさま着せるわけにはいかない。しかしこの王家は後で見るように王位簒奪と無縁ではないのである。長男ヘオロガールにはヘオロウェアルド Heoroweard という王子がひとりいる。父王ヘオロガールが亡くなったときは10歳くらいの子供であった。それで王位は父の弟である現在の王フロースガールに渡ったのであろう。ヘオロウェアルドと母親に無念さや叔父フロースガールへの怨念はなかったのだろうか。このデネ王家の系図から見る限りフロースガールに最も敵対の可能性を持つものが

Dene (Denmark) の王たちの系図 (Klaeber, xxxi)

(Scyld ── Beow or Beowulf I) ── Healfdene (See below)

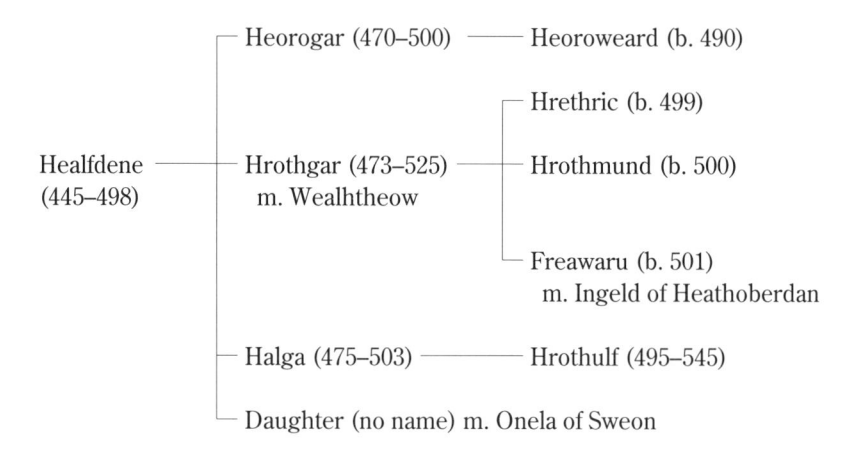

```
                    ┌ Heorogar (470–500) ─── Heoroweard (b. 490)
                    │
                    │                        ┌ Hrethric (b. 499)
                    │                        │
Healfdene       ────┤ Hrothgar (473–525) ────┤ Hrothmund (b. 500)
(445–498)           │ m. Wealhtheow           │
                    │                        │
                    │                        └ Freawaru (b. 501)
                    │                             m. Ingeld of Heathoberdan
                    │
                    ├ Halga (475–503) ─────── Hrothulf (495–545)
                    │
                    └ Daughter (no name) m. Onela of Sweon
```

ヘアロウェアルドなのである。作品『ベーオウルフ』はベーオウルフの怪物退治の英雄的行為がメインプロットになっているために王族間のどろどろした醜い権力闘争は表面から姿を消し、チラッチラッと引喩されるに過ぎない。

　例えばフロースガールと若い王妃ウェアルホセーオウとの間に出来た王子たちはまだ幼く、フロースガール亡き後の王子たちの行く末を案じる彼女はベーオウルフに後見を依頼する (1219b–20a, 1226b–27 行)。詩人もグレンデル母子を見事に退治した戦勝祝いの宴で種々の褒美がベーオウルフに与えられたことを述べたついでに、1014b–19b 行で「彼らの血族の勇気ある方々、フロースガールとフローズルフ Hrothulf はその高殿で何杯も蜜酒を楽しげに飲まれていた。ヘオロトの中は友人たちで一杯だった。デネの人々は決して裏切りをその時は行わなかった」 fægere geþægon / medoful manig　māgas þāra / swīð-hicgende　on sele þām hēan, / Hrōðgār ond Hrōþulf.　Heorot innan wæs / frēondum āfylled;　nalles fācen-stafas / þēod-

Scyldingas þenden fremedon. (1014b–19b) と語るとき、甥のフローズルフが将来王位簒奪者になったことを allusion（引喩法）によってではあるが明言したのも同然なのである。allusion は繰り返される。この酒宴の席に、甥と叔父とが座っているところへ王妃ウェアルホセーオウがお出ましになった時に詩人は、「その時はまだ彼らの友情は固く、それぞれ相手に対し誠実であった」*þā gȳt wæs hiera sib ætgædere, / æghwylc ōðrum trȳwe* (1164b–65a) と語る。さらにまたウェアルホセーオウ自身もフロースガールに話し掛ける言葉の中で「わがフローズルフが優しくて、この王子たちを立派に守ってくれることを私は知っています」*Ic mīnne can / glædne Hrōþulf, þæt hē þā geogoðe wile / ārum healdan* (1180b–82a) と信頼ではなく心配を述べるとき、もはやフローズルフの未来の裏切りは揺るがない。

　このような allusion によって王権機構の闇が暗示されることを念頭におけば、王家のだれかがフロースガールに恨みを抱いても不思議ではない。ヘオロウェアルドに話を戻そう。この作品では彼への言及はただの1度であるが、それが極めて重要なのである。故国イェーアタスに凱旋したベーオウルフは褒美の品々の中の一つである鎧を叔父の国王ヒュエラークに献上して披露する。ベーオウルフはフロースガールからのメッセージとして次のように伝える。その大意は「この鎧は兄のヘオロガールのもので、ヘオロウェアルドがたとえ自分に忠実であっても与えるつもりはないと言った品である」*cwæð þæt hyt hæfde Hiorogār cyning, / lēod Scyldunga lange hwīle. / Nō ðȳ ær suna sīnum syllan wolde, / hwatum Heorowearde, þēah hē him hold wære, / brēost-gewædu.* (2158a–62a) である。ここからヘオロウェアルドは父からも疎外されていたとも想像される。彼は父にとって鬼子であったのかもしれない。或いは賢いフロースガールはベーオウルフへのメッセージで、死人に口なしで半ば嘘をつき、ヘオロウェアルドに渡るべきであった鎧の祟りを恐れ、厄介払いをしたのかもしれない。また彼は父亡き後はフロースガールに母子ともに叛旗を翻した可能性も十分ある。（さらに言えば父ヘオロガールは、フロースガールが勝利者ベーオウルフ

に傲慢にならぬよう説教する中で反面教師として言及する残虐無慈悲なかつてのヘレモード Heremod のように悪王 (1709b–24a) だったために、国民の信頼を失い廃位させられたのかもしれないが、この点は作品中にまったく触れられていない。しかしヘオロガールとヘオロウェアルドへの断片的な言及は重視してよい。このような作品では、点と点を結んで線にする想像をたくましくすることは絶対に必要なことであり、作者もそれを期待しているのかもしれない。ヘオロウェアルドは母親を伴い異界に追放されたか或いは自ら異界に出て、復讐の鬼と化してグレンデルになったと思われる。その証拠に 155a–58b 行で詩人は、殺人鬼となったグレンデルからは人をあやめた者から受け取れるはずの賠償の人命金を期待できないと述べている。

　やや唐突な譬えを用いるなら、ヘオロウェアルドは異界に下って天狗党の棟梁になった日本の崇徳上皇（すとくじょうこう）(1119–64) でもあると言えないだろうか。崇徳上皇は皇位継承問題で鳥羽法王と不和になり藤原頼長と組んで兵を挙げ、保元の乱を起こして政権奪取を図るが、後白河天皇らの皇軍に敗れ、讃岐（さぬき）（香川県）に配流された。配流の身で写経した大乗経をしかるべき寺院への納経を願い出たが、後白河天皇に拒否され送り返された。そこで崇徳上皇は怨念の炎に燃え、舌先を噛み切った血で奥付けに呪いの誓文を書き付けて海に沈め、三悪逆（地獄道・餓鬼道・畜生道）を誓い、髪も髭も爪も伸び放題にし、生きながら日本国の大魔王とならんとした。死後白峰山に葬られるが、祟り（たたり）をこうむって平清盛が狂死するなど幾人もの犠牲者が出たという。明治天皇は王政復古に際し 705 年も経たにもかかわらず崇徳上皇の祟りを怖れ、白峰御陵から御遺影を運ばせ御霊（ごりょう）を鎮めるべく京都に白峰神宮を設け祀り上げたのである（谷川『魔の系譜』52–87 頁、小松和彦『日本妖怪異聞録』111–42 頁参照）。

Grendel 母子の湖底の棲家―異界の具体例

　異界に 2 義あり第 1 義は黄泉の世界であり、第 2 義は異人の棲む世界・場所である。両者は無関係ではないが、ここでは第 2 義の了解で論を進め

ている。異人とは人間社会から追放され異界に下って異形のものとなり、鬼・天狗・龍蛇に変じた妖怪のことである。彼らの棲む異界とは山・森・洞窟・海・湖・川など人の手が入らない自然であり、京のような都会では朱雀門や羅生門ような城門、また戻橋などの橋や辻など、内と外を分ける境がそうであることはすでに述べたところである。作品『ベーオウルフ』でも異界の魔物グレンデル母子の棲家は湖の崖下の水底にある。情景描写の少ないこの作品中唯一リアリティーを持っている箇所である。

　滝の流れる崖には霜で覆われた木々が湖上に覆い被さり，夜になると水面に鬼火が見られる不気味な場所で、猟犬に追われてきた雄鹿も湖に飛び込んで助かるよりは崖縁で死を選ぶほどである (1357b–72b 行)。ベーオウルフは女怪退治に水底に赴く決心をして武装を整えている。水中に入るやいろんな水中の獣が襲ってくる。これらを剣で切り払ってさらに深く行くと、湖底にぽっかり洞穴の口が開き不思議なことに水がこない。

　水中に潜れるベーオウルフはまさにスーパーマンである。すぐに女怪に引き込まれ格闘となるが女だと侮れない。さしものベーオウルフも馬乗りになられて彼女の剣であわや刺されそうになったとき、天井から一筋の光が差してきて、壁に架けられた剣に当たる。彼は彼女を跳ね除け、壁の剣を取るやいなや彼女に止めを刺す。周りを見るとグレンデルの死体が横たわっている。この首をはねると毒血のせいで剣の刃が氷柱の溶けるように融けてなくなり、柄だけが残る。柄には巨人族が洪水に滅ぼされる図が彫られた古刀であることが分かる。ベーオウルフは戦勝の証拠にグレンデルの首級と古刀の柄だけを持って凱旋する。湖底の洞窟は一種の地獄である。地獄が異界の最たるものであることは明らかである。

Fire Dragon

　我らのベーオウルフが若き日にグレンデル母子退治をしてからはや50年経ち、今は故国イェーアタスの王となって国を治めている。作品『ベーオウルフ』の龍はグレンデルとは違った扱いを一応はしなければならな

い。とは言え、龍もグレンデルのように人間が妖怪化したものではないだろうか。この点は今後の筆者の研究課題である。龍は太古からいる土地の精霊みたいなもので、地中の財宝を守って 300 年になるという。この龍が今守っている土中の宝物は、滅びた貴族の一族の、生き残った最後のひとりが海辺の崖に作った洞窟に収められたそれである。龍は水陸どちらにも棲めるが本来水辺や地下の異界に棲む生き物である。海辺の崖は異界の境界線上に当たる。また洞窟は地下界への入口である。この眠れる龍を起こして怒らせ国土を焼き払わせ、国王の命まで失わせることになったきっかけはごく些細な出来事だった。ある家の主（あるじ）の怒りを買って追い出された召使が、許しを得るために洞窟の宝庫に忍び込み、龍が眠っている間に飾りのついた酒杯を盗んだことによる。目覚めた龍はそれに気づき、夜になるのを待って仕返しに火を吐いて国土を焼き払いにかかった。龍はベーオウルフの王宮をも焼き払って夜明け前に洞窟に戻った。このように龍も他の異界の生きもの同様、通常は夜にしか活動できない。王宮が焼き払われた知らせを聞いたベーオウルフは復讐に立ち上がる決意をし、火焔を避けるために菩提樹の楯の代わりに鉄の楯を作ることを命じる（2335b–41a 行）。龍の洞窟に赴いた老王ベーオウルフは大音声（おんじょう）を張り上げて闘いを宣言する。若き日のグレンデル母子退治の時のようにここでも一騎打ちを挑む。龍は火焔を吐き彼に火傷を負わせ、噛み付いて毒を入れる。家来たちは恐れをなし主君を見捨て森に逃げ込む。英雄は致命傷を負いながらも、ただ一人残った若武者ウィーラーフ Wiglaf の手を借りて龍を倒す。龍の洞窟から宝を運び出すことと鯨岬に塚を築くことを遺言して死を迎える。類話の多い龍退治やスサノオの大蛇退治などは人間による自然の征服を象徴する物語であるというような解釈があるが、ここには合わないと筆者は思う。

　一族の残した宝を入れる洞窟を造った「最後の生き残り」は、貴い武器・武具からなる宝物を磨く者とて今はなく、ハープの喜びの音（ね）も今はない（2247a–66b 行）と挽歌風に「いまいずこ」Ubi Sunt のテーマを歌う。一族の滅亡は無論戦いによるものである。幸いにも何かしらの理由で宝物

は残ったのである。この生き残りの歎き節の第一声は「汝、大地よ、貴族の財産を守ってくれ、もはや武士たちが守れぬ以上」'Heald þū nū, hrūse, / nū hæleð ne mōstan, / eorla ǣhte!' (2427a–28a) であり、土中の宝を守る習癖を持つ龍に、戦いによる一族滅亡の悔しさを託したと思われる。ここでは筆者は最後の生き残りの怨念が龍に化身したと今は断言できない。しかし戦いは国王ベーオウルフとの間のものであった可能性が高い。宝庫を引き継いだ龍とベーオウルフとの闘いは互いに最後の復讐戦だったのである。こそ泥という些細なきっかけで起こったこの争いも、もとはと言えば権力闘争との絡みがあったはずである。作者はベーオウルフを理想的な英雄に描かなければならない。その場合自己の権力闘争にかかわる戦いは、彼が従軍したフランク族やスウェーデンとの戦いのように、はっきり白黒・善悪をつけられない人間同士の戦いのレヴェルに引き下げることになる。もう一つはキリスト教の影響のもとでは、宝物への欲望は、たとえベーオウルフが述べるように国民のためであれ、貪欲の大罪につながる微妙な問題をはらんでいた。そのため作者はベーオウルフと滅亡した一族との関係と彼らの宝物の獲得についてはきわめて慎重に扱ったと言わざるを得ない。

　妖怪は、実は人間及び人間社会が作り出したものである。それは人間が変化(へんげ)したと思われる妖怪についても、太古から存在したと思われる龍蛇にしても、諸宗教の悪魔にしてもそうである。

　以上の議論をまとめるなら、作品『ベーオウルフ』の妖怪たちは、退治されて主人公ベーオウルフを英雄中の英雄にするための道具立てではなく、その裏にはどろどろした敗者の怨念がこもっており、その怨念が妖怪の形を取って体制への復讐を試みるが、神の加護を受けた武将にあえなくも退治される哀れな存在なのではないだろうか、というのがこの議論の結論である。

参考書目

(アルファベット順)

赤塚憲雄。1985年。『異人論序説』ちくま文庫、1992年（砂子屋書房、1985年）
荒俣宏・小松和彦。1987年。『妖怪草紙』学研文庫、2001年（『妖怪草紙——あやしきものたちの消息』工作社、1987年）
馬場あき子。1971年。『鬼の研究』ちくま文庫、1988年（三一書房、1971年）
Bachman, Jr., W. Bryant and Erlingsson, Gudmundur, trs. 1991. *The Sagas of King Half and King Hrolf*. Lanham: U. P. of America..
Chambers, R. W. 1959. *Beowulf: An Introduction to the Study of the Poem*. Third Edition with a Supplement by C. L. Wrenn (Cambridge U. P.), p. 481.
Joynes, Andrew, comp. and ed. 2001. *Medieval Ghost Stories*. Woodbridge: The Boydell Press,
苅部恒徳。1989年。「対訳『ベーオウルフ』第1回」新潟大学教養部研究紀要、第20集 (1989), 239-84.
———— 1990年。「対訳『ベーオウルフ』第2回」新潟大学教養部研究紀要、第21集 (1990), 187-227.
———— 1991年。「対訳『ベーオウルフ』第3回」新潟大学教養部研究紀要、第22集 (1991), 261-301.
———— 2000年。「歴史・伝説・神話の総合体としての叙事詩——*Beowulf* の場合——」『神話・伝説の成立とその展開の比較研』（平成12年度新潟大学基礎的研究プロジェクト報告書）、81-103.
小松和彦。1985年。『異人論』ちくま学芸文庫、1995年（青土社、1985年）
———— 1992年『日本妖怪異聞録』小学館ライブラリー73, 1995年 (小学館、1992年)
———— 1994年『憑霊信仰論』講談社学術文庫。
———— 1994年。『妖怪学新考——妖怪から見る日本人の心』小学館ライブラリー132, 2000年（小学館、1994年）
小松和彦他編著。1990年。『日本異界絵巻』ちくま文庫、1999年．（河出書房新社、1990年）
荻原浅男・鴻巣隼雄。1973年。『古事記　上代歌謡』（日本古典文学全集　1）小学館。
Ogura, Michiko. 1998. "An Ogre's Arm: Japanese Analogues of *Beowulf*", Baker, Peter and Nicholas Howe, eds.: *Words and Works: Studies in Medieval English*

Language and Literature in Honour of Fred Robinson (University Toronto P.), pp. 59–66.

Oshitari, Kinshiro, "A Japanese Analogue of *Beowulf*", Oshitari, Kinshiro, et al eds. *Philologia Anglica* (Kenkyusha, 1988), pp. 259–69.

Patch, H. R. 1950. *The Other World*. Harvard U. P. 黒瀬　保ほか訳『異界・中世ヨーロッパの夢と幻想』三省堂、1983年。

Powell, York. 1901. "Beowulf and Watanabe-no-Tsuna", in *An English Miscellany Presented to Dr. Furnivall in Honour of his Seventy-Fifth Birthday* (Oxford: Clarendon Press, 1901), pp. 395–96.

西郷信綱。1967年。『古事記の世界』岩波新書654。

佐竹昭広。1977年。『酒呑童子異聞』岩波同時代ライブラリー102, 1992年（平凡社、1977年）

谷川健一。1972年。『魔の系譜』講談社学術文庫、1984年（紀伊国屋書店、1972年）

与那嶺恵子。2001年。「世界のつくり方─『古事記』と『おもろさうし』」女性作家による日本の文学史、第6回、『本の窓』2001年11月号、54–63頁。

［本章は鈴木佳秀（編）『神話・伝説の成立とその展開の比較研究』（高志書院、2003年）、101–19頁所収の「古英語叙事詩『ベーオウルフ』と日本の妖怪学」の再録である］

第6章

グレンデルは怨霊だった
―『ベーオウルフ』の怪物への新たな視点―

　古英語叙事詩『ベーオウルフ』Beowulfは従来、主人公ベーオウルフのヒロイズムをテーマに論じられることが多かったと言える。確かにそれも重要なテーマではあるが、そのテーマに偏りすぎると、英雄ベーオウルフが退治する怪物たち、グレンデルGrendelとその母親それに龍Dragonは、彼の手強い相手ではあるが、結局は彼の超人的な武勇を引き立てるだけの敵役にならざるを得なくなる。　怪物たちの人間に対する敵対理由はグレンデルの場合は人間たちの宴の喜びに対する妬み、龍の場合は守っている財宝の杯が盗まれたことに対する怒り、と詩人が述べている表面的理由を鵜呑みにすることになる。しかし作品『ベーオウルフ』はそんな単純な内容の話でないことは、少し深く読んだ者には感得されているはずだが、いまだ怪物たちの真の存在理由については十分な解明がなされていないというか、関心をもたれていないのが現状ではないだろうか。本章では、日本の民俗学で成果を上げている異界論・異人論・妖怪学の歴史学・文学への適用を手がかりに、怪物たち、特にグレンデルを取り上げる。結論を先取りすると、かなりの裏付けをもって、彼は怨霊だったと推定できるのではないか。それなら誰の怨霊だったかと言えば、彼はフロースガールHrothgar王の兄ヘオロガールHeorogarの王子ヘオロウェアルドHeoroweardのそれではなかったか。少なくとも、現王フロースガールとの王位争奪戦に敗れ、異界 (the other world) に去った敗者の、勝者への恨みから復讐に訪れ

る元王家の何者かの怨霊 revengeful spirit と言えるのではないのかとの解釈に立って試論を展開したい。

❋ 異界とは

　まず、今回導入した異人論・異界論について簡単な説明をしたい。人間の生者と死者・妖怪は分け隔てられた別々の世界に住む者同士という認識は昔からあるもので、両者の間に境界があって、こちら側に住む人間にとっては、あちら側の死者とか妖怪の棲む場所と意識されるところが異界なのである。以下に異界と境界と人間界の図解を掲げた。

	異　界	境　界	人間界・現世
時間	夜間・闇	夕暮れ時	昼間・光
空間	海・湖・山川・洞窟 黄泉の国・地獄	沼・橋・門・辻	都・町・村
存在	死者・死霊・異人 デーモン・鬼・悪魔	追放者・越境者・復讐者 生霊・怨霊・サガの幽霊 （ドラウグル）・トロール	生者・権力者・加害者 王者・英雄

　この人間界と異界を分けるコスモロジーはさまざまな民族に共通するもので、作品『ベーオウルフ』の背景をなす『エッダ』の北欧神話にも、また日本の『古事記』の神話にも明らかなものである（これらのコスモロジーについては前章参照）。両者とも宇宙は3層からなり、上層に神々の国の

```
         Swā ðā driht-guman    drēamum lifd(on),
100  ēadiglīce,    oð ðæt ān ongan
         fyrene fre(m)man    fēond on helle;
         wæs se grimma gæst    Grendel hāten,
         mǣre mearc-stapa,    sē þe mōras hēold,
         fen ond fæsten;    fifel-cynnes eard
105  won-sǣlī wer    weardode hwīle,
         siþðan him Scyppend    forscrifen hæfde
         in Cāines cynne—    þone cwealm gewræc
         ēce Drihten,    þæs þe hē Ābel slōg;
         ne gefeah hē þǣre fǣhðe,    ac hē hine feor forwræc,
110  Metod for þȳ māne    mancynne fram.
         Þanon untȳdras    ealle onwōcon,
         eotenas ond ylfe    ond orc-nēas,
         swylce gī[gantas]    þā wið Gode wunnon
         lange þr(āge);    hē him ðæs lēan forgeald.
```

　アスガルド Asgard = 高天原、中層に人間界のミドガルド Midgard = 中つ国、下層にはニーブルヘイム Niflheim、即ちヘル Hel = 黄泉の国が配置される。この下層部の Niflheim = 黄泉の国が異界であることは言うまでもないが、さらに注目すべきは、中層の Midgard = 中つ国を取り巻いて、あるいは隣接して海があることである。この海は北欧神話では宇宙蛇が棲む大海であり、『古事記』では海神(わだつみ)の国だが、この海と境を接する岸壁や海底の洞窟などが怪物の棲む異界に当たるのである。

　この見方を『ベーオウルフ』に当てはめれば、デネ Dene のヘオロト Heorot 宮殿が人間界の中心であり、グレンデル母子の湖底の棲家は異界であり、崖や沼地が両者の間の境界とその周縁部と言われるもので、越

このように武士たちは　歓楽の内に過ごした、
100　幸せに、　ところが、ある者が始めたのだった、
　　　邪悪な行いを　地獄の悪魔が。
　　　この恐ろしい怨霊は　グレンデルと呼ばれたが、
　　　名の知れた境の放浪者で、　沼地を支配していた、
　　　湿地と砦を、　怪物の眷族の土地を
105　幸薄き者が　ずっと占めていた、
　　　彼を造物主が　追放して以来、
　　　カインの血筋として—　その殺人に報いたのだった、
　　　永遠の主が、　彼がアベルを殺したために。
　　　主はその争いを喜ばれず、　彼を遠くに追放されたのだった、
110　神はその犯罪のために　人類から。
　　　そこから邪悪な子らが　すべて生まれた、
　　　食人鬼と妖精　そして悪霊が、
　　　それに巨人も、　彼ら［巨人］は神と戦った、
　　　長い間。　神は彼らにその返報をなされたのだった。

　　　　　　　　（『ベーオウルフ』99–114行。筆者「対訳」による）

境者の通路になる。ほぼ同じことが龍にも当てはまり、彼は岸壁に掘られた洞窟に棲むが、そこもベーオウルフ王の宮殿を中心にした人間界に対する異界なのである。前置きはこれくらいにして本題に入り、前半は作品中に用いられている用語の面から、後半は作品の物語の中から、さらにサガなどに見られる類話 analogues から、グレンデルとは何者かに迫ってみたい。では最初に、用語面から見たグレンデルの複合的属性を見ていくが、まず引用を対訳形式で、原文を前頁に訳文を本頁にそれぞれ上段に掲げる。

❋ グレンデルの属性

1. カインの血を引く神の敵 = 悪魔

　グレンデルに対する最初の言及（99–114 行）で詩人は、グレンデルは「地獄の悪魔」*feond on helle* (101b) であり、アベル Abel を殺した罪で神によって追放された「カインの末裔で」*in Cāines cynne* (107a) あるがゆえに、カインを源とする「食人鬼、妖精、悪霊、神と戦って敗れた巨人族と同類」（112a-13a 行参照）であることが示される。この「カインの血を引く神の敵」という属性・性格づけは、キリスト教の悪魔的なものの枠組みにグレンデルを組み込むための『ベーオウルフ』詩人の構想の表れなのである。これがグレンデルの第 1 の性格付けである。先の引用以外からも補足すると、神への反抗者である者は「罪人」*syn-scaðan* (801b)、「罪に苦しめられた者」*synnum geswenced* (975a) であり、「異教徒」*hǣþene(s)* (852a, 986a) なのである。

2. 異人としての exile

　この引用に見られるもう一つの属性は「この恐ろしい怨霊はグレンデルと呼ばれたが、名の知れた境の放浪者で沼地・湿地・土塁などを支配していた」（102–04a 行）に見られるように、沼地・湿地・土塁（『ベーオウルフ』における異界を示すコード）に棲む「境をさまよう者」*mearc-stapa*（もう 1 例 1348a 行の 2 例）、つまり異界の生き物・異人だということである。グレンデルは共同体（この作品の場合は貴族武士社会）から何らかの理由（多くは権力闘争での敗北）によって、生きながら、あるいは死によって共同体の外の世界（異界）に追放されたアウトロー outlaw が、復讐のために鬼に妖怪化したものである、という解釈が可能になるのであるが、従来の解釈にはこの認識が希薄であったと思われる。先の引用の 109–10 行の「カインは神によって人類から追放された」アウトローつまりエグザイル exile であり、グレンデルがそのカインの末裔であるとすれば、彼も

またエグザイルということになる。ここにエグザイルというグレンデルの第2の性格づけが出てくる。トルキーン Tolkien[1] は、グレンデルは 'pre-Christian ogre'「キリスト教以前の人食い鬼」から 'Christian devil'「キリスト教的悪魔」に向かう変化の過程にある種々の性格づけが形容辞 epithets を用いて行われていると述べているが、怨霊・死霊であることを否定しているし、エグザイルにしても「神からの追放者」としてしか認めていない。このトルキーンの解釈に対してベアード Baird[2] は人間としてのエグザイルの面を見るように促した短いが優れた論文を書いている。エグザイルは（カインのような）「神からの追放者」exile from God と（アウトローのような）「人間社会からの追放者」exile from the society に分けられ、グレンデルは後者に属するという指摘は正しい。しかし彼が言うように『さすらい人』The Wanderer のエグザイルと同じかといえばそうではないだろう。『ベーオウルフ』詩人が述べているエグザイルとは「幸薄き者」won-sǣlī wer (105a),「歓びを奪われた」drēamum bedǣled (721a, 1275a),「惨めな」hēan (1274b, 2099b) 存在なのであり、右腕をもがれて逃げ帰る棲家は「歓びなき棲家」wyn-lēas wīc (821a) であり、「憐れな生きもの」earm-sceapen (1351b) として「追放者の道を歩んだ」wræc-lāstas træd (1352b) のである。フロースガール王が聞いた話として語るグレンデルの棲家への言及の初めでも、グレンデルとその母親は「沼地を支配する、どでかい境をさまよう者、異界の霊」swylce twēgen / micle mearcstapan mōras healdan, / ellor-gǣstas. (1347b–49a) であると述べて、同じエグザイルでもグレンデル親子は抒情詩の『さすらい人』における近親者や宮廷の主君を失って共同体の内部をさまようエグザイルとは性質を異にして、共同体の外部をさまよい、共同体への越境あるいは回帰をはかる異人性が強調されているのである。

　グレンデル親子の湖底の棲家は地下の洞窟であるためトポス的には地獄や『古事記』でイザナミが死後下って行った黄泉の国を連想させるが、実際は敗者の王族、ここではヘオロウェアルド王子と母親のヘオロガールの

后が異界にもとめた棲家、彼らの小王宮なのである。日本の例で言えば、酒呑童子の居城であり、道真の大宰府、崇徳院の讃岐、後鳥羽上皇の隠岐などの配流の地もこれに当たるわけである。当然そこにはグレンデル親子を切った古刀のほかにも「財宝もたくさんあった」 māðm-æhta mā (1613a) と詩人は述べているが、これは Grendel 母子が王族であることを示しているのである。

3. 人間的な感情と形態

次はグレンデルの人間的な属性を持つ怪物としての第3の性格付けを見る。彼（とその母親）は妖怪化はしてはいるが、その心理 psychology と身体性 physicality においてベーオウルフと同じかそれに近いものを付与されている点に注目して論じた研究が Andy Orchard, *Pride and Prodigies* (D. S. Brewer, 1955), Chapter II Psychology and Physicality: The Monsters of *Beowulf* [3] である。まずグレンデルの psychology から見ていくと、ヘオロトでのベーオウルフとの戦いの場面（702b–828a 行）では人間ベーオウルフと同じ心理・感情を持つ闘技者・復讐者として描かれている。即ち、闘いを前にしてベーオウルフが「敵に対し憤怒し」 *wrāþum on andan* (708b)、「怒り心頭に発して」 *bolgen-mōd* (709b) グレンデルを待ち構えていたと同様、グレンデルも「激怒して」 *gebolgen* (723b)、入口の扉の門を跳ね飛ばし、「怒り心頭に発して」 *yrre-mōd* (726a) 広間を進み、久しぶりに広間に若武者たち（＝獲物）を見つけ、人間のように「（喜び）笑った」 *āhlōg* (730b) のであった。ベーオウルフを捕えようと手を伸ばしたグレンデルは、これまで経験したことのない強い握力でつかまれると「内心恐怖し」 *forht on ferhðe* (754a) 闘わずして「隠れ家に逃れたいと思い」 *wolde on heolster flēon* (755b)、「隠棲の湿地に逃げ帰りたいと思った」 *flēon on fen-hopu* (764a) ように喜怒哀楽の感情を持つ存在として描かれているのである。

次にグレンデルとその母親が人間か人間に近い身体性つまり肉体を持つ

て描かれている点を見よう。フロースガール王が聞いた話として語るグレンデルの棲家への言及の初めに、そこには2匹の魔物がいて1匹は「女の姿」*idese onlīcnes* (1351a) をしており、もう1匹は「男の姿」*on weres wæstmum* (1352a) をしていると、人間の身体性を有していることを概念的に語っている。しかし彼の身体性は心理や行動性と比べるとはるかに希薄である。これはむしろ詩人の意図であり、身体性の細部の描写を省くことによって、得体の知れぬもの（物の怪）に対する恐怖心を煽るためであろうと思われる。

4. draugr / troll （幽霊と食人鬼）性

作品中ではグレンデルは、生きている人間たちに敵対する鬼の役割を割り振られている以上、そのまがまがしい夜行性、異界性、食人鬼性が強調されるのである。グレンデルは「夜になると霧濃き斜面の下の沼地から歩いてやってきた」*Ðā cōm of mōre under mist-hleoþum / Grendel gongan* (710a-11a) のである。黒い塊のような彼だが、その両の目は「まるで炎のような恐ろしい光」*ligge gelīcost lēoht unfǣger* (727) を放っていた。また彼の食人鬼ぶりは、「彼は真先に眠っている武士たちのひとり (Hondscioh) を捕まえて、思う存分引き裂き、関節を噛み切り、静脈から血を飲み、大きな肉塊を喰った。たちまち死者の全てを食べ尽くしてしまった、手足とも」*ac hē gefēng hraðe forman sīðe / slǣpendne rinc, slāt unwearnum, / bāt bān-locan, blōd ēdrum dranc, / syn-snǣdum swealh; sōna hafde / unlyfigendes eal gefeormod, / fēt ond folma.* (740a-45a) という描写にグレンデルの第4の性格付けである、サガによく出る draugr / troll 性（幽霊・食人鬼的性格）が示されているのである。

5. 死霊・怨霊性

最後にグレンデルが「死霊・怨霊」demon / revengeful spirit だと言えるような第5の性格付けが可能か見ることにする。まず用語から見ていく

と、ヘオロトを襲うグレンデルを「暗き死の影」*deorc dēaþ-scūa* (160a) と死霊のイメージを喚起している。筆者の知る狭い範囲ではこれまで、死霊、悪霊、怨霊をも意味すると思われる、現代英語 ghost の語源である *gāst, gǣst* の compound words にはあまり注意が払われてこなかったようである。しかし *gāst* 句の次の4例、「恐ろしき悪霊」*se grimma gǣst* (102a)、「呪われた悪霊」*wergan gāstes* (133a)、「地獄の悪霊」*helle gāst* (1274a)、「獰猛な夜の怒れる悪霊」*gǣst ... / eatol ǣfen-grom* (2073b–74a) は注目すべきである。しかしグレンデルの異界性、従ってその怨霊性をこの作品自体の用語で最もよく表しているのは、「異界の魔物、怨霊」*ellor-gāst, ellor-gǣst* である。この語は4回 (807b, 1349a, 1617a, 1621b) 出現するが最初の例は、詩人がグレンデルの死について「異界の霊は遠く悪魔どもの支配するところへと旅立った」*ond se ellor-gāst / on fēonda geweald feor sīðian* (807b–08b) と述べたものである。第2の用例はフロースガールがグレンデル母子について「二人の、どでかい境をさまよう者どもが、異界の霊が棲む、沼地を支配している」*swylce twēgen / micle mearc-stapan mōras healdan, / ellor-gǣstas* (1347b–49a) と述べたものである。第3の用例は湖底の棲家でベーオウルフがグレンデルの首をはねた古刀の刃が氷柱のように溶けた理由を「その血は熱く、異界の魔物はそれほど毒があったのだ、そこで死んでいた者は」*wæs þæt blōd tō þæs hāt, / ǣttren ellor-gǣst, sē þǣr inne swealt* (1616b–17b) と述べた箇所であり、第4の用例はそのすぐ後で「異界の魔物が命を失ったとき（湖水の水が清められた）」*þā se ellor-gāst / oflēt līf-dagas* (1621b–22a) と作者が湖底冒険の成功を語る部分に出てきたものである。

　この *ellor-gāst* は、Bessinger の *ASPR* の Concordance（参考書目参照）によれば、全用例が作品『ベーオウルフ』にのみに現れ、しかもグレンデル（と母親）のみに用いられていることは、この語がグレンデル母子を表すキーワードだということであり、彼らの存在が人間界との境・周縁（沼地で象徴）をさまよい、異界の象徴である湖底の洞窟に棲む「異界の魔物」

つまり生霊・死霊・怨霊であることを明確に示しているのである。

　ellor-gāst の *ellor* は現代英語の else と同源で、場所的にはこの世やこの世界と異なる世界、つまり死後の世界、他界を意味する。「彼の父は他界した」*fæder ellor hwearf* (55b) はデネの第 2 代国王ベーオウ Beow の父シュルド Scyld が亡くなったことをこのように表現したものである。この作品における *ellor* のもう 1 例は「武士団はいずこかに立ち去った」*duguð ellor sceōc* (2254b) であり、これは「最後の生き残り」Last Survivor の語る哀歌 elegy の 1 節において、自分以外の全ての武士が死滅したことを述べたものである。どちらの *ellor* も死後の世界、他界を意味している。else に相当する *elles* も場所を表す用語とともに連語で用いられ、*ellor* 同様、他界を意味し、「どこかよそに」*elles hwergen* (2590a) は龍と闘って死ぬ運命のベーオウルフの死後住むことになる他界に言及したものである。また、「他界への旅」*ellor-sīð* (2450a) もフレーゼル王の長子ヘレベアルドが次男ハスキュン Hathcyn の誤って射た矢に当たって死んだことを表したものである。この作品で用いられている *ellor, elles* の用例は以上ですべてであるが、そのすべてが「他界に赴く」「幽明界を異にする」の意味である。

※ グレンデル来襲の動機は何か

　では本論の後半は、グレンデルがフロースガール王の館ヘオロトを襲う動機・理由は何か、グレンデルは何者なのかを物語自体の裂け目に見られるヒントと北欧サガと歴史書に見られる Dene 王朝を中心とした人物への言及などを手がかりに探求してみたい。

　『ベーオウルフ』詩人はその動機・理由をその館に夜毎鳴り渡る歓楽の歌声に我慢がならなかったから (86a–90a) と述べている。つまりエグザイルとしての妬みと憎しみからというわけだが、ヘオロトへの襲来と占拠の動機としては甚だ弱いとしか言えない。しかし深い動機を詳しく語らない

のが作者の意図なのである。グレンデルにはヘオロトを襲わずにはいられない理由があるはずである。ヘオロトはデネの現王フロースガールが栄華の証として建てた黄金の館である。グレンデルがエグザイルであるとすればどこから追放されたのか。今襲っているフロースガールのいるデネの宮廷からであろう。では何故そこから追放されたのか。一番推測されることは、宮廷内の権力闘争である。権力闘争とは何かと言えば王位争奪である。グレンデルがヘオロトを襲う理由は現王フロースガールに対する闘争の敗者としての怨念と復讐でなければならないと思う。その鍵は『ベーオウルフ』詩人があえて語らなかった事柄にある。王位争奪はいずれの国の王朝でも、デネ王朝でも、日本の平安朝でも、シェイクスピアの歴史劇が描く英国のプランタジネット Plantagenet 王朝でも見られるものである。

ここで再度、クレーバー Klaeber の刊本の Introduction (xxxi) に掲げてあるデネ王家の系図を見ていただきたい。

Dene (Denmark) の王たちの系図 (Klaeber, xxxi)

(Scyld —— Beow or Beowulf I) —— Healfdene (See below)

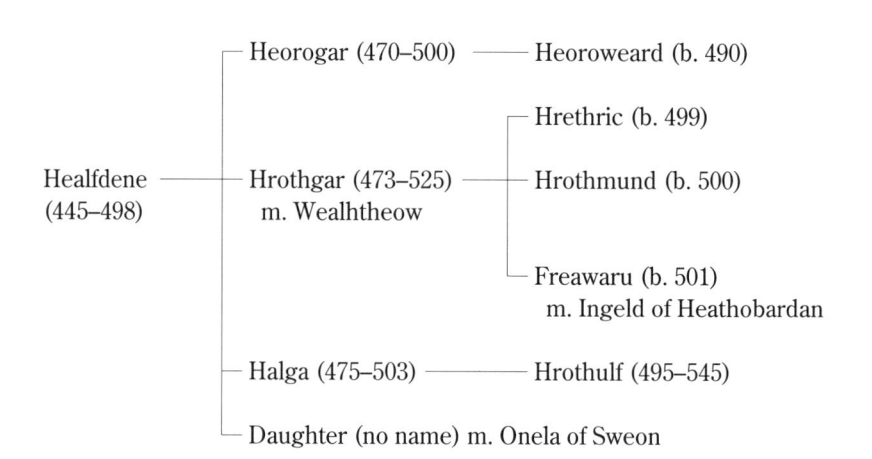

```
                    ┌─ Heorogar (470–500) ──── Heoroweard (b. 490)
                    │
                    │                          ┌─ Hrethric (b. 499)
                    │                          │
Healfdene       ───┼─ Hrothgar (473–525)  ────┼─ Hrothmund (b. 500)
(445–498)           │   m. Wealhtheow          │
                    │                          │
                    │                          └─ Freawaru (b. 501)
                    │                                m. Ingeld of Heathobardan
                    │
                    ├─ Halga (475–503) ──────── Hrothulf (495–545)
                    │
                    └─ Daughter (no name) m. Onela of Sweon
```

❇ デネ王朝における王位を巡る肉親殺しの歴史

　亡き王の後継者は第1王子から順番に選ばれて行くのがふつうであろう。しかし我らのフロースガール王は第2王子である。第1王子のヘオロガールはどうしたのか。我々はこのヘオロガール（そしてその王子ヘオロウェアルド）に注目すべきであると思う。ベーオウルフ歓迎のことばの中でフロースガール王自ら「(ベーオウルフの父エッジセーオウ Ecgtheow が亡命してきた時) 若輩ながらわしがデネの国民を治めていた。ヘオロガールが亡くなっていたのでな。兄はわしより優れていた」*ðā ic furþum wēold folce Deniga / ond on geogoþe hēold gimme rīce, / … ðā wæs Heregār dēad, / mīn yldra mǣg unlifiende,/ …; sē wæs betera þonne ic!* (465a-69b) と説明する。この作品の中でヘオロガールへの言及は3回あり、最初は冒頭の詩人がデネ王朝の系譜を語る際にヘアルフデネ Healfdene 王には4人の子が生まれたと述べる中での言及であり、もう1回は（これが最も重要な言及であるが）ベーオウルフが帰国し、ヒュエラーク Hygelac 王にフロースガール王からの贈り物を披露し捧げる際に「この鎧は長い間ヘオロガール王のものだったが、（その王子の）勇敢なヘオロウェアルドに、王子は父王に忠実だったけれども、王が譲るつもりのなかった品であると、特にその由来を述べるように命じられました」'*(Hrōðgār) cwæð þæt hyt hæfde Hiorogār cyning, / … lange hwīle. / Nō ðȳ ǣr suna sīnum syllan wolde, / hwatum Heorowearde, þēah hē him hold wǣre, / brēostgewǣdu.*' (2158a-62a) と述べる箇所である。この伝言は何を言いたいのかはっきりしないように思えるが、要するに、もはやこの鎧の持ち主がいないので贈り物としてあげるという、呪いがかかっているものを厄介払いしたいというような微妙な意味深長な発言なのである。鎧は親が子に伝える家宝である。フロースガールはなぜヘオロガールの鎧を持っているのであろうか。ベーオウルフに恩賞として与えたということは、Heorogar-Heoroweard の家系を絶やしたということである。この伝言の背後に恐ろしい出来事が

透けて見えるのではないだろうか。ベーオウルフが伝言を語り終えた後で、詩人は次のようなコメントをする。「決して悪意の網を他の血族に張るべきではない、秘密の策略を用いて、死を準備すべきではない、親しき友に」 *nealles inwit-net   ōðrum bregdon / dyrnum cræfte,   dēað rēnian / hond-gesteallan* (2167a–69a) と。このコメントは直接的には次にくる「甥のベーオウルフは叔父のヒュエラークに忠実だった」*Hygelāce wæs / nīða heardum   nefa swȳðe hold* (2169b–70b)、つまり裏切るようなことはなかったとの前置きになるのであるが、同時にこのコメントは、(王位簒奪の恨みから) 甥のヘオロウェアルドが叔父のフロースガールへの肉親殺しを企てた (そして失敗した) というヘオロウェアルドへの裏返された引喩でもあると筆者は解釈している。

　デネ王朝の歴史を瞥見してみよう。資料はガーモンズウェイほか G. N. Garmonsway, Jacqueline Simpson, and Hilda Ellis Davidson の『ベーオウルフとその類話』*Beowulf and its Analogues* (London: D. M. Dent, 1968), II D. pp. 124 とクレーバー Fr. Klaeber の『ベーオウルフ』*Beowulf* (Boston: Heath, 1950), Introduction, III. The Historical Elements (xxix–xlviii), Appendix I, Parallels (254–69) である。『ベーオウルフ』の登場人物のかなりが北欧の史料にも扱われているが、伝承の違いで系図、人物の関係、人物の行状などにかなり大きなずれがあり、そのまま都合よくは当てはまらない困難があることを先ずお断りしておく。とにかく北欧の史料[4]によってデネ王朝の系図を作ってみると、おおよそ次のようになる。

　シュルド Scyld 王には二人の王子フロード Frodo とヘアルフデネ Healfdene がおり、この二人が父王亡き後、王位を巡って争い、ヘアルフデネがフロードを殺害して王位についた (Sven Aagason, *A Brief History of the Kings of Denmark* (c. 1187), Ch. I と Saxo Grammaticus, *Danish History* (c. 1200) II § 51, *Series Runica Regum Daniae Altera* (14c.) (Garmonsway, p. 125)。また別の資料によれば、この二人の王子は王国を二分してそれぞれ王位についていたが、フロード王が全土をわが手に収めたいとの野望か

北欧の史料による Dene 王家の系図（筆者作成）：

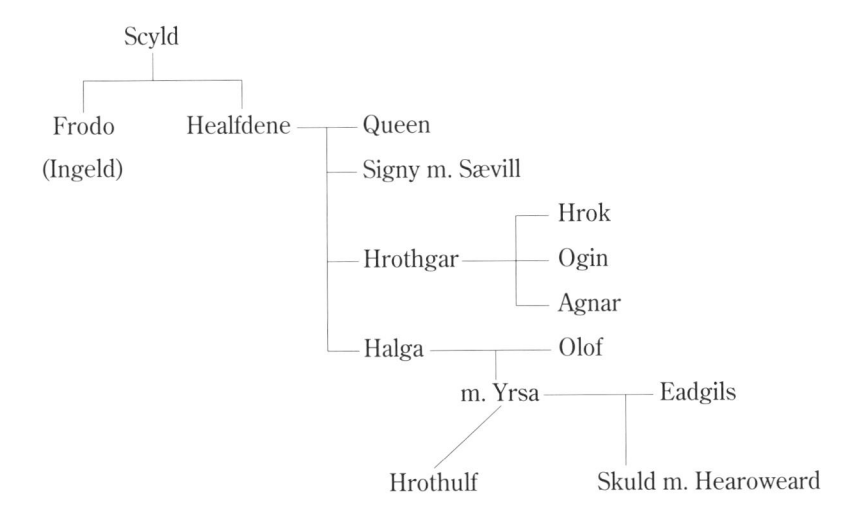

```
            Scyld
         ┌────┴────┐
      Frodo     Healfdene ──┬── Queen
    (Ingeld)                │
                            ├── Signy m. Sævill
                            │                    ┌── Hrok
                            ├── Hrothgar ────────┼── Ogin
                            │                    └── Agnar
                            └── Halga ─────────── Olof
                                   m. Yrsa ─────────── Eadgils
                                      │
                                   Hrothulf        Skuld m. Hearoweard
```

らヘアルフデネ王を夜襲して殺した（*Hrólfs saga kraka* (c. 1400) Ch. I (Garmonsway, p. 127)。さらにまた別の資料によれば、ヘアルフデネの兄弟はフロードではなく インゲルド Ingeld とされ、インゲルドはヘアルフデネを殺害し王位につくが、彼の王子たちフロースガール Hrothgar と ハールガ Halga に復讐される（*Skjöldunga saga* (c. 1200), abstract by Arngrimur Jonnson (1596), Chs. 9, 10, 12) (Garmonsway, pp. 125, 128–29 and 242) といった具合に、史料はヘアルフデネの兄弟が王位を巡って兄弟殺しをしたこととヘアルフデネの王子のフロースガールとハールガが父の復讐に叔父殺しをしたことを記している。しかしフロースガールは殺した叔父の王子たち、つまり従兄弟に復讐されたと書いてある史料もある。

『ベーオウルフ』ではフロースガールは名君として描かれているのに北欧の史料では小人物で、むしろ甥のフローズルフ Hrothulf が『ベーオウルフ』のフロースガールに相当する人望の厚い名君だとされ、フローズルフと彼を助ける勇士ボーズヴァル・ビアルキ Böðvarr Bjarki との関係はフ

ロースガールとベーオウルフとの関係とパラレルだとよく言われる。『ベーオウルフ』ではフロースガールの兄はヘオロガール、その子はヘオロウェアルドとなっているが、北欧の史料にはヘオロガールは出てこず、その王子ヘオロウェアルドはハールガとの関係にむすびつけられている。ハールガは自分の娘ユルザ Yrsa (Ursula) との間に王子フロースルフを儲け、ユルザは後にスウェーデン王エーアドイルス Eadgils と再婚し、二人の間に生まれた王女スクルド Skuld と結婚したのがスカニア伯 Earl of Scania のヘオロウェアルドとなっている。フロースルフは王位を狙ったヘオロウェアルドとスクルドによって殺される。この謀殺は一時成功してヘオロウェアルドはデンマーク王となるが、6時間後にはフロースルフの腹心アキ Aki によって復讐されたとの伝承になっているのである。これらの北欧史料から、Yrsa と夫ヘオロウェアルド（グレンデル）の異父兄フロースルフ王殺害と王位奪取の失敗が見てとれた。ここで重視したいのはヘオロウェアルドが王位奪取を企て（一時は成功するが）、結局失敗したことである。

『ベーオウルフ』詩人は王朝内の王位争奪については第2部のスウェーデンは別にして、第1部のデネ王朝内のそれについては意図的に取り上げないことにしたとしか思えない。彼は北欧の歴史書やサガとは表面的にはまったく異なる作品を意図したのである。第1部冒頭ではデネ王朝の5代にわたる栄光を強調し、王朝の絶頂期を築いた5代目フロースガール王を襲ったグレンデルによる災難も、英雄ベーオウルフによって救われるという物語を設定することによって、賢王神話と英雄神話を作りたかったためと思われる。しかし人の世の真実をも追求する詩人はそうした神話の中にどろどろした人の世の内実がのぞける隙間もいくつか設けていると言えるのではないだろうか。北欧の史料で王位争奪をめぐって王や王子たちは兄弟殺しや叔父殺しを頻繁に行っていることを確認したら、『ベーオウルフ』に戻ってみよう。確かにここでは王位争奪をめぐって肉親殺しが行われたことは書かれていない。しかしフロースルフによって王位簒奪が行われたことは暗示されている。ではフロースガールはどうやって王位を手に入れ

たのか、甥のヘオロウェアルドの鎧がなぜ彼の持物になっていたのか、疑問が残る。実は、作者は作品に書かれていない裏側をも読むことを読者に期待するという高等技術を用いているのではないだろうか。

　結論は単純である。憤死したヘオロウェアルドはグレンデルに化身しフロースガールへの復讐にヘオロトを襲い、怨霊が力の出せる夜だけ12年間もそこを占拠する。フロースガールの生命と玉座は彼の信仰によって神の加護を得て守られている。しかしグレンデルを排除することはできない。彼を退治できるのは、祟りの対象外のよそ者だけである。それが他所から来た英雄、イェーアタス Geatas の王子ベーオウルフだったわけで、彼の代理戦争によってグレンデルを退治できたのである。『ベーオウルフ』と北欧の史料との伝承の違いを承知で、北欧史料から王朝内の骨肉相食む激しい権力闘争を『ベーオウルフ』の系図に当てはめるならば、グレンデルとは、父王ヘオロガールから継ぐべき王位を叔父のフロースガールに奪われ、恐らくは敗者として母親とともに殺されたか、追放されて憤死したかして、異界を棲家とする妖怪 demon になったヘオロウェアルドの怨霊なのではないのか、という見方を新たに一つ加えてよいのではないかと思う。かなわぬ現世への望郷の念と復讐心からフロースガール王の宮廷を襲うのであるが、『グレッティルのサガ』 Grettis saga 35章のグラームル Glámr という名のトロール troll の怨霊 draugr のような散文的な存在ではなく、前章で述べた、死後怨霊と化して祟る崇徳院や道真のように怒りと悲しみにあふれた詩的な存在として詩人によって創造された人物なのである。

註

(1) Tolkien, J. R. R. 1936. "*Beowulf*: The Monsters and the Critics", *Proceedings of the British Academy*, XXII (1936), 245–95 (Oxford U. P.).
(2) Baird, Joseph L., 'Grendel The Exile', *Neophilologische Mitteilungen*, 67 (1966), 375–81.
(3) Orchard, Andy, *Pride and Prodigies* (D. S. Brewer, 1955), Chapter II Psychology and Physicality: The Monsters of *Beowulf*.
(4) この系図は筆者が作成したもの。*Beowulf* から読み取れる系図とかなりの違いがある。Grendel に筆者が擬した Heoroweard の位置付けが複雑なので説明を要する。彼と関係があるのは Hrothgar ではなくて Hrothulf である。Hrothulf の系譜は尋常なものではなく、Halga が Olof との間に生んだ娘の Yrsa に近親相姦で産ませたのが Hrothulf である。Yrsa はスウェーデン王 Eadgils と結婚し、娘 Skuld を産む。Skuld は Heoroweard と結婚する。この二人は義兄の Hrothulf 王を殺めて王座につくが、すぐ家来 Aki に復讐される。北欧史料の Hrothulf を *Beowulf* の Hrothgar に擬すると、Heoroweard の王位奪取の企てと失敗の話は、筆者の想定した *Beowulf* の裏面史と骨格に置いていかにパラレルか驚かされる。

参考書目

(アルファベット順)

Baird, Joseph L. 1966. 'Grendel The Exile', *Neophilologische Mitteilungen*, 67 (1966), 375–81.
Bessinger, Jess B, Jr. 1978. *A Concordance to The Anglo-Saxon Poetic Records*. Cornell U. P. [*ASPR*]
Bessinger, Jess B, Jr. and Robert F. Yeager. eds. 1984. *Approaches to Teaching Beowulf*. The Modern Language Association of America.
Chambers, R. W. 1963. *Beowulf: An Introduction*, 3rd ed. Cambridge U. P.
藤本勝義。1994 年。『源氏物語の〈物の怪〉―文学と記録の狭間―』笠間書院。
Gardner, John. 1971. *Grendel*. Knopf, 1971; Vintage Books, 1989.

Garmonsway, G. N., Jacqueline Simpson, and Hilda Ellis Davidson, 1968. *Beowulf and its Analogues*. London: D. M. Dent.

Greenfield, Stanley B. 1955. 'The formulaic Expression of the Theme of Exile in Anglo-Saxon Poetry', *Speculum*, 30, 200–06.

兵藤裕巳。1989年。『王権と物語』青土社。

Jones, Gwyn. 1972. *Kings, Beasts and Heroes*. Oxford U. P.

Klaeber, Fr. 1950. *Beowulf* (Boston: Heath,), Introduction, III. The Historical Elements (xxix–xlviii), *Appendix I*, Parallels (pp. 254–69).

小松和彦。1992年。『日本妖怪異聞録』小学館ライブラリー73、1995年（小学館、1992年）、111–42頁。

Orchard, Andy. 1995. *Pride and Prodigies* (D. S. Brewer), Chapter II Psychology and Physicality: The Monsters of *Beowulf*.

Patch, Howard Rollin. 1950. *The Other World: According to Descriptions in Medieval Literature*. Harvard U. P. 黒瀬　保・池上忠弘・小田卓爾・迫　和子　共訳『異界—中世ヨーロッパの夢と幻想』三省堂、1983年。[本書の題名は *The Other World*『異界』となっているが、本論で扱った「異界」を直接意味せず、中世人の夢見た天国・楽園のイメージを中心に論じたものである]

Rauer, Christine. 2000. *Beowulf and the Dragon—Parallels and Analogues*. D. S. Brewer.

真保　亨　編著。1991年。『絵巻北野天神縁起』至文堂、18頁。

鈴木　哲・関　幸彦　共著。2001年。『怨霊の宴』新人物往来社、94–107頁。

『太平記』巻第33「崇徳院の御事」

高木　信。2002年。「歴史叙述としての『平家物語』と『太平記』―怨霊の表象／表象の亡霊」、『フィクションか歴史か』（小森陽一ほか編、岩波講座文学9、141–62頁。

田中　聡。2002年。『妖怪と怨霊の日本史』集英社新書。

谷川健一。1984年。『魔の系譜』講談社学術文庫、52–87頁。

Tolkien, J. R. R. 1936. "*Beowulf*: The Monsters and the Critics", *Proceedings of the British Academy*, XXII, 245–95. Oxford U. P.

山田雄司。2001年。『崇徳院怨霊の研究』恩文閣出版。

［本章は、日本英文学会第74回大会（2002年5月25日於成蹊大学）での研究発表原稿に基づいている］

第7章

叙事詩と考古学
―『ベーオウルフ』とサットン・フー船墓の場合 ―

❋ サットン・フー船墓 (Sutton Hoo Ship-Burial)

　第2次世界大戦直前の1939年に、イングランドにおける20世紀最大の考古学的発見と言われる「サットン・フー船墓」"Sutton Hoo Ship-Burial"が発掘され、墳墓の船（の跡）とともに多くの副葬品が出土した。この船墓が王者の墓と思われるのは、船葬による王者の葬り方とこの王者が生前身に付けたり使用したと思われる王旗・王笏らしき品から武器・武具を中心に財布や台所用品に至るまで豪華な副葬品が発見されたからである。中でも兜と剣は『ベーオウルフ』に述べられている内容とよく似た部分があることで注目を集めた。Sutton Hoo はイングランド中東部サッフォーク Suffolk 州にある地名で 'south-town headland' の意である。そのあたりはアングロ‐サクソン時代は7王国 (Heptarchy) の一つイースト・アングリア East Anglia（今でも地方名として用いる）王国に属していた。ディーベン Deben 川を、北海にそそぐ河口から約6マイルさかのぼったところにウッドブリッジ Woodbridge 町があり、その対岸の丘の上にサットン・フーが位置している。対岸といっても川岸にあるのではなく、当時（7世紀頃）でも川から600ヤードは離れており、今ではほとんど半マイル離れている。以前は川を見下ろせたが、今は樹木がうっそうと茂って川は見えない。ここに15あまりの塚からなる古墳群があることは以前から知られていたが、この土地の所有者であるプリティ夫人 Mrs Pretty が前年の1938

年に 2、3、4 号塚を近くのイプスウィッチ博物館 Ipswich Museum に依頼して発掘してもらったところ、火葬 cremation の墓が二つ、土葬 inhumation の墓が一つと、2 種類の葬制が混在しているのが分かった。

翌 39 年に引き続き行われた 1 号塚の発掘によって我々の船墓が発見されたのである。この船は、もとは 27 メートルもあったという大型の漕ぎ舟で、9–10 世紀にヴァイキング Vikings の船葬に用いられた船より大きい。サットン・フーの船は埋葬用に特別に作られたものではなく、実際に航海に用いられた船であったことは修理をした跡が砂土に残っていることなどから確かだという。帆はなく、片側 20 のオールかけの跡から 40 人の漕ぎ手によって推進された船であることが分かる。船はすっかり朽ち果て木部は残っていなかったが、錆びた鋲と肋材と舷側板の跡がくっきりと砂に残っていた。この船の中心部に崩れてしまっているが家形の埋葬室 burial or mortuary chamber があって、その中に主要な副葬品が埋蔵されていたが、肝心の遺体は発見されなかった。これにはいくつかの理由が推測された。一つは、ここは墓ではなく記念碑 cenotaph であるとする説で、かつて英国の考古学の権威であったデイヴィッド・ウィルソン David Wilson も『アングロ‐サクソン人』*The Anglo-Saxons* (1960, p. 41) でそう考えていた。ほかには被葬者がキリスト教への改宗者で遺体は教会とか修道院に埋葬されたが、葬儀はこのように異教の儀礼・風習に則って行われたとか、異教の習慣から遺体はもう一度他所に埋葬されたとか、水死したり異郷で戦死したりして遺体がないとか、サットン・フーの強い酸性の土質が骨をも溶かしてしまったとか、いろいろ考えられている。

しかし現在最も有力な説は最後に述べた、強い酸性土壌が遺体の骨まで溶かしてしまったとする説で、エヴァンズ (Evans, 1994, p. 102) によると、1967 年に大英博物館が遺体室とその外の砂土に含まれるリン酸塩 phosphates の濃度を比べた結果、室内の方が著しく高く、しかも遺体があったと思われる場所に近くなるにつれて濃度が高くなったことが分かった。生物体がリン酸塩を含み、体が朽ちた後にも残留するからといって、それ

が人間であったという絶対的な証拠はないが、その位置からして被葬者のものだったと十分考えられる。被葬者はイースト・アングリアの国王と目されている。後述するように遺体があったと思われる所には身に付けていたと思われる遺品が大体そのあるべき場所に発見されているからである。

✣ 埋葬と火葬 (Inhumation and Cremation)

『ベーオウルフ』における二つの葬儀との比較

　この船葬というのは王者にふさわしい葬り方であり、誰しもすぐ思い浮かべるのが『ベーオウルフ』のシュルド Scyld 王の遺体を船に乗せて大海原に送り出す船葬の場面（26–52 行）である。この描写でも、サットン・フーでも、王者にふさわしい王旗・豪華な剣や兜や装飾品などの副葬品が共通している。船墓はスウェーデンやデンマークにその例をいくつか見るのであるが、イングランドにもそうした本格的な例があろうとはサットン・フーの発見まで誰も予想しなかったことである。この発掘以前の 1935 年に出版されたガーヴァン Girvan の『ベーオウルフと 7 世紀』*Beowulf and the Seventh Century* という『ベーオウルフ』の背景についての研究書は「このシュルドの船葬のことを詩人が個人的に直接知っていたことはありえない。彼は昔から言い伝えられた話によっているのだ。……船葬は 7 世紀よりずっと前に廃れてしまっていることを忘れてはならない」（33–35 頁）と述べているが、当時としてはやむをえない話である。（ついでにいえば、サットン・フーの発掘と整理にもかかわったサットン・フー研究の権威であったブルース・ミットフォード (Bruce-Mitford) がガーヴァンの書に新たに "Sutton Hoo and the Background to the Poem" という章を追加している。）船葬は 7 世紀以後も続いたのは明らかだし、『ベーオウルフ』詩人は船葬の描写を単に昔話を基に行なったのではなく、祖父や曽祖父の代の見聞を基にしたものと思われる。

ここで叙事詩と考古学との関係が明確な形をとって現れたわけで、シュリーマン Schliemann がホメーロスの叙事詩『イーリアス』*Iliad*、『オデュッセイア』*Odyssey* に描かれたトロイ Troy から、その遺跡の場所を突き止めた（実は彼が発見・発掘したのはトロイ戦争より以前の遺跡だったが）ような実際的関係ではないにしろ、叙事詩『ベーオウルフ』に描かれた船葬や武器・武具や貴重な装飾品の描写が架空のものではなく、サットン・フーの発掘品ときわめて類似していることは、両者が共通の文化を共有していた証左であり、詩人は見聞を基に詩作をしたことが証明されたと言っていいだろう。

　しかしシュルドの船葬をサットン・フーのそれと比較した場合、おおざっぱな類似のほかに、相違点もいくつかある。シュルドの船墓は大海原の懐に送り返される帆船である。シュルドの場合、描写が簡略化されているので、サットン・フーの舟墓の全体を理解するためには、埋葬・火葬の葬制の違いはあれ、国王ベーオウルフの葬式の細かい描写も合わせて考える必要がある。火龍と闘った英雄王ベーオウルフは相手を倒したが自らも致命傷を負い、次のような遺言をする。

　　　　　　　　　「我もはや得永らえず。
　　名を馳せし武士らに命ぜよ、　栄光の塚を築けと、
　　荼毘の後、　海沿いの岬に
　　そは鯨が崎に　高くそびゆる塔とならん、
　　わが民のため　追憶の碑として、
　　されば舟人ら　後の世にそを呼びて
　　ベオウルフの塚と称えん、　汐路はるけく
　　大海の闇のりこえ、　舟あやつりて来し舟人の」（2801b–08b 行）
　　　　　　　　（鈴木重威・もと子共訳『古代英詩』、100頁）

ベーオウルフは遺言どおり火葬に付され、家来は薪の周りに彼の兜、鎧、盾を掲げ、火龍の宝庫から持ち出された財宝、黄金、指輪、ブローチなどの装飾品とともに遺体を火葬にし、遺骨の上に 10 日がかりで鯨が崎に塚を築いたという。一方、サットン・フーは、舟人らの行き交う海沿いの鯨が崎ではないが、満潮時に海水が上ってきて入り江になるディーベン川のこのあたりは一種の岬と考えてよく、シュルドの船墓とベーオウルフの塚の描写を重ね合わせるとおおよそサットン・フーの船墓の概念が得られるのである。

　このサットン・フーの出土品の所有権が問題になり、検視官はこれをトレジャー・トローヴ treasure trove（密かに埋蔵された所有者不明の高価で貴重な発掘品）であるから国庫に入るべきものとしたが、陪審員による審査会が設けられ、これはトレジャー・トローヴではなく、地主のプリティ夫人の財産になるべきものとの判断を下し得たのも、この『ベーオウルフ』の描写を根拠に、ここの埋蔵は公的な儀式を伴い、公衆の面前で行われたであろうと想定されたからである。プリティ夫人は自分の所有と判定されたすべての発掘品を国家に寄贈し、大英博物館に所蔵された。次にサットン・フーの遺跡は何時ごろのもので、被葬者は誰かという問題に移る。

サットン・フーの船墓の年代

　墳墓の年代は考古学的証拠と歴史的状況証拠からかなり限定することができる。発掘品の中に財布があって、37 個の金貨が入っていた。「古銭学」Numismatics の研究によって、それらはすべてイングランドのものではなくて、メロヴィング Merovingian 王朝（448–751）のフランク族の広大な領土のいろいろな鋳造所 mints からのもであることが明らかにされた。大英博物館のケント博士 Dr Kent などの斯界の権威による再調査によって、1960 年までは 650–60 年頃とされていた年代が見直されて、625–30 年頃と修正された。金貨の収集年代とこれらが埋蔵された年代との間には、いくらかのタイムラグがあると考えられるが、それほど大きな開きはないだろ

うから、船墓の年代は 630 年直後と見て差し支えないだろう。この船墓の年代がこのように限定されると、次は被葬者が誰であったかの問題につながって行く。

被葬者は誰か

　発掘品の中には国王旗 royal standard や王笏 sceptre を思わせる王位の象徴や外国からの渡来品が含まれていること、金細工品・七宝焼き・宝石細工品などが当時の高い工芸技術 craftsmanship を示していることから見て、被葬者は国王の地位にあった者であることは間違いないだろう。そうだとすればこの地方は 7 王国の一つであるイースト・アングリア王国に属していたから、被葬者はその国王に限定されるだろう。先の金貨の推定年代から可能性のある王を挙げると、624 年か 5 年に没したラドワルド Rædwald、627 年か 8 年に没したエオルプワルド Eorpwald、636 年か 7 年に没したスィエベルヒト Sigeberht とエークリーチ Ecric の 4 人になる。しかしこの 4 人のうち誰のものであったかは、歴史的資料がなく、国王の名を刻んだ遺品が一つもないところから、にわかに断定できない。

　597 年にセント・オーガスティン St. Augustin によってケント Kent にもたらされたキリスト教も徐々に他の王国へ広がり、ラドワルド王はイースト・アングリアの王たちの中で最初に改宗者となったが、後にまた異教徒に逆戻りしている。スィエベルヒト王は熱烈なクリスチャンで修道士であったが、他の王たちについてはクリスチャンか異教徒か分からないというように、この時代は異教からキリスト教への過渡期であり、国王がクリスチャンでも家来や国民は異教徒という場合が多くあったと思われるので、国王の遺体の教会墓地への埋葬とは別に、異教徒の習慣による盛大な葬儀が行われたことも考えられる。この異教とキリスト教の混合は遺物にも反映されている。例えばギリシャ製の銀のスプーンが 2 本あり、うち 1 本に使徒パウロの名がギリシャ語で Paulos と、もう 1 本にはパウロが異教徒だった時の名サウロが Saulos と刻まれている。この一対のスプーンは洗

礼式 baptism に用いられたと推測されている。ほかに十字架の文様のついた銀のボウル bowls, 同じく十字架のしるしのついた、刀の鞘についている飾り鋲 boss があり、キリスト教的文化の遺物であると思われる。

❈ 国王旗 (Royal standard)

『ベーオウルフ』の国王旗

　この作品で「旗」は *segen, segn* として全部で6回用いられ、以下に見るようにすべて王の旗である。劈頭の序（1–52行）で詩人は、デネ王国の再興の祖、シュルド王の葬送の舟には、真ん中のマストのところに遺体が安置され、彼の遺品の武器・武具と宝物が積込まれたと述べたあと、「さらに家来たちは黄金の軍旗を彼の遺体の頭上高く立てた」*þā gȳt hīe him āsetton　segen gyldenne / hēah ofer hēafod* (47a–48a) と王旗だけを特筆大書している。大海原に送り出されるこの舟が並みの船や漂流船ではなく、舟墓の御座船であることを表象するためであろう。ここに用いられている「旗」の OE *segen, segn* は L *signum* からの借入で、現代英語の sign とは同源であるが、中英語期にフランス語から入った ensign に同化したものである。『ベーオウルフ』ではこの「黄金の旗」*segen gyldenne* がもう1度、グレンデル Grendel 母子退治を成し遂げたベーオウルフへのフロースガール王からの贈り物の一つとして言及される（1021a行）。ついでに言えば、ベーオウルフに勝利の褒賞として与えられた、軍旗、鎧、兜、刀の4品は最大級の贈り物、王者から（将来の）王者への贈り物にふさわしいものと思われる。これらのうち少なくとも鎧は（おそらく他の3品も）フロースガール Hrothgar の兄王ヘオロガール Heorogar から王子ヘオロウェアルド Heoroweard に引き継がれたもので、王子の没後フロースガールの所有物となっていたものであろう。ここからは私見であるが、継承すべき王座をフロースガールに奪われ悶死したか謀殺されたかしたヘオロウェアルドは

怪物グレンデルに化身し、母親も女怪と化して復讐にヘオロト Heorot を訪れたので、いわば呪いのかかった兄王とその王子の遺品をそっくり、これを機会にベーオウルフに与えて厄介払いをしたのである（本書第 6 章参照）。

　『ベーオウルフ』には軍旗が *segn* としてもう 4 回出現する。その一つはイェーアタス Geatas のヒュエラーク Hygelac 王が最後の遠征中も謂（いわ）れのある「ブローズィンガスの首飾り」 *Brōsinga mene* (1199b) を携帯し「そのとき彼は軍旗の下にその宝を守った」 *siðþan hē under segn   sinc ealgode* (1204)) が、直後に「彼は楯の下に倒れた」 *hē under rande gecranc* (1209b) と詩人が「軍旗の下に」と「楯の下に」と語呂合わせを用いてヒュエラーク王の死をやや皮肉っぽく述べるくだりに現れる。次に見られる 2 例はいずれも火龍の守っていた宝庫の中に、火龍を倒したウィーラーフ Wiglaf が見つけた旗である。最初の説明が最も詳しく、「そのとき彼は宝庫の上高く、純金の旗が立っているのを見た、手の技で織られた手作りの最高の逸品だった」 *Swylce hē siomian geseah   segn eall-gylden / hēah ofer horde, hond-wundra mǣst, / gelocen leoðo-cræftum* (2767a–69a) と述べられている。この説明から黄金の旗は金糸か金片で、巧みに手で織られていることが分かる。この旗も宝庫を残して死に絶えた王族の王旗である。ウィーラーフは胸に抱えられるだけの宝のほかに「この旗も取って」 *segn ēac genōm* (2776b) ベーオウルフのもとに駆け戻った。この作品での「旗」の最後の出現は、時間的には逆転してヒュエラーク王がスウェーデンのオンゲンセーオウ Ongentheow 王の軍勢と戦ってこれを追い詰め「ヒュエラークの軍旗はその退却地を撃破した」 *segn Higelāces / freoðo-wong þone   forð oferēodon* (2958b–59b) と詩人によって王旗が擬人化された描写においてである。

サットン・フーの国王旗

　サットン・フーの出土品で国王旗と思われているものは、我々が想像す

る旗竿とそこに括りつけられた布製の風にはためく旗だが、それとはまったく異なる。こちらは172センチのすべて鉄製のスタンドである（下図参照）。このスタンドの先端は地面などに突き刺せるように先のとがったスパイクになっている。旗手がベルトの受けに挿すこともできたであろう。この先より10センチほど上に渦巻き型の押さえ金が左右に付いている。地面に刺す時に足で踏みつけたのかもしれない。スタンドの上端は四方に枝を出し、それぞれの先端に動物が角を左右に出している姿を模したハンガーのような装飾が付いている。スタンドの真ん中より上には装飾的な、やや上に開いた四角の枠の上に炉に架けるような鉄格子grillを蓋のように乗せた籠状のものcageが付いている。この籠が何に使われたかについては諸説あったが、今ではそこを木の葉か孔雀の羽で冠のように飾って国王あるいは大王 Bretwalda 'Ruler of Bratain' の印にしたのではないかと考えられている。恐らくこの旗は、ビードBedeが『英国民教会史』（ラテン語版では第2書第16章、古英語翻訳版では第14章）で、ノーサンブリア王エドウィンEdwinが行幸のとき、ローマ軍団旗のような古英語でスーフ púf, ラテン語でトゥーファ túfa と呼ぶ旗を旗手に持たせて先頭に立たせたと述べているものに当たるのであろう。

　サットン・フーの旗と『ベーオウルフ』の旗を比較して一番異なる点は、前者がすべて鉄製であるのに、後者は燦然と輝く金製か金箔が施された「金色の旗」である点であろう。文学での描写がいっそう豪華になっているのは珍しいことではない。共通点は国王旗として国王の象徴の機能を果たしていることである。

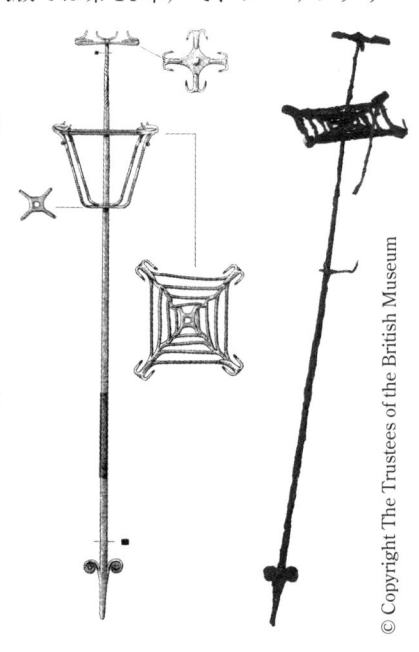

❋ 王笏 (Sceptre)

サットン・フーの王笏

『ベーオウルフ』には王笏への言及はないが、サットン・フーの出土品の中にほかに例を見ないユニークな遺物で、王笏としか考えられない砥石の四角い石柱があった（下図参照）。それは遺体室の西の壁際に沿って置かれていた国王旗のすぐ内側に発見された。材質は砥石であるがその用途に使用した形跡はなく、長さが61センチもあり両端は赤く塗られた球面体knobになっており、これらにブロンズ製の籠型の飾り金具が付いていて、両端に台皿saucerが付いている。不思議なのは球面体のすぐ下の、石柱の四面のそれぞれに陰気な顔をした長髪で、中には顎鬚や口鬚も蓄えた人面が彫られていることである。この石柱は何のためのものか。実用品でないことは明らかであり、全体から受ける感じは儀礼用品であり、この場合石の霊力を信じ、祖先（人面がそうか）の霊が込められた一種のトーテム的な王笏であるとみなすことになった。ここまでは『ベーオウルフ』とはまったく関係はないが重要なのは次に述べる雄鹿像である。国王旗とこの石柱の間に鉄環の上に雄鹿の見事なブロンズ像が乗っている飾りが落ちていた。雄鹿 (OE *heorot* (= hart)) は『ベーオウルフ』ではフロースガール王の建てた黄金の宮殿の名前「ヘオロト」Heorotとして用いられているところから明らかなように王権の象徴である。とすれば雄鹿のブロンズ像は国王旗の上、王笏の上のいずれに付けてもおかしくない。1960頃までは国王旗の上に付けて展示されており、ウィルソンの本 (45頁) でもそのような図解になっている。しかし今では石柱の上の台座だけある先端の欠けている飾りをこれで補う方がより適切であるとみなされ、

エヴァンズの本（83 頁）の写真のように王笏の方に移された。それでは話題を王権の象徴から武具・武器に移そう。

✻ 兜(かぶと) (Helmet)

『ベーオウルフ』の兜

　『ベーオウルフ』で兜を表す用語で多用されているのは普通名詞の *helm* である。指小辞 -et の付いた現代英語の helmet は 1450 年頃の初出であり OE にはまだない。しかし *helm* には兜のほかに比喩的な「保護」と「保護者」の意味でも用いられている。全 29 例中、兜の意味の出現回数は 26 回である。これらの中で helm に何らかの形容がついて兜の描写になっているものを選ぶと、まず「光り輝く」と形容が付いたものには *se hwīta helm* (1448a) 'the white (= shining) helmet' と *brūn-fāgne helm* (2615a) 'brown-coloured (= shining) helmet' の 2 例あり、戦場に出陣した武士の被る手入れのよい兜への言及である。しかし火龍の宝庫には長年埋もれて「古くて錆びの出たあまたの兜があった」*þǣr wæs helm monig / eald ond ōmig* (2762b–3a) は放置されたものへの言及である。装飾について見ると金で飾られていることが、「金で飾られた丈夫な兜も金箔が剥がれる定めである」*Sceal se hearda helm　(hyr)sted golde, / fǣtum befeallen* (2255a–6a) と「最後の生き残り」が述べるところと、瀕死のベーオウルフは今はの際にウィーラーフに自分の金の首飾り、宝環、鎧とともに「金箔の兜」*gold-fāhne helm* (2811b) を遺贈したと詩人が語るところに見られる。さらに兜の装飾で重要なのは「猪像」boar image である。この像には武士の命を守る働きがあると北欧世界では広く信じられ、兜の飾りにお守りのように付けられることが多かった。『ベーオウルフ』にも猪像の付いた兜への言及がいくつかある。その一つはヘオロトに来襲したグレンデルの母親の女怪が与える戦の恐怖は、武器を執る男が血塗られた剣で「兜の上の猪像」

swīn ofer helme (1286b)に刃鋭く斬りつけるときに与える恐怖に比して小さいと（実際は母親の方が手強かったのだが）、詩人が述べる際に見られる。

　もっと詳細な描写は、デネの海岸に上陸したベーオウルフの一行の雄姿を「面頬(めんほお)の上に猪像が輝いた、金で飾られ、凝った細工の火で鍛えられた像が」*Eoforlīc scionon / ofer hlēor-bergan　gehroden golde, / fāh ond fȳr-heard* (303b–5a) と称えるくだりに見られる。これは後で見るようにサットン・フーの兜と同じである。さらに『ベーオウルフ』では猪像が兜の換喩 metonymy として用いられている例が二つある。一つはフィン・エピソード Finn Episode で、フリジア王フィン王の后として嫁いだデネのヒルデブルフ Hildeburh の兄のフナフ Hnæf の一行が、フィンの宮廷訪問中に復讐心に火がついて両国の武士たちが一戦を交え、フナフとヒルデブルフの息子が双方の犠牲者となる。この叔父と甥が荼毘(だび)に付される際に薪の山に遺骸と鎧とともに置かれたのが「金箔で覆われた野豚の像、鉄のように堅い猪像」*swȳn eal-gylden, / eofer īren-heard* (1111b–12a) で、これはフナフの兜のことである。もう一例は、息子グレンデルの復讐にヘオロトを夜襲した母親に寵臣のアシュヘレ Æschere を連れ去られたことを告げるフロースガール王が、アシュヘレとは戦場で敵の「猪像に打撃を加えた」*eoferas cnysedan* (1328a) 戦友だったと嘆き悲しむ個所である。このように『ベーオウルフ』の武具の描写の中で兜のそれが最も詳しい (Cramp, 'Beowulf and Archaeology', 60)。

　複合語の表現で重要なのは前述の *hlēor-bergan* 'cheek-guard' のほかに同じく「面頬」を表す *grīm-helmas* (334b) 'mask- (= visored) helmet', *beado-grīman* (2257a), *here-grīman* (396a, 2049a, 2605a) 'war-mask' が用いられていることである。*beado-grīman* は「最後の生き残り」がもはや磨き手がいないと嘆くくだりに出てくるものである。*here-grīma* は *under here-grīman* と「武装して、戦兜を被って」を意味するセットフレーズでもあるが、視覚的なイメージの喚起という点では「面頬」*grīm(a)* (= mask)の要素も無視できない。

その他の複合語は helm を第2要素とするもので、scadu-helma (650a) 'shadow-cover, i.e. darkness'、niht-helm (1789b) (= night-cover, i.e. darkness) における helm は「兜」の意味は持たない。しかし「戦さ」を意味する第1要素に -helm を付けて「兜」を表す gūð-helm (2487a) (= war-helmet) は戦の激しさを強調した叙事詩的な文脈にふさわしいものである。これに似た wīg-heafolan (2661b) 'war-head' についてブレイディ Brady (1979, 88-90) は、単なる武具としての「兜」ではなく、「戦で頭を覆い護ってくれるもの」と兜の機能面を隠喩的に表現したものだと述べていて興味深い。

サットン・フーの兜

副葬品の中でも兜はその白眉である。ロンドン塔の武具製作部によって作られたレプリカ（次頁下図参照）に基づいて説明をすると、頭を覆う部分の鉢 cap は鉄製で、それに顔を覆う面頬 face mask と耳覆い earflap と首を覆う錏 neck guard が付いて全体をなしている。この兜の大きな特徴は錫めっきを施した青銅板のパネルが一面に貼り付けられているために、全体が白銀に光輝いていることである。この点は先に見た『ベーオウルフ』の「光り輝く兜」の描写と一致する。『ベーオウルフ』で言及されている兜を飾る金箔の猪像はどこに付いているのであろうか。「猪像に打撃を加えた」などの表現から、クレーバーの刊本の巻頭に載せてある北欧の考古学書から採った5枚の図版の2枚目に、右手に槍を左手に剣を握って横向きに並んで立っている二人の武士が大きな猪像が天頂に付いた兜を被っているスウェーデンのエーランド Öland 出土のパネルがあるが、そのように目立つ形で猪像が付いた兜を詩人は想定しているようである。

サットン・フーの兜にも、頭や命を剣から守る霊力があるとされる猪像が確かに付いているが、それは天頂ではなく眉庇の左右の端に頭部が横に付いている。また兜には猪像のほかに鉢の真後ろから天頂を通り眉間まで、銀線を叩き込んだ鉄製の1センチほどの高さのチューブ状の稜線が1本走り、後頭部の端に1匹、眉間の上に逆方向につながった2匹の龍の頭が付

叙事詩と考古学―『ベーオウルフ』とサットン・フー船墓の場合―　137

いている。兜の表面に張られた5センチ角ほどのパネルは打ち出された図柄によって4種に分けられる。「踊る武士」と呼ばれている二人の武士が手に槍と短剣を持ち、両足を広げて正面を向いて立つ左右相称形のユーモラスな図柄のものと、槍を構えた馬上の武士が、馬に槍を突き刺そうとしている敵を馬で蹴り倒している激しい戦闘場面の図柄のものと、動物の頭と尾がつながった長くゆるい組み紐文様のものと、細かく編まれた、これまた動物組み紐文様の4種である。これらのパネルはブロンズの帯で合わされ鋲で留められている。オリジナルの写真に見るように、素晴らしいのは面頬(めんほお)で、眉毛・鼻柱・口ひげが銀線打ち込みに金メッキが施されて厳めしい武将の顔立ちに作られ、眉間の上の2匹の龍の目に赤いガーネットが象嵌(ぞうがん)された頭部を加えると、全体として不思議にも翼を広げた飛龍の形になるのである。『ベーオウルフ』の兜の描写とサットン・フー兜との間には猪像の位置や龍の頭部のあるなしの違いはあるが、相対的にパラレル度は高いのではあるまいか。

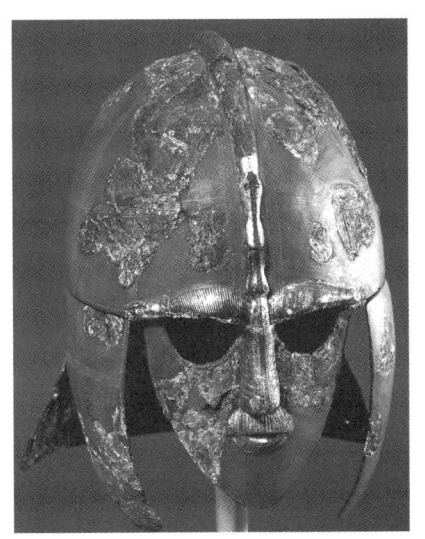

上の写真は出土した兜の破片を継ぎ合わせた
　オリジナル
下の写真はレプリカ
© Copyright The Trustees of the British Museum

✳ 剣 (Sword)

『ベーオウルフ』における剣

　OE においても「剣」を表す最も一般的な語は現代英語におけると同じく *sweord* (= sword) である。『ベーオウルフ』ではこの語は *sweord, swurd, swyrd, sweordes, sweorde, sweorda, sweordum,* の諸語形で 43 回も使用されている。OE 詩におけるこの語の総出現回数はベッスィンジャー Bessinger の *ASPR* のコンコーダンス (1978) をもとに筆者が合計したところ 98 回なので、この作品が 44 パーセントも占めている。またこの作品に「剣」を意味する詩語としてよく用いられている *mēce* についてその変化形も含めて見ると、OE 詩におけるこの語の総出現回数は 21 回で『ベーオウルフ』では 8 回である。『ベーオウルフ』のような頭韻詩では頭韻を踏む同義語がいくつか必要であるが、「剣」の場合も、このほか詩語が *bill* (= bill) が 11 回 (OE 詩におけるこの語の総出現回数 25 回)、また文字通り「刃」も表し、比喩的に剣も意味する *ecg* (= edge) は 28 回 (OE 詩におけるこの語の総出現回数は 57 回) 用いられている。この数字はこれらの語の単一語 simplex についてのみのものであり、さらにこれらの語の複合形 complex や他の同義語の使用を含めると、英雄叙事詩であるから当然とはいえ、この作品では「剣」への言及が極めて多いことが分かる。

　sweord の複合語には *eald-sweord* 'old or ancient sword', *gūð-sweord* 'war-sword', *māðþum-sweord* 'precious sword', *wǣg-sweord* 'wave-patterned sword' の 4 種だが、考古学的に重要なのは最後の *wǣg-sweord* である。これは刀身に波形の文様が出ている剣、刃紋（錵・沸）の浮いた刀を意味する。このほかに *mǣl* を第 2 要素とする「剣」を表す複合語がある。この *mǣl* は単一語では「（特定の）時」の意味だが、複合語の第 2 要素になると「印」の意味となり、第 1 要素で表される印、文様を持った剣を意味するようになる。『ベーオウルフ』の例のうち動詞 *bregdan* 'to braid' の過去分詞 *brogden, brōden* を第 1 要素とする *brogden-mǣl* (1667a), *brōden-mǣl* (1616a) は

「織り目模様の刃紋のついた剣」のことである。いずれもベーオウルフが湖底のグレンデル母子の棲家で発見し、この母子の毒血で刃が溶け去った古刀への言及である。*wunden-mæl* (1531a) 'sword with wound or curved markings' は、ベーオウルフがグレンデル母子の棲家での女怪との闘いに用いて通じなかった、ウンフェルスから借りた名刀フルンティング Hrunting への言及であり、先の *brōden-mæl*, *brogden-mæl* と同じく刃に波形模様のついた damascened 剣のことである。さしもの名刀も女怪には通じず打ち捨てられるのではあるが、この剣と古刀には *hring-mæl* (1521b, 1564b) 'ring-sword' も用いられている。これには波形文様の出た剣の意とも、柄頭 pommel の環飾りへの言及とも考えられる。サットン・フー出土の剣の柄頭にも環飾りを付けて復元していた (Bruce-Mitford, 1978) が、今ではこの環飾りが楯の飾りだとわかった (Evans, 1994)。当初、柄頭の飾りと見たのも北欧にその種の 'ring-sword' の例が多いからである (Daividson, 1962, pp. 59–61 and plates viii–ix)。クレーバー Klaeber もレン Wrenn もその刊本のグロサリーで両方の解釈を挙げていて、決定的な判断は留保している。クレーバーは古刀に *fetel-hilt* (1563a) 'hilt furnished with a ring' が用いられたとき、次行 *hring-mæl* も、どちらかといえば環形の飾りを持つ柄への言及を優先させているように思える。しかしここは、*Hē gefēng þā fetel-hilt* (1563a) 'He (Beowulf) held the linked hilt' と *hring-mæl gebrægd* (1564b) '(and he) drew the ring-sword' とが等位節で並び、「彼は環飾りの柄を握って、鎺の浮いた剣を抜いた」となっているもので、*hring-mæl* は *fetel-hilt* の同格 appositive ではないので筆者は *hring-mæl* を「鎺の浮いた剣」と解したい。「環形の剣」の環形とは湾曲した舳先を *hringed-stefna* (32b, 1131a, 1897b) と言うように半円形をも意味し、その繰り返しである波形も指したのであろう。

　mæl 複合語の次の例を見てみよう。*sceāden-mæl* (1939a) は恐ろしい王妃モードスリューゾ Modthrytho が自分に色目を使った家来を成敗するときに用いた 'damascened sword' である。この語は『出エジプト記』26章

1節の *opere plumario* 'brocade work' の古高地ドイツ語訳の *kaskeidanaz werh* に関連する語であることをズィーフェルス Sievers が明らかにしたことによって、金襴のような織物の文様が浮き出た剣のことであることが分かった。いずれにして名刀の描写で最も多いのが、鋩についてであり、グレンデルの棲家の古刀も *wyrm-fāh* (1698a) 'with serpentine ornamentation' と蛇皮の模様に喩えている。

　この作品中唯一剣の製法についての言及と筆者がみなしている1行がある。*heoru bunden, hamere geþuren* (1285) 'a bound sword forged with hammer' である。この *bunden* は *bindan* 'to bind' の過去分詞で、ふつう 'ornamented' と訳され、この場合、刃の形容であるとすれば「鋩の浮いた」の意味に取れる（柄の飾りと取ると「ハンマーで鍛えた」と並びが悪い）が、筆者は、サットン・フーの剣のところで説明するように、「地金の棒を何本か束ねて、ハンマーで鍛えた」と、剣の製法について述べたものと解釈したい。

　今度は *grǣg-mǣl* (2682a) 'grey-coloured or marked' を見てみる。ここでは *mǣl* を 'sword' より 'mark' の意味に取り、形容詞とみなす。この語はベーオウルフが龍の頭部に打ち込んだとき砕け散った、彼の剣ナイリング Nægling の形容として *gomol* 'ancient' と並べて用いられている。鉛色 grey は剣の刃の形容であることは間違いないが、誉め言葉としては奇異に思えるかも知れない。この作品では単一語の *grǣg* は、デネの宮廷にやってきたベーオウルフの一団のトネリコで出来た槍の穂先と胴鎧の形容 (330a, 334a) として用いられているところを見ると、磨かれた金属で出来たものの形容としては一般的なのであろう。槍の穂先も胴鎧もぴかぴか光る特徴を有する以上、grey は今の意味よりはもっと光る銀色のような意味に使われたと思われる。恐らくその刃が光の加減や見る角度でその波形文様が白く浮き出る様を表現したものであろう。従ってこの場合、この語は 'gleaming'「きらめく」という訳が当たる意味を持つと思われる（忍足 2001 参照）。

この grey と同様な意味を持つと思われるのが、brown (OE *brūn*) である。この語は OE でも一般に 'dark-coloured' の意味で使われているが、『ベーオウルフ』の例を見ると、単一語の用例は龍には利き目のなかったベーオウルフの名刀ナイリングの形容 (2578a 行) であり、複合語の用例はグレンデルの母親がベーオウルフに馬乗りになり彼を刺そうとした短剣の形容 *brūn-ecg* (1546a) 'with bright edge' であり、ウィーラーフが父から受け継いだ兜の形容 *brūn-fāgne* (2615a) 'bright-coloured' である。このような brown の輝く剣や兜に用いる用法は古高地ドイツ語や中オランダ語にもあり、さらにゲルマン語から古フランス語に入って英語に再借入された派生動詞の *burnish* (= make bright) にも現れている。こうして剣や兜が光を受けて輝くものという観念が「戦の光」*hilde-lēoma* (cf. 1143b), *beado-lēoma* (1523a) 'battle-light' という有名な剣のケニングを生み出したこととは繋がりがあると言える。

　サットン・フーの剣と『ベーオウルフ』の剣を比較することによって、デイヴィドソンの言うところの名刀のホールマーク（品質保証）である波形文様が共通していることが明らかになった。これは刀身 (blade) についてであって、剣は柄(つか) (hilt) も重要な部分であることは言うまでもない。『ベーオウルフ』での柄への一般的な言及は「柄を握る」(1563a, 1574a) と機能面への言及が多いが、フルンティングについてその柄を強調した *hæft-mēce* (1457a) 'hilted sword' と柄に飾りのあることに言及した *wrættum gebunden* (1531b) '(hilt) adorned with ornamentations' のような漠然とした用語にサットン・フーの柄頭(つかがしら)の飾りが具体的なイメージをある程度与えてくれる。しかし柄に描かれた図柄や文字に関してはベーオウルフが湖底のグレンデル母子の棲家から持ち帰った古刀の柄への言及に集中している。グレンデル母子の家宝であったと思われるこの巨人の鍛冶（例えばウィーランド）の作った古刀 (1679a 行) の金箔の柄 (1677a 行) には、その昔、神と争った巨人族が洪水に滅ぼされる図が彫られていて (1687b–93b 行)、その鍔(つば)には作ってもらった者の名がルーン文字で記されていた

という（1694a–98a 行）。我々はサットン・フーの剣（下図参照）にも図や文字を期待したいところだが、あいにく握りの部分 grip は前述したように刀心・なかご tang を残して木製の部分は朽ち果て、ガーネットの七宝焼きの見事な柄頭と柄の片側の上下に付いていた金線細工の留め金飾りと金銅の鍔が残っているが図や文字はない。

サットン・フーの剣

　サットン・フーから発掘された剣は、鋒先を東に向けた船墓中央に西枕に仰向けの遺体があったと想定される位置の右手に、折れ曲がり腐食した状態で見つかった。この船の中央部分に木で作られた遺体室が当初はあって、そこに消滅した遺体と剣などの副葬品が納められていた。やがてこの部屋の屋根が崩れ落ち、1300 年もの間、上からの土の重みに耐えかねて折れ曲がったものと思われる。鉄剣の本体とともに柄も見つかっているが、その柄頭は台形の帽子のような形 'cock-hat' をしており、金とガーネットの七宝焼きからできていて美術的にも価値が高い。剣の握りは木製で朽ち果て、そこに入っていた刀身の根本の部分（刀心）が露出している。鞘は木製で朽ち果てているが、金とガーネットでできた二つの目玉のように見える鞘の装飾突起 boss が刀身の上に置かれたかのような形で残っている。鞘の内側には恐らく錆を防ぐためにビーバーか何かの毛皮が内張りしてあったらしく、動物の毛のようなものがついている。剣は両刃でまっすぐな直刀であり、刃が片側だけで反り身の日本刀のタイプではない。長さは柄まで含めて 85.4 センチで、刀身の長さは 72 センチ、鍔から鞘の突起部までが 10.5 センチ、鍔下の鞘の幅は 7.3 センチ、半球状の鞘のボス（突起飾り）は高さ・直径とも約 2 センチである。

　『ベーオウルフ』との関連で最も重要なのは刀身についてである。この

部分は腐食して上からの重みで部分的に砕けたところもあるような悲惨な状態で発掘されたが、大英博物館の研究所でのＸ線撮影の結果、文様鍛接技術を用いた剣 pattern-welded sword であることが判明した。その写真 (Bruce-Mitford, 1978, pp. 278–81) を見ると感激する。鰊の骨の並び具合に似た矢筈文様 herringbone pattern が二筋かなりくっきりと刀身に走っているではないか。これこそ『ベーオウルフ』の剣の描写で「波形文様」と繰り返し述べられている、名刀に見られる文様の変形ではないのか。文学と考古学の出会いの一つがここに見られるのである。

　サットン・フーから出土した剣も含めて矢筈・波形文様の刃紋の出る剣の製法を明らかにするために行われた実験についてデイヴィッドソンはその著書『アングロ‐サクソン時代のイングランドの剣』The Sword of Anglo-Saxon England (1962) の付録Ａ「文様鍛接剣の製作」で詳述している（特に興味のない方は以下を飛ばし読みしていただいてよい）。この実験はアンスティーとビーク J. W. Anstee and L. Biek によって1955年に試行錯誤の実験を８回行ったものである。刀鍛冶の技術についての不案内の筆者が理解しえた範囲でこれを紹介する。(1) 細長い鉄板を縒り合わせて螺旋状の細線を作る。(2) 螺旋の溝を埋めるために、この鉄板の両面を溶加材の丸い棒ではさんで溶接して１本の棒にする。この棒を高温で溶接し鍛えて長方形の板にする。(3) ３本の細い鉄板を２束用意して部分的に逆方向にねじりながら２本の棒を作る。ねじりが完成するたびに溶接される。２本の棒を縒り合わせる前の段階ですでに波紋が浮き出た。(4) １本の軸になる細長い鉄板と２本の溶加材としてのさらに細い鉄板の３本を一緒に、両端からそれぞれ逆にねじり合わせ、鍛えて長方形の板にする。これを二つ折にして捻じった両端を合わせて溶接し槍の穂先の芯を作り、これを研いで酸性液で腐食させ磨くと山形文様 chevron patterns が出る。しかし表面の文様から材料や製造過程を直接推測するのは早とちりになる。

　(5) 前の２で作った棒は溶加材が螺旋のみぞに深くうめこまれ、細長い鉄板のふちが飛び出る。これを鍛えると溶加材の上に鳩の尾のような文様

を作る。この棒の先を尖らせて剣の形に鍛え、これに両刃を溶接する。(6) 今度は幅の狭いメインの鉄板をそれより大きな溶加材の鉄板で挟んで束にして両端近くで捻じり合わせ、溶接して丸い丈夫な棒にする。この棒を半分に折って溶接すると独特の文様が得られる。(7) この実験では文様が出るのは低炭素と高炭素の層を交互に重ね合わせた浸炭法 carburization の結果であるとする従来の見解を、それによらない方法でも既存の剣に倍加する文様が現れ、明暗の部分が際立ったことによって、否定したものである。剣になる蒲鉾形の棒の表面を先に向かって細くしながら半分の厚さになるまで鍛え、その後磨いて酸の液で腐食させるとさまざまな刃紋が連なって現れる。(8) これまで積み上げてきた実験の集大成で、まず3枚の細長い鉄板と溶加材の2本の棒に、鳩の糞・小麦粉・蜂蜜・オリーブ油・ミルクから作った固目の接着剤を良く塗り、貼り合わせて布に包みひもで縛る。これを鉄枠の砂に埋め込み、薪火で90分焼きを入れてから冷やす。これを捻じって棒にする。この棒を3本作って並べ、間の2箇所に未処理の棒を入れる。これら全部を溶接して剣の刀身を作り、さらにこれに両刃を溶接で付ける。刃を鍛えて鑢をかける。最後に全体を磨いて仕上げる。

　ブルース・ミットフォードの大冊の報告書の第2巻（1978年）、第6章「剣」の付録でアンジェラ・クレア・エヴァンズ Angela Clare Evans は、すでに述べた「刃紋鍛接技法」について註記を載せている。発掘された剣は錆びて腐食が進んでいてどうしようもないと思われたが、X線の立体写真によって、刃紋の組成が部分的に明らかになった。写真によると、剣の表裏のために、7本の棒からなる束が4つそれぞれ用意され、その2束同士を左右交互に縒り合わせて鍛接するので、片面2筋の矢筈模様ができると述べている。ここで留意すべきは、束を縒り合わせるところと真っ直ぐのままのところを合わせて平均5.3センチの単位で少なくとも11回繰り返されていることである。こうしてできた文様鍛接の刀身に両刃が溶接される。ついでに言えば、サットン・フーの剣は有名なニーダム Nydam の剣も最近イーリー・フィールズ Ely Fields の墓地から出土した剣も同じ製

法で作られた剣であるという。

　結局、エヴァンズが述べた上の註記がサットン・フーの剣の組成と工法を直接明らかにしているが、デイヴィドソンの紹介した、先のアスティーとビークの実験の上になったものだろう。

✳ 鎖帷子(くさりかたびら) (Mailcoat)

『ベーオウルフ』の鎖帷子

　鎖帷子はOEで *byrne* (= byrnie) が代表的な単語で、『ベーオウルフ』では変化形も含んだ単一語で23回（OE詩全体では35回）出現している。*byrne* やほかの語による鎧の叙述で一番多いのは鎖帷子であるから当然とは言え、その無数のリングが鎖状・網状につなぎ合わされた形状についてである。その用例は次に挙げるように非常に多い。*hringed byrne* (1245b) 'ringed corslet', *hringde byrnan* (2615b) 'corslet formed of rings', *līc-syrce mīn / heard hond-locen* (550b–51a) 'my hard body-sark linked by hand', *brēost-net brōden* (1548a) 'knitted breast-net', *here-net* (1553a) 'war-net', *hring-net* (1889b, 2754b) 'ring-net', *searo-net seowed* (406a) 'sewn or linked battle-net'. 同時に光り輝く様についても言及がある (*græge syrcan* (334a) 'gleaming corslet')。さらに素材の鉄についても複合語の *īren-byrnan* (2986b), *Īsern-byrnan* (671b) 'iron-corslet' で言及されている。しかし圧巻はベーオウルフの一行がヘオロトに到着したときの描写で、「戦鎧がきらめいた、丈夫な手編みの輝く鉄輪が具足の歌をうたった」*Gūð-byrne scān / heard hond-locen, hring-īren scīr / song in searwum* (321b–23a) と、網状であること・光り輝くこと・鉄で出来ていることに加えて音も発したと述べるくだりである。

サットン・フーの鎖帷子

　アングロ‐サクソン時代の鎧は小さなリングを一つの鎧に数千から2万個もつなぎ合わせた鎖帷子である。サットン・フーの鎖帷子は、キール線に沿って遺体が置かれていたと思われる足元の先に、銀製の大皿の近くに幾重にも折り畳んであった。ほかの鉄製の遺物同様かなり錆び腐って団子状になっていた。X線検査でも細部までは分からなかったが、おおよそ腿までを被う長さがあり、鎖状になっている直径8ミリのリングで剣の切っ先や槍の矛先から身を護ったと考えられる。

✕ 楯 (Shield)

『ベーオウルフ』における楯

　『ベーオウルフ』では楯はヘオロトに到着したベーオウルフの一行について「船旅に疲れた武士たちは大きな楯を、すばらしく頑丈な突起持つ楯をその館の壁に立てかけた」*Setton sǣ-mēþe　sīde scyldas, / rondas regn-hearde　wið þæs recedes weal.* (325a–26b) と描写され、取次役のウルフガール Wulfgar も「いずこよりお主らは飾り付けたる楯を運んでこられたか」'*Hwanon ferigeað　gē fǣtte scyldas?*' (333) と問いただすが、ここでは楯の大きさ・(楯心の) 頑丈さ・飾りの3点が言及されている。さらに付け加えるべきものは、*geolo-rand* (438a) 'yellow shield', *geolwe linde* (2610a) 'yellow shield of linden' のような素材である菩提樹の木の色に言及したと思われる yellow の使用である。楯は「木の板」で出来ているため、しばしば *bord* (= board) が用いられている。単一語としてはこの作品で3回 (2259a, 2524a, 2673a)、すべて「楯」の意味で用いられている。さらに素材の板も表す複合語 *bord-wudu* (1243a) 'board-wood, i.e. shield' や同義反復的な *bord-rand* (2559b) 'board-shield' もある。

サットン・フーの楯

　楯は兜のすぐ西側の土の上に菩提樹の板と獣皮の破片と金属の付属品が団子状になっていた。付属品と飾りを配置して最小限必要な大きの直径91.5センチの丸楯に復元された。楯の表面には皮が貼られ、縁まわりには金銅の帯が貼られ大小18個の留め金で押さえられた。表の真ん中に縁のある丸い帽子を置いた感じの空洞の楯心 boss が5本の鋲で取り付けられ、この裏側に手を入れて握る鉄製の握り棒 hand-grip がある。この楯心には至るところに動物文様が浮き彫り風に配されている。機能的にはこれでよいはずだが、装飾として、表の楯心の左には、翼を畳んで口に何かを咥えている、胴体に組み紐模様を持ち、目玉と翼の付け根にガーネットを埋め込まれた金銅製の飛龍の飾りが配されている。右には、橅の木でかたどった猛禽類が1羽配され、翼の部分には金箔片に組み紐模様が押され、金銅で細工された恐ろしい嘴と爪が木部に取り付けられている。楯心の上方に1本、下方に大小2本の中央に小さな目玉を持つ皮バンドつきの腕時計を水平に置いた格好の飾り帯が配されている。これが現在のレプリカの配置

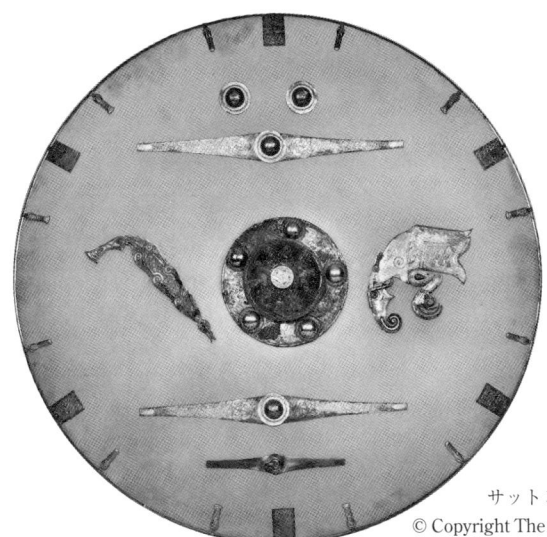

サットン・フー出土品の楯のレプリカ
© Copyright The Trustees of the British Museum

(Evans, 1994, p. 51) であるが、以前のレプリカは飛龍や猛禽類などの飾りの配置が違っていた (Grohskopf, p. 86)。これだけ豪華な楯は実用ではなく儀礼用のものかと一見思われるが、傷を修理した跡があることから持ち主が実際使用した、もとはスウェーデン製の祖先伝来の家宝 heirloom ではなかったかと考えられている。

✵ 槍 (Spear)

『ベーオウルフ』における槍

　サットン・フーの槍のようにゲルマンの槍の柄はトネリコ ash (OE æsc) で作られていた。『ベーオウルフ』でもフロースガール王が「説教」の中で「槍と剣で」 æscum ond ecgum (1772a) 自国を守ってきたと述べるくだりで、単一語の æsc が換喩的詩語として1回だけ「槍」の意味で用いられている。複合形でも æsc と「木」を意味する holt を組み合わせてやはり「槍」の意味にした æsc-holt (330a) 'ash-tree' が1回出てくるが、これはベーオウルフの家来たちのものである。柄 shaft の素材を表す wudu 'wood' と wæl-sceaftas 'slaughter-shafts' が同格に置かれた398a行では、どちらも槍全体よりは文字通り木製の柄に重点が置かれている。このような複合語の例には、ほかに戦での槍の強さを表す mægen-wudu (236a), þrec-wudu (1246a) 'mighty shaft', here-sceafta (335a) 'battle-shafts' がある。

　しかし OE で「槍」を表す代表的な詩語は gār (328b, 1075a, 1765b, 1846b, 3021b) である。ネプチューンのように海を表すケニングとして gār-secg (= spear-man) は有名であるが、「槍」の複合語として bon-gār (2031a) 'deadly spear' がある。このほか固有名詞の複合語の要素としても盛んに用いられた。人名の Hrōðgār (61a, 356b, etc.) (= 'glorious-spear, i.e. ?peace)', Gār-mundes (1962a) (= spear-hand, i. e. protection) のほか、国名の

Dene にも冠して「槍のデネ」*Gār-Dene* と変化形 (1a, 601a, 1856b, 2494b) が用いられているのを見ると、武士社会の象徴の一つだったのであろう。

サットン・フーの槍

　槍は5本、コプト製のブロンズ鉢のすぐ北側に発見された。投げ槍 angon も3本、コプト製の鉢の取っ手の一つに差し込まれた状態で見つかった。どちらの槍の場合も木製の柄は消え失せていたが、かろうじて槍の1本と投げ槍の1本の軸受け socket の破片から使用された木はトネリコであることが分かった。さらに従来、長柄の片刃のナイフ scramasax と思われていたもの (Bruce-Mitford, 1972, p. 39) が6本目の槍と訂正された。6本の槍穂の長さは21センチから34.7センチまでさまざまである (Bruce-Mitford, 1978, pp. 241–65)。

✼ 竪琴 (Harp)

『ベーオウルフ』の竪琴

　『ベーオウルフ』でも OE 一般でも「竪琴」を表す普通語は *hearpe* (= harp) で、この作品には5回出現する。無論、現代の大型のハープではなく、吟唱詩人 scop が手で抱えて爪弾く小型のハープでリラ lyre といってもよいものである。最初の例は、フロースガール王の宮廷ヘオロトでは夜毎「広間にハープの音と吟唱詩人の朗々とした歌が響き渡った」*þǣr wæs hearpan swēg, / swutol sang scopes* (89b–90a) である。異界に棲むグレンデルが嫉み心と復讐心からヘオロトに来襲するきっかけとなったのが、この世の歓びの象徴である宴の吟唱とハープの音だったのである。2番目の例はベーオウルフの帰国報告の中で、彼がヘオロトでの祝宴の音曲について、「(詩人が) 歓びをもたらす慰めの木たる竪琴を爪弾きました」*hearpan wynne, / gomen-wudu grētte* (2107b–8a) と語るくだりに見られる。*gomen-wudu* 'wood of mirth' は *hearpe* の同格詩語である。次の例は第2例のそういう「竪琴の歓び、歓びの木の楽しみも消えうせた」*Næs hearpan wyn, / gomen glēo-bēames* (2262b–63a) と、一族が絶えて宴の喜びが失せたと「最後の生き残り」が嘆く哀歌の一節である。ここでも *gomen glēo-bēames* 'pleasure of glee-wood' は *hearpan* の複合形容辞 compound epithet である。

　第4例はベーオウルフの祖父のフレーゼル Hrethel 王が、第2王子の流れ矢に当たって不慮の死を遂げた第1王子の酒宴の広間が荒廃し、「そこには竪琴の音はなく、住まいに歓楽はない」*nis þǣr hearpan swēg, / gomen in geardum* (2458b–59a) と嘆いたと語るベーオウルフの回顧談に見られる。第5例は逃げていた家来たちにベーオウルフの死の知らせを告げる伝令の長広舌の中で、国王亡きあと「竪琴の音が武士たちを目覚めさせることはない」*nalles hearpan swēg / wīgend weccan* (3023b–24a) と語るくだりである。全5例において竪琴はこの世の歓びをもたらすその音 (*hearpan swēg*) に関して用いられており、その形状についての言及は皆無である。

　『ベーオウルフ』以外でのハープへの言及はビードの語るキャドモン Cædmon の物語においてである。彼は修道院の牛飼の修道士であったが、毎夜開かれる余興の席で歌う順番が回ってくると、歌えない彼は席を立って牛小屋に帰っていた。そんな彼がある夜、神のお告げで天地創造の賛歌を歌ったという奇跡の話だが、伴奏に用いられていたのが小型ハープである。ビードが引用している「キャドモンの賛歌」*Cædmon's Hymn* はわずか10行の詩であるが、OE 学者のベッスィンガーがサットン・フーのハープを基に復元した楽器（前のレプリカ）を伴奏に、ポープ John C. Pope の提唱した韻律原理である等時間隔4拍子 isochronous quadruple でこの詩を朗読したレコード（参考文献参照）があり、声だけよりも音楽的な朗誦スタイルになっている点で、『平家物語』の琵琶の伴奏を想起させる。

サットン・フーの竪琴

　サットン・フーの竪琴はコプト製のブロンズの鉢といわれている鍋の中にビーバーの毛皮袋の中に破片となって入っていた。しかし下半分に相当する部分は砂を被っていたので溶けてなくなっていた。破片を接合して復元した1948年のレプリカは丈37.5センチの小型のものだったが、その後さらに破片が見つかり今では72.5センチの縦長のものになった。表は楓の1枚板を用いており、弦は6弦でガット弦か馬の毛が張ってあったらしい。無くなってしまった柱bridgeには骨を代用し、緒止め板tailpieceを新たにつけて復元した。現在レプリカは同じものが二つあり、一つは展示用であり、もう一つは楽器として使用するためである。響口がないにもかかわらず響きが大変良く、ピッチはアルトとテノールの中間だという。前に述べたベッスィンジャーが弾いたハープは以前の小型のレプリカであったと思われる。今のレプリカは、エヴァンズの本の72頁に示されている8世紀の写本に描かれたハープを弾くダヴィデ王の挿絵に見るような長方形の四隅を丸めた形になった。

© Copyright The Trustees of the British Museum

参考文献

Brady, Caroline. 1979. "Weapons' in 'Beowulf': an analysis of nominal compounds and an evaluation of the poet's use of them', *Anglo-Saxon England*, Vol. 8 (Cambridge U. P.), 79–141.

Bruce-Mitford, R. L. S. 1952. 'The Sutton Hoo Ship-Burial' Appendix to R. H. Hodgkin, *A History of the Anglo-Saxons*, Vol. II (Oxford U. P.), pp. 696–734.

―. 1971. 'Sutton Hoo and the Background to the Poem', in Ritchie Girvan, *Beowulf and the Seventh Century*. 1935; Methuen, 1971.

―. 1972. *The Sutton Hoo Ship-Burial: a Handbook*, 2nd ed. British Museum.

―. 1975. *The Sutton Hoo Ship-Burial, Volume 1, Excavations, Background, the Ship, Dating and Inventory*. British Museum.

―. 1978. *The Sutton Hoo Ship-Burial, Volume 2, Arms, Armour and Regalia*. British Museum.

―. 1983. *The Sutton Hoo Ship-Burial, Volume 3, Silver, Hanging-bowl, Drinking-vessels, Containers, Musical Instrument, Textiles, Minor Objects*. British Museum.

Clark, George. 1965. '*Beowulf*'s Armor', *ELH*, Vol. 32, No. 4 (Dec., 1965), 409–41.

Cramp, Rosemary. 1957. '*Beowulf* and Archaeology', *Medieval Archaeology*, 1 (1957), 57–64.

Davidson, H. R. Ellis. 1962. *The Sword in Anglo-Saxon England*. Boydell P., repr., 1994.

―. 1968. 'Archaeology and *Beowulf*' in G. N. Garmonsway and Jacqueline Simpson, *Beowulf and its Analogues* (Dent, 1968), pp. 350–64.

Evans, Angela Clare. 1997. *The Sutton Hoo Ship-Burial*, revised repr. ed., British Museum.

Grohskopf, Bernice. 1973. *The Treasure of Sutton Hoo: Ship-Burial for an Anglo-Saxon King*. iUninverse.com, 1973; 2000.

小笠原信夫。2000年。『日本刀の鑑賞基礎知識』至文堂。

Oshitari, Kinshiro. 2001. 「*Beowulf*における *græg* について」*SIMELL*, No. 16, 1–18.

Pope, John C. 1942. *The Rhythm of Beowulf*. 1942; Revised ed., Yale U. P., 1966.

Wrenn, C. L. 1963. 'Sutton Hoo and *Beowulf*' in R. W. Chambers, *Beowulf: an Introduction to the Study of the Poem*, 3rd ed. (Cambridge U. P.), pp. 508–23.

(Record)

Bessinger, Jr., J. B. 1962. *Beowulf, Caedmon's Hymn and Other Old English Poems*, read in Old English and Caedmon's Hymn was accompanied by a replica of the one discovered in 1939 in Sutton Hoo. Caedmon Records.

［本章は、2005 年 5 月書き下ろし］

第8章

『ベーオウルフ』の複合形容辞
(Compound Epithets)

　言語には意味＝概念の区分化と固定化という二つの本質的な作用があって同時に働いている。前者について言えば、意味の区分を立てることによって混沌とした世界を判然とした分かりやすいものにすること、即ち、社会と個人を含むある文化にとって価値的な対立の体系を生み出すことである。後者について言えば、本来流動的な感情や観念を言語で表現するために固定化を試みる。区分化は現実を相対的に把握し、複数の視点で分析することであるが、固定化は現実を絶対的に認識し、シンボル＝記号による表象に至るものである。[1]

　『ベーオウルフ』を含む古英語韻文は、独特の韻律があることのみならず、独特の詩語法 diction を持つ点でも古英語散文と大きく異なる。詩語法について述べれば、名詞、形容詞、動詞等の単一語 simplex について韻文にしか用いない詩語と、やはり散文では用いられない詩的複合語 poetic compounds が多用されている点である。この複合語には新たに詩人或いは社会が生み出した renovated compounds ともいうべき新しいものと民族社会の過去から現在に至る共通観念の表象が固定化された traditional compounds ともいうべき旧来のものとがある。従って、口承言語として民族の原初から伝えられ、伝統詩のテクストに定着された詩語とか詩的複合語というものは、[2] 時には新たな思想や事物を表現するために改造されたり、新旧二重の意味・概念を担わされたりするが、一般にそのまま信頼に値す

るのは、その語と概念の結びつきが社会的に認知され、ある一つの民族共通の価値の観念を作り上げているからである。

　こうした固定化された観念の表象と言うべき複合語を通して、『ベーオウルフ』というアングロ‐サクソン社会の価値観（必ずしも一面的ではなく、例えばpre-Christian vs Christian valueに分かれるものもある）を如実に反映していると思われる叙事詩を読むことはあながち的外れではあるまい。複合語が量的にも[3]質的にも圧倒的なこのような作品では作詩法同様、作品の理解・解釈にとって重要な要素であることは言うまでもない。語と概念の結びつきがことばの意味作用なのであり、そこに社会的に認知された観念が成立するのであるから、従来から、ある観念を表すのにどのような表現が（個別言語・語族に）あるのかを調べて項目ごとに整理した「分類語彙辞典」thesaurusや、辞典ではないがその種の研究書[4]が各種存在するのは当然であろう。本来、個々様々な具体的な表現を収集分類して帰納した結果の意味＝概念から観念を導き出すのが正しいやり方であろうが、その社会・言語・作品についてすでにいくらかの知識を持ち合わせている『ベーオウルフ』ような場合には、むしろ演繹的に普遍的な概念の項目を立て、それについて作品が具体的にどのような表現を用いてどのような見方・考え方を表出しているかを探る方法を採ることが許されるであろう。

　概念の項目立てについてはそれぞれの社会や作品によって重要度、従って優先順位が自ずと決まってくる。『ベーオウルフ』の場合、宮廷を中心とする貴族的武士社会における「王と英雄の知恵と武勇の発揮・怪物退治・他国との争い」がテーマである以上、それらに関わる概念の重要度が高いことは言うまでもない。以下の論述においてはこの観念の重要度の順に複合語の表現の意味を考察する。なおテキストには半行対訳の筆者の紀要版を用いた。[5] この版はクレーバー Klaeber、ドビー Dobbie、レン Wrennの諸版を比較して、ツピッツァ‐デイヴィス Zupitza-Davisとマローン Maloneの写本の写真版とトゥアケリン Thorkelinの転写本、A、Bの

写真版とを照合して作成したものである。特に複合語の研究にはどの刊本を用いても大差はないと思うので、仕事のやりやすさからこれを用いたものである。しかし今回の使用に際しては複合語の要素を明確にするために、要素（語）間にハイフンを用いることにした。今回の『ベーオウルフ』における複合語の研究では、マルクヴァルト‐シモセ Marquard-下瀬 (1997)、ブローダー Brodeur (1960)、ロビンソン Robinson (1985)、寺澤 Terasawa (1989)、クレモーズ Clemoes (1995) の諸研究から有益な知識を得たことを述べて感謝の意を表したい。

前置きはこのくらいにして具体例を分析し、その意味を考えてみたい。この作品は貴族的武士社会とその支配者である戦士王たち warrior kings の事績を歌ったものとして、国王たちの呼称 appellations から見ていく。

※ 「王」(cyning)[6]

散文では王の呼称は、*Ælfrēd Cyning* 'King Alfred' のような形式が通常用いられる。アングロ‐サクソン社会では cyning は制度化された (institutionalized)「王」の名称となっていたわけである。しかし『ベーオウルフ』を含む古英詩では通常 *Ælfrēd Cyning* タイプの散文的表現はあまり用いられず、[7] 次に述べるような呼称が用いられる。

『ベーオウルフ』に登場する主な王は以下の 8 人である。冒頭で述べられるデネ王国 Dene の中興の祖であるシュルド・シェーヴィング *Scyld Scēfing* には 5 個の複合語が用いられており、これらが王に対する代表的な呼称とみなすことができる。まず、「国土や国民を治める長＝統治者」*land-fruma* (31a) 'originator or chief of the land', *lēod-cyning* (54a) 'king of the people' であり、「シュルディング族の友」*wine Scyldinga* (30b) であり、「民に慕われる主君」*lēofne þēoden* (34b) であり、「宝（環）の分配者」

bēaga bryttan (35a) と呼ばれている。このように「民族の統治者」「宝の分配者」という観念はこの作品における国王の基本的性格を示したものと言える。血統が重視される社会では国王を始め家臣に至るまでしばしば父称 patronymic で呼ばれる。シュルド Scyld の場合は「Scef の子」*Scēfing* (4a) となっており、このような父の名に子孫を表す接尾辞 -ing をつけたものは派生語であって複合語ではないが、意味上一種の複合的であるのでここで取り上げる。父称の表し方で『ベーオウルフ』でよく用いられるのは父の名の所有属格に「息子」をつけた「エッジセーオウの息子」*bearn Ecgþēowes* (529b, etc.) 'son of Ecgtheow, i.e. Beowulf' のような形式であるが、今回調査した複合語にこの形式も加えた。ついでに言えば「血筋正しき者」を表す父称はあくまでも身分と血筋についてであり、人格には無関係であることはデネのフロースガール王の顧問官であるウンフェルス Unferth のような「悪人」でも身分が高ければ「エッジラーフの息子」*Ecglāfes bearn* (499b), *sunu Ecglāfes* (590b, 980b), *mago Ecglāfes* (1465b) と呼ばれていることに注意すべきである。

「民族の統治者」としての王

前節ではシュルド王を例にその呼称の全般について概観したが、次に王を表す個別の概念を見ていくことにする。最初は「民族の統治者」を指す複合語を扱う。フロースガール Hrothgar の民族はシュルディンガス Scyldingas、デネ Dene、イングウィネ Ingwine のいずれとも呼ばれているので、彼には具体的にこれらの民族名を用いた表現を多数挙げることができる。代表例を挙げると、*eodor Scyldinga* (428a) 'protector of S.', *frēan Scyldinga* (500b) 'lord of S.', *helm Scyldinga* (371b, etc.) 'protector of S.', *lēod Scyldinga* (1653a) 'prince of S.', *þēoden Scyldinga* (1675a, etc.) 'chief of S.', *wine Scyldinga* (148a, etc.) 'friend of S.', *aldor Dena* (668a) 'protector of D.', *brego Beorht-Dena* (427a, etc.) 'chief of Bright-D.', *wine Deniga* (350b) 'friend of D.', *eodor Ingwina* (1044a) 'protector of I.', *frēan Ingwina* (1319a) 'lord of l.' となる。国王 *þēoden*, 保護者 *eodor*, 主 *frēa*, 庇護者 *helm*, 首長 *brego*, 友 *wine* はすべてそれ自体詩語か「王」の意味で詩語になるものであり、行中の他の語と頭韻を踏む「頭韻語」alliterative words である。これらのフロースガールを表す用語は次のベーオウルフのものと比べるとヴァライティに富み保護者的な意味が強く出ていると言える。

　ベーオウルフの民族はイェーアタス Geatas である。第1部（全3182行で、2199行までを第1部、2200行以降を第2部と分ける）ではまだ「王」ではないので、*Gēata cempa* (1551b) 'warrior or champion of G.', *Gēata lēod* (625a, etc.) 'prince of G.', *Gēat-mecga lēod* (829a) 'prince of men of G.', *Gūð-Gēata lēod* (1538a) 'prince of War-G.' と若武者としての王子の意味が強調されている。彼が「王」になった第2部では *dryhten Gēata* (2402a) 'lord or retainers' chief of G.', とこれをひっくり返した *Gēata dryhten* (2576a)（いずれも前の語に頭韻がある）、*golde-wine* (2419a, etc.) 'gold-friend of G.' のほか、第1部でも用いられた *Gēata lēod* (3137b, 3178b) 'prince of G.' が現れる。またイェーアタスの枕詞として *Wederas*「（戦の）嵐のイェーアタスの王」*Weder-Gēata lēod* (1492b, etc.)、さらには単独で *Wedera lēod* (341a), *Wedera þīoden* (2336a), *Wedra þēoden* (2786b, 3037a), *Wedra þēodnes* (2656a) 'lord of Weathers' などのように用いられた。ベーオウルフにはフロースガールに用いられなかった「武将」の意味も持つ *dryhten* や戦の嵐を表す *Wederas* が用いられ、戦う統治者のイメージを喚起している。

　ベーオウルフの叔父であるヒュエラーク王の民族もイェーアタスなので、彼は *Gēata cyning* (2356a) 'king of G.', *Gēata dryhten* (1484b, 1831a), *Gēata dryhtne* (2483a) 'lord of G.' と呼ばれている。このように、父称の場合と同様、民族名をつけて「…族の王」「…族の王子」と呼んで、どの民族の長あるいは長の子であるかを繰り返し確認することによって、そのアイデンティティを明らにしているわけで、呼び名と呼ばれるもの（実体）との一致こそ叙事詩（聖書の人名も然り）を支える重要な約束事になっていると思われる。これは武具・武器とその所有者との同一視にも当てはま

る現象である。

　ここで興味深いのはベーオウルフに関して第1部では *cempa* 'warrior' 以外全部 *lēod* で、第2部でも2例あるものの、主として「若きベーオウルフ」を指すのに用いられていることである。*lēod* は単数形で（複数形あるいは女性名詞としては「民族（の人々）」(Cf. G. *Leute*) を表す）民族名をとった場合は「…族の一員」から意味の特殊化・上昇を経て 'prince' の意に近づいていると思われる。古英語の *lēod* は現代英語の prince 同様、「王子」か「王」かはっきりしないが、「若きベーオウルフ」を指すのに頻出しているところを見れば「王子」の含意が強いと言えると思う。しかしこの *lēod* の残り3例を見ると、内2例はやはり若武者のウィーラーフ Wiglaf についての *lēod Scylfinga* (2603b) 'prince or member of S.'（ウィーラーフはオンゲンセーオウ Ongentheow やその王子オネラ Onela と同じスウェーデンのシュルヴィンガス族の人）と、ベーオウルフの来訪をフロースガール王に取り次ぐ家臣のウルフガール Wulfgar についての *Wendla lēod* (348b) 'prince or member of Wendlas'（ウルフガールはウェンドラス族（ヴァンダル族？）の人）である。もう1例はフロースガールの兄ヘオロガール Heorogar についての *lēod Scyldunga* (2159a)（*Scyldunga* は *Scyldinga* の異形）で、この場合 *Hiorogār cyning* (2158b) のヴァリエーション variation として用いられているので 'king' と 'son of a king' の両義性を認めなくてはならない。しかし *lēod Scyldunga* では l が頭韻 alliteration を踏んでいる（フロースガール王に対しベーオウルフが呼びかけに用いた前出の *lēod Scyldinga* (1653a) も同じ）ため *þēoden* や *dryhten* が使えなかったとも言える。⁽⁸⁾ 全体的に見れば、*lēod* が「王」の意味を排除しないまでも「王子」の意味で用いられていると思われるのに対して、*þēoden* や *dryhten* は逆に「王子」の意味を排除しないまでも「王」の意味で主として用いられていることが、若きベーオウルフやウィーラーフには *lēod* が、老王のフロースガールやベーオウルフには *þēoden* や *dryhten* が用いられているところから窺える。

「父称 (Patronymic Appellations) を持つ」王

前述したように父称は「王」だけの用法ではないが、すでに prince あるいは king としてアイデンティファイされている人物に用い、血筋に言及してその氏素性を繰り返し述べることは、少なくとも物語の中での歴史的事実を前提としないまでも暗黙の了解事項としている叙事詩においては意義のあることである。

これを国王たちについて見ていくと、[9] デネの王フロースガールはヘアルフデネ (Healfdene) の息子であるので、*sunu Healfdenes* (268a, 344b, 645a, 1040b, 1652b, 1699a, 2147a) 'son of Healfdene'、またはこの 2 語をひっくり返した *Healfdenes sunu* (1009b) あるいは「息子」に詩語の *maga*, *mago* を用いた *maga Healfdenes* (189b, 1474b, 2143b), *mago Healfdenes* (1867a, 2011b) 'son of Healfdene' と呼ばれている。ベーオウルフはエッジセーオウ Ecgtheow の息子であるので *sune Ecgþēowes* (1550b, 2367b, 2395b), *bearn Ecgþēowes* (529b, 631b, 957b, 1383b, 1473b, 1651b, 1817b, 2177b, 2425b), *bearn Ecgþīowes* (1999b) 'son of Ecgtheow' と、またイェーアタスの国王ヒュエラークの甥であるから *mǣg Hygelāces* (737a, 812b), *mǣg Higelāces* (758), *mǣg Hȳlāces* (1530b) 'kinsman of Hygelac' 或いはまた王の家臣 (thane) であるので *Higelāces þegn* (194b), *Higelāces ðegn* (1574b) 'thane of Hygelac' と呼ばれているが、これら 2 種の用例は第 1 部に集中していて、王になった第 2 部には 2、3 例しか見られない。ベーオウルフはここでもグレンデル Grendel 母子を退治した第 1 部 (1–2199 行) の「若き王子ベーオウルフ」と、国王になって晩年に龍退治をする第 2 部 (2200–3182 行) の「老王ベーオウルフ」とは父称の有無によっても分かれるようである。しかしヒュエラーク王は、*sunu Hrēdles* (1485a) 'son of Hrethel' および「息子」に詩語の *eafora* を用いた *Hrēþles eaferan* (1847b), *Hrēðles eafora* (2358a, 2992a) 'son of Hrethel' と呼ばれている。「王」ではないが龍退治の時にただ一人ベーオウルフの助太刀をした若武者ウィーラーフは「Weohstan の息子」*Wēohstānes sunu* (2862b), *Wēoxstānes sunu* (2602b),

Wīhstānes sunu (3076b) 'son of Weohstan' とこの 2 語をひっくり返した *sunu Wīhstānes* (2752b, 3120b) のほかに、「息子」に詩語の *byre* を用いた *byre Wīhstānes* (2907b, 3110b) で呼ばれている。

　主要登場人物に父の名や血縁者の名または民族名を付けた呼称を多用することによって世襲的貴族的武士社会の枠組みと歴史の中に彼らを位置づけ、彼らの活躍する舞台背景を明確に聴衆に意識させることが、特に叙事詩の世界にあっては重要だったことが分かってくる。このように民族名の区分が非常に大事であるにも関わらず一つ奇妙なことが起こっているのに気づく。それはイェーアタス国のベーオウルフがフロースガール王のデネ国の別名であるシュルディンガスとともに用いられ *freca Scyldinga* (1563b) 'warrior of S.' と呼ばれていることである（Scyldinga は頭韻を踏んでいない）。これは、グレンデルの母親との一騎打ちに苦戦したベーオウルフが古の巨人の作った宝刀を見つけ、その柄を掴んだ時に語り手 Narrator が用いた呼称であるが、書記生 Scribe の書き間違いとも言えないところから、先にベーオウルフがグレンデルを退治したときにフロースガール王が彼を息子として愛したいと述べ、「新たな親族関係を守り給え」 *heald forð tela / nīwe sibbe.* (948b–9a) と養子縁組をしたことを理由にせざるを得ない特殊な場合と考えられる。しかしこの例に関しては 3 大編註者である Klaeber, Dobbie, Wrenn, それに最近の Jack, Mitchell & Robinson のいずれもが註を付けていないのは不思議である。

　もう一つ面白いと思うのは、作品中に族長的性格を如実に示した老王フロースガールがこれまで挙げた民族の複数属格形を用いた複合語と違って、単数形を用いた *gamela Scylding* (1792a), *gomela Scilding* (2105b) 'aged Scylding' と呼ばれ、同じく Scylfingas の老王オンゲンセーオウも彼の民族名の単数形で *gomela Scylfing* (2487b), *gomela Scilfing* (2968a) 'aged Scylfing' と呼ばれていることである。詩語の形容詞 *gamela, gomela* 'aged' が共通しており、彼らは民族の主(ぬし)的存在であるため民族名を自らの呼称として与えられているのであろう。

「宝の分配者」としての王

次に「宝の分配者」としての王の呼称を見る。アングロ‐サクソン社会では宝物の授受が主君と家臣 comitatus との結びつきの物質的な証であることは幾多の言及から明らかであるが、北欧を舞台にした本作でも（怪物退治の場面と同様）武功にフロースガール王が類稀な宝物で報いる場面は第１部の白眉である。そのフロースガールは *Sinc-gyfan* (1012a) 'treasure-giver', *sinces brytta* (607b, 1170a) 'distributor of treasure', *hord-weard* (1047a) 'guardian of hoard' と呼ばれ、「老王ベーオウルフ」も *gold-gyfan* (2652a) 'gold-giver', *gold-weard* (3081b) 'gold-guardian', *hringa fengel* (2345b) 'king of rings', *sinc-gifan* (2312a) 'treasure-giver' と呼ばれ、ヒュエラークも *sinces brytta(n)* (1922b, 2071a) 'treasure-distributor' と呼ばれている。「若き王子ベーオウルフ」とウィーラーフは王ではないのでそういう呼称は当然のことながら用いられていない。

「老賢者」としての王

さて主要人物の個人的特徴を述べる複合語を見てみる。この作品を読む者はフロースガールが「老いて、髪に霜の置いた、賢い王」というイメージを持つと思うが、それらのイメージは次のような複合語から来ていると言える。フロースガールは *eald ēþel-weard* (1702a) 'old native land guardian', *eldo-gebunden* (2111b) 'bound with old age'（形容詞）、先ほど挙げた詩語の形容詞 *gamol* 'aged' を用いた *gamela Scylding* (1792a), *gomela Scilding* (2105b) のほかに *gamelum rince* (1677b) 'aged warrior', *gomel gūð-wiga* (2112a) 'aged battle-warrior' といった「老い」を表すものと *hār hilde-rinc* (1307a) 'hoary battle-warrior', *hārum hilde-fruman* (1678a) 'hoary war-chief', *blonden-feax* (1791a) 'grey-haired', *blonden-feaxum* (1873a) 'with grey-hairs' といった「白髪」を表すものと *frōd cyning* (1306b) 'old and wise king', *wīsa fengel* (1400b) 'wise king', *wintrum frōd* (1724a, 2114a) 'wise in years', *snotor hæleð* (190b) 'prudent hero', *snottra fengel* (1475a) 'prudent king' といった *frōd, wīs, snotor* で「年をとって賢くなった」を表す3種の複合語である。フロースガールにこれらの複合語が多用されているのと対照的に「老王ベーオウルフ」には *eald*「老いた」が *eald eþel-weard* (2210a) 'old native land guardian', *eald hlāfordes* (2778b) 'of old-lord' の2例のみで「白髪」を表す複合語はないが、「賢い」は *frōd cyning* (2209b) 'old and wise king', *frōd folces weard* (2513a) 'old and wise guardian of the people', *wīs-hycgend* (2716b) 'wise in thought' の3例がある。これらの複合語は幼い王子たちを残してフランク族との戦いで比較的若くして戦死したと思われるヒュエラークにも、また「若き王子ベーオウルフ」とウィーラーフにも当然のことながら使われていない。しかし老いたスウェーデン王オンゲンセーオウには先ほど引用した *gomela Scylfing* (2487b), *gomela Scilfing* (2968a) 'aged S.' のほかにフロースガールと同じ *blonden feaxa* (2962a) 'grey-haired' が用いられているが、「賢い」の複合語がないのは偶然ではなく、もっぱら戦に猛々しい彼の性格を表したものであろう。

「王」の基本性格について古英語の他の文献からも例証できる。*Maxims II*[10] は *Cyning scal rīce healdan* (1a)「王は国を支配するものなり」、*Cyning sceal on healle / bēagas dǣlan* (28b–9a)「王は広間にて宝環を分配するものなり」と述べているが、このような伝統的な認識が詩歌に取り入れられ記号化されたものが「王」の基本概念を示す複合語であると言える。

✺ 王宮 (Hall or Royal Court)[11]

さて今度は登場人物を離れて Dene のフロースガール王の宮殿ヘオロト Heorot に移る。王の住む宮殿が貴族的武士たちの「宴会の場・贈り物の授受の場・近侍の武士の寝所・玉座の間として社会の中心をなすもの」のイメージを我々に与えるのは、ベーオウルフのグレンデルとその母親に対

する戦勝を祝ってフロースガールが主催するその祝宴や贈り物の授受の場としての具体的な描写に加えて、これから述べるヘオロトに対する種々の形容辞によってこの王宮中の王宮がシンボル化されているためと言える。しかし、ベーオウルフがフロースガール王や后のウェーアルホセーオウ Wealhtheow からの贈り物を持ち帰り、叔父のヒュエラーク王にそのうちのいくつかを捧げるイェーアタスの宮廷についての具体的な描写や言及がないのは不思議であると言えなくもないが、宮殿の描写はヘオロトに集中させるための詩人の意識的な省略であろう。

ヘオロト (Heorot)[12]

まずこの舘はフロースガールの命令によって造られたものであるから *sele Hrōðgāres* (826b) 'Hrothgar's hall' であり、「砦・城」でもあるので *land-geweorc* (938a) 'land-work, i.e. stronghold', *fold-bold* (773a) 'building on earth' であり、「広間の中の広間」であるので同義語をダブらせて *heal-reced* (68a) 'hall-building', *heal-ærna* (78a) 'hall-house' と言われている。そこはまた客をもてなし、主君と臣下が一堂に会し宴会を行う場所でもあるので「客間」*gest-sele* (994a) 'guest-hall' であり、「蜜酒の広間」*medo-ærn* (69a), *medo-heal* (484a), *meodu-healle* (638a) 'mead-hall' であり、「麦酒・葡萄酒の広間」*bēor-sele* (482a, 492a, 1094a) 'beer-hall', *wīn-ærnes* (654a), *wīn-reced* (714b, 993b), *wīn-sele* (695a, 771b) 'wine-hall' であり、「宝環等の贈り物の授受が行われる広間」であるので *bēah-sele* (1177a), *hring-sele* (2010a) 'ring-hall, i.e. hall in which rings are given', *gif-healle* (838a) 'gift-hall' と呼ばれている。

壁には「金の織物のタペストリー」*gold-fāh...web* (994b–95a) 'tapestry ornamented with gold' が張られ素晴らしい見物であるので「黄金の館」*gold-sele* (715a, 1253a, 1639a) 'gold-hall' と呼ばれ、「鉄の帯で」*īren-bendum* (774b, 998b) 'with iron-bands' しっかり「匠の技で」*searo-þoncum* (775a) 'with skill-satisfaction' タガをかけられ、ヘオロトは「宝で飾られた舘」

sinc-fāge sele (167a) 'treasure-adorned hall' であり、「鹿角で飾られた」*bān-fāg* (780a) 'bone i.e. antlers-adorned' であり、「高殿」*hēah-sele* (647a) 'high-hall' であると呼ばれていて豪華な装飾の説明が中心であり、建築学的構造や外観についての説明が少ないのが特徴的である。とは言え、これだけ豊富な hall imagery が得られる文学作品はほかにそう多くはあるまい。ヘオロトそのものを指す複合語は上記の通りだが、この館の主な機能の一つである「酒宴」に付随したものを表す形容辞は多岐にわたる。

❋ 「酒宴」(Feasting)

この広間には「酒席」*medu-benc* (776a), *medu-bence* (1052a), *medo-bence* (1067a), *meodu-bence* (1902a) 'mead-bench', *ealo-bence* (1029a) 'ale-bench' が設けられ、「酒杯」が廻される。酒杯は *ealo-wǣge* (481a, 495b), *ealu-wǣge* (2021b) 'ale-cup', *medo-ful* (624b, 1015a) 'mead-cup', *meodu-scencum* (1980b) 'mead-cups', *līð-wǣge* (1982b) 'cider-cup', *sinc-fato* (622a) 'treasure-vat, i.e. precious cup', *wunder-fatum* (1162a) 'wonder-vats' のように ale（エール）や mead（蜜酒）などの酒をいれる器であり、宝飾のある器である。そこでは「飲酒」*bēor-þege* (617b) 'beer-drinking' や「乾杯」*frēond-laþu* (1192b) 'friend-welcome (drinking)' が行われ、「座はにぎやか」*benc-swēg* (1161a) 'bench-noise' になり、余興に「歌人」*glēo-mannes* (1160a) 'glee-man' によって「竪琴」*gomen-wudu* (1065a) 'joy-wood, i.e. harp' が爪弾かれ、「余興の物語」*heal-gamen* (1066a) 'hall-entertainment' が詠われたと述べられている。ヘオロトではないが、第 2 部で今はなき広間について「竪琴の喜び」*healpan wynne* (2107b) 'joy of harp', *gomen glēo-bēames* (2263a) 'joy of glee-wood, i.e. harp' いまいずこと「最後の生き残り」が嘆く。

ヘオロトに用いられた複合語のいくつかは龍の宝庫 (Dragon's Hoard) のそれらと呼応していることは注目すべきだと思う。龍の宝庫もかつては

ヘオロトのように貴族の黄金と宝物の授受が行われた広間（今はそれを移した洞窟の広間ではあるが）であったわけであるから、ヘオロトの形容辞の一つである *hring-sele* (2010a) 'ring-hall' が龍の宝庫にも用いられる（2840a, 3053a 行）と、「宝環の授受が行われる広間」の意味と違って、こちらは、もはやそのような機能を失った「宝環を納めた広間」の意味となるであろう。同じ複合語を用いて自ずと類似と対照を鮮やかに示している。

✲ 怪物 (Monsters)[13]

『ベーオウルフ』に登場する怪物たちに、どのようなイメージを我々は懐いているであろうか。彼らの行動の描写はもとより、それらのイメージ作りに大いに貢献しているのも彼らに用いられた複合語だと思われる。

グレンデル (Grendel)

彼の形容辞から得られる特徴は何よりも「カインの末裔として呪われた、罪深い、地獄に連なる、人類に死をもたらす、異界の魔物」である。「神の敵」 *Godes andsaca* (1682b), *Godes andsacan* (786b) 'God's enemy' であるものは「人類の敵」*fēond man-cynnes* (164b), *man-cynnes fēond* (1276a) 'enemy of man-kind' であり、「人民の敵」*lēod-sceaðan* (2093b) でもある。この「罪深い敵」*syn-sceaðan* (801b) は「地獄の囚人」*hel-rūnan* (163a) '(one skilled in) hell-mysteries', *helle-gāst* (1274a) 'spirit of hell', *helle hæfton* (788a) 'captive of hell, i.e. L captivus inferni', また「異教徒の戦士」*hæþnes...hilde-rinces* (986) 'heathen battle-warrior' であり、「ただ一人さまよう者」*ān-genga* (449a), *ān-gengea* (165a) 'solitary goer', 「越境者」*mearc-stapa* (103a) 'border-wanderer', 「異界の魔物・怨霊」*ellor-gāst* (807b, 1621b), *ellor-gǣst* (1617a), *ellor-gǣsta* (1349a) 'alien spirit(s)', 「殺人鬼」*wæl-gǣst* (1331a, 1995a) 'slaughter-spirit', *cwealm-cuman* (792a) 'murdercomer' であり、「呪われた魔物」 *wergan gāstes* (133a, 1747b) 'accursed spirit' なので「死の影」 *dēaþ-scūa* (160a) 'death-shadow' ともいうべき存在である。グレンデルの複合語からは彼が巨人であるという北欧伝説のトロール troll 的身体の特徴は示されず、行動面と心理面での異教的特徴がもっぱら示されるのは『ベーオウルフ』詩人が、『格言詩2』 *Maxims II* の述べている「巨人の怪物は沼地に、独りぼっちで自分の土地に棲むものなり」 *þyrs sceal on fenn gewunian / ān innan lande* (42b–43a)[14] といった北欧ゲルマンの素朴な俗信をキリスト教化して、グレンデルを悪魔の系譜に連なるものに拡大したためであろう。この作品の成立時にはすでにアングロ‐サクソン社会にキリスト教の悪魔の観念がひとつの思想として定着していたことの証左である。

　これだけ恐ろしいイメージを喚起する形容辞が多用されたグレンデルではあるが、ベーオウルフにかかってはそれほど恐ろしい敵には思えないところに、実際の行動と悪魔的なイメージとのギャップが感じられないこともない。しかしこのギャップは相手が超人的腕力を持ち、かつ神の加護も暗示されたベーオウルフだからこそ生じたわけであり、グレンデルに長年悩まされたデネの国民およびこの物語の聴衆にとってはこれらの形容辞が喚起する恐怖は真実味を帯びていたのであり、それを我々も感得しなければ、グレンデルに対する恐怖、それを克服したベーオウルフの輝かしい勝利の意味が十分読みとれないのではないか。

グレンデルの母親

　グレンデルに比して母親の形容辞はかなり狭い範囲に留まる。血のつながりを表す形容辞の *Grendeles mōdor* (2118b) 'G's mother'、*Grendles magan* (2136a) 'G's kins-woman' の他は、「女怪」 *āglǣc-wīf* (1259a) 'monster-woman' であり、「水底の女／水底の女狼／水底の番人／水底の呪われた女怪」 *mere-wīf* (1519a) 'sea-woman'、*brim-wylf* (1506a, 1599a) 'sea-she-wolf'、*grund-hyrde* (2136a) 'ground-guardian'、*grund-wyrgenne* (1518b) 'groundaccursed monster' のように彼女が水底の住人であることが強調され、「罪深い生き物」 *fela-sinnigne secg* (1379a) 'very sinful one',「恐ろしい女」*wīf unhȳre*（2120a）'monstrous woman' であり、「命をねらう敵」*feorh-genīþlan* (1540a) 'life-enemy' であり、「悪事を行う者」*mān-scaþa* (1339a) 'evil-doer' であり、「獰猛な者」*heoro-gīfre* (1498a) 'sword-greedy' である。「恐ろしい握力で」*atolan clommum* (1502a) 'with terrible grasps' でベーオウルフに掴み掛かり、「憎むべき指で」*lāþan fingrum* (1505b) 'with hostile fingers' 彼の鎧を裂こうとする（以上2例は描写のための副詞句である）。実際ベーオウルフは彼女には手こずるわけであるが、形容辞の面から見ても、グレンデルの場合より隠喩的表現は少なく、むしろ彼女の行動での獰猛さが強調されている。

火龍 (Fire-dragon)

『ベーオウルフ』の Dragon は「火龍」なので *līg-draca* (2333a), *lēg-draca* (3040b) 'flame-dragon', *fȳr-draca* (2689a) 'fire-dragon' と呼ばれ、「飛龍」なので「空中を／夜明け前に飛ぶもの」*lyft-flog* (2315a) 'air-flier', *ūht-flogan* (2760a) 'dawn-flier' であり、「遠く飛ぶもの」*wīd-floga* (2830a), *wīd-flogan* (2346a) 'wide-flier' とも呼ばれ、「塚の番人」*beorges hyrde* (2304b), *biorges weard* (3066b) 'guardian of barrow', *eorþ-draca* (2712a, 2825a) 'earth-dragon' ということは「宝庫の番人」*hord-weard* (2293b, 2302b, 2554b, 2593a) 'hoard-guardian' であり、しかも「恐ろしい番人」*weard unhiore* (2413b) 'terrible guardian' ということなのである。眠っている間に宝庫を荒らされたために怒り心頭に発した龍は敵愾心に燃える「恐ろしい敵」に変身する。即ち「毒もつ敵」*attor-sceaðan* (2839a) 'venom-foe'（ベーオウルフは龍の火炎による火傷と噛まれた傷口から入った毒で絶命する）、「不倶戴天の敵」*ealdor-gewinna* (2903b) 'life-enemy', *ferhð-genīþran* (2881a) 'deadly foe',「敵意に満ちた敵／魔物／龍」*gūð-scēaða* (2318a) 'battle-enemy', *inwit-gæst*

(2670a) 'malicious foe'、*nīð-gæst* (2699a) 'hostile foe'、*nīð-draca* (2273a) 'hostile dragon' であり、「勇気凛々とした戦士」*stearc-heort* (2288b) 'stout-hearted'、*gearo gūð-freca* (2414a) 'ready battle-fighter'、「勝利者」*sigor ēadig secg* (2352a) 'victory-blessed one' と勇士になぞらえられ、「不思議な生き物」*syllīcran wiht* (3038b) 'more strange creature' であるとされている。『格言詩2』*Maxims II* も龍のことを「龍は塚にあり、老いて賢く、飾りもの（宝飾）を自慢するものなり」*Draca sceal on hlǣwe, / frōd, frætwum wlanc.* (26b-7a)[15] と民衆に信じられているその習性を述べている。

怪物（グレンデル母子と火龍）に共通／特定の形容辞

　ここで3種の怪物を比較してみたい。まず、まだ挙げていなかった3者に共通の形容辞から見ていく。もっとも有名な「怪物」を意味する *āg-lǣca* はヴェアリアントを入れて全部19回この作品で用いられているが、怪物ではないが怪物的な力を発揮するベーオウルフに対し11回、龍に対し4回の計15回、あと4回のうち2例は「海獣」*āg-lǣcan* (556a, 1512a) であり、残りの1例は両者相まみえるベーオウルフと火龍を一対の *āg-lǣcean* (2592a) と呼んだ面白い例である。もう1例、龍を退治したスィエムンド Sigemund が *āg-lǣca* (893a) と呼ばれているのと相通じるところがある。グレンデルの母親はこの女性形ともいうべき *āg-lǣc-wīf* (1259a) と呼ばれている。このほかに3者に共通している形容辞は「悪事をなすもの」*mān-sceaða* で712a行、737b行はグレンデルを、1339a行はグレンデルの母親を、*mān-scaða* で2514b行は龍をそれぞれ指している。

　注目すべきはグレンデルと龍を表す形容辞の大きな違いである。棲家や行動の違いを表すものを除いて、グレンデルには先ほど挙げたように「神への敵対者・人類の敵・罪深い敵・地獄のデーモン」といった形容辞で呼ばれ、母子ともに「憎むべき血筋の」*lāðan cynnes* (2008b, 2354a) 'of hostile race' とカイン Cain の血筋に連なるものとしている。他方、龍については一切そうした形容辞は用いられていない。かつて文学解釈への聖書釈

義学の適用が流行したとき、ゴールドスミス Goldsmith[16] は『ベーオウルフ』の龍も黙示録第 12 章の悪魔の化身としての Draca の連想をもって解釈すべきだという主旨の主張を繰り返したが、複合語の形容辞を見る限りそのような解釈は無理なようである。グレンデルと対照的に悪魔のメタファーは龍には皆無と言ってよい。

✖ 神 (God)[17]

最後に「神」の形容辞がどうなっているかを見ることにする。「神」の複合語を見る前に simplex を見ると、「加護を祈る対象」としての *God* (13b, 72b, etc.) 'God' であり、「造物主」*Scyppend* (106a) 'Creator' であり、「人の寿命を定める者」*Metod* (110a, 180b, 706b, etc.) 'Measurer' であり、「父なるもの」*Fæder* (188a, 1609b) 'Father' であり、「主なるもの」*Drihten* (187b), *Dryhten* (696b) 'Lord' であり、「統べ給うもの」*Waldend* (1693b), *Waldendes* (2292b, 3109a), *Wealdendes* (2857a), *Wealdende* (2329b) 'Ruler' であり、ほぼ旧約聖書の神の概念だと思われる。次に見る「神」を表す複合語の多くは、上述の単一語に「神」の特性を示す形容詞を付けるか、名詞の属格を取るかした「形容詞または属格結合」adjective or genetive combinations が多く、純粋の adjective or nominal compounds は後出の *Æl-mihtiga, Al-walda, Kyning-wuldor, Līf-fregea* に限られる。

「神」の結合語・複合語

次に「神」の特性を見ると、まず「全能の神」*Æl-mihtig* (92a) 'Almighty', *Al-walda* (955b, 1314a) 'All-ruler, Omnipotent' (cf. L *Omnipotens*), *Fæder alwalda* (316b) 'all-ruling Father' であり、「主なる神」*Drihten God* (181a) 'Lord God' であり、「永遠の主」*ēce Drihten* (108a), *ēcen Dryhtne*

(1692a, 1779a), *ēcum Dryhtne* (2796a) 'eternal Lord' であり、「神聖なる主／神」*hālig Dryhten* (686b) 'holy Lord', *hālig God* (1553a) 'holy God' であり、「栄光の支配者／守護者／王」*wuldres Wealdend* (17a), *wuldres Waldend* (183a, 1752a) 'Ruler of glory', *wuldres Hyrd* (931a) 'Guardian of glory', *Kyning-wuldor* (665a) 'King-glory' であり、「賢明なる神／主」*wītig God* (685b, 1056a) 'wise God', *wītig Drihten* (1554b, 1841b) 'wise Lord' であり、「人類の支配者」*ylda Waldend* (1661b), *Waldend fira* (2741a) 'Ruler of men' であり、「勝利の支配者」*sigora Waldend* (2875a) 'Ruler of victory' であり、「寿命の決定者」*Eald-metod* (108a) 'old Measurer', *scīr Metod* (979a) 'bright Measurer', *sōð Metod* (1611b) 'true Measurer', *Metod manna gehwæs* (2527a) 'Measurer of each man' であり、「行いの裁き手」*dǣda Dēmend* (181a) 'Judge of deeds' であり、「天の守護者」*heofona Helm* (182a) 'Protector of heavens' であり、「命の王」*Līf-fregea* (16a) 'Life-God' である。

このように「神」の形容辞は名詞＋名詞の複合語 nominal compounds は少なく、形容詞＋（神の）名詞の結合語 adjective combinations が多いということは、異教神や国王の単一語をキリスト教の神に転用し、それに神の属性を表す形容詞を付加したことによるのであろうと思われる。これらの adjective combinations はキリスト教受容後の新しい形容辞と考えられる。「神」の形容辞から判断する限り、前述したように、この作品の神は旧約の神概念の範囲にとどまるものであり、*Cædmon's Hymn* における「神」概念とオーバーラップした表現が見られる（もっとも Cædmon は天地を造り給うた「創造主」に力点を置くが）。[18] 上述の形容辞には神の「恩寵」という属性が欠けているように見えるが、それは「神」そのものの呼称でないために取り上げなかったので、次のような複合語と属格結合で存在する。*Ār-stafum* (317b, 382a, but 458a ref. to Beowulf's help) 'kindness-staff, i.e. grace', *Metodes hyldo* (670b) 'Measurer's grace', *Waldendes / hyldo* (2292b/93a) 'Ruler's grace', *Āgendes ēst* (3075a) 'Owner's favour' に見られる。

以上この作品の王たち、王宮のヘオロト、怪物、神について広義の複合語を通してそれらの呼称や形容辞を見てきたわけだが、『ベーオウルフ』の素直な読者なら感得していたこれらのものに対するイメージを我々に与えてくれたのは、こうした複合語の働きではなかったか。詩人はフロースガール王には思索的な老王の、「老王ベーオウルフ」には行動的な老王の、「若き王子ベーオウルフ」とウィーラーフには若き英雄の、グレンデルには呪われたカインの末裔の、龍には伝説上の生き物の、ヘオロトには最も豪華な広間のそれぞれ典型であることを示すために複合語を利用したと言えるからである。

註

(1) 佐藤信夫『レトリックの意味論』(1996)、20–27 頁の示唆による筆者の解釈である。

(2) Jun Terasawa (1989), pp. 94–95 と 109 では OE compounds には「武将」を意味する同義語の *here-toga* 'army-1eader' と *folc-toga* 'people-1eader' とがあるが、後者は韻文に課された韻律の制約を満たしているために詩に、前者はそれを満たしていないために散文にと、分布が対照的であることを示している。また、同書 81–84 頁では「神」を意味する同義語の *wuldor-cyning* 'glory-king' と *heofon-cyning* 'heaven-king' はやはり韻律的理由から、前者は伝統的な英雄詩や哀歌に、後者は聖書の翻案である宗教詩にと、分布が対照的であることを示している。このことから OE compounds には韻文と散文、伝統詩と宗教詩にそれぞれ固有のものがあることが推測される。

(3) 『ベーオウルフ』全体では poetic compounds は何回くらい用いられているのだろうか。今回の私の調査では (1) 名詞の語基＋名詞でハイフンを付けることが可能な compound nouns が 700 余で、ダブって用いられた 100 余を足すと 850 余、(2) 名詞の genetive ＋名詞の genetive combinations が 250 余で、ダブりの約 45 を足すと 300 余、(3) 統語的（ハイフンなし）あるいは非統語的（ハイフン付き）形容詞＋名詞の adjective combinations と名詞＋名詞からなる形容詞、または名詞＋形容詞からなる compounds adjectives とその他の 400 余にダブりの約 50 回を足すと 450 余で、総計は 1600 余になる。一方、A. G. Brodeur, *The Art of Beowulf* (University of California Press, 1960) の調査結果 (p. 7) では 983、また Thomas Gardner, "The Old English Kenning: A Charactric Feature of Germanic Diction", *Modern Philology*, 67 (1969) の調査 (pp. 109–17) では約 1070 で、いずれも今回の 1600 余と著しく異なるのは、Brodeur と Gardner ではハイフンを付けうる純粋の compounds に限った数値であるのに対し、私の数値にはそれ以外に、同じように詩的な意味と効果を持つ 2 語からなる語群を多数含めたことによる。しかしいずれにしても『ベーオウルフ』では平均 2 行（4 半行）から 3 行（6 半行）に 1 回 compound あるいは compound に準ずるもの 1 個（compound が半行を構成することが多い）が用いられていることになり高い頻度だと言える。

(4) Émile Benveniste (1969). 前田耕作監訳『インド＝ヨーロッパ諸制度語彙集 I・II』言叢社、1987 年。

Hertha Marquardt, *Die Altenglischen Kenningar* (Max Niemeyer Verlag, 1938). 下瀬三千郎（訳・註）『古英語のケニング』九州大学出版会、1997年。
　　　Jane Roberts, et al. eds., *The Thesaurus of Old English*. (1997).
 (5) 苅部恒徳（編著）「対訳『ベーオウルフ』(1)」新潟大学教養部研究紀要、第20集 (1989)、同 (2) 第21集 (1990)、同 (3) 第22集 (1991)
 (6) 王侯のケニング及びその複合語についてはMarquardt-Shimose (1997), § 77、pp. 233–55 参照。
 (7) 『ベーオウルフ』にも *Heorogār cyning* (2158b), *Hrēðel cyning* (2430b) のような例があることはある。
 (8) *cwæð þæt hyt hæfde　Hiorogār cyning.*
　　　lēod Scyldunga　lange hwīle. (2158b–59b)
　　　[(Hrothgar) said that 　King Heorogar had possessed it,
　　　prince of Scyldingas for a long time.] (My translation)
 (9) Peter Clemoes, *Interactions of Thoughts and Language in Old English Poetry* (Cambridge U. P., 1995), pp. 4–6 参照。
(10) 引用はElliot van Kirk Dobbie (ed.), *The Anglo-Saxon Minor Poems*. The Anglo-Saxon Poetic Records VI (Columbia U. P., 1942), pp. 55–56.
(11) 王宮のケニング及びその複合語についてはMarquardt-Shimose, § 45, pp. 155–58 参照。
(12) Magennis (1996) の第3章は、ヘオロトを中心にした "hall image" を 'human achievement and civilization in the face of a world of threat and hostility…to come from within as well as from without' (p. 60) と本論より広いパースペクティブで述べている。なお、この引用部分の脚注に最近の "hall-imagery" の諸研究が挙げられていて参考になる。
(13) 怪物のケニング及びその複合語についてはMarquardt-Shimose § 31–3 参照。
(14) Dobbie, p. 56.
(15) Dobbie, p. 56.
(16) Margaret E. Goldsmith, *The Mode and Meaning of Beowulf* (1970), pp. 43ff.
(17) 神のケニング及びその複合語についてはMarquard-Shimose, § 82, pp. 265–303 参照。
(18) Dobbie, p. 106 より引用、
　　　　　Cædmon's Hymn (1–9)
　　　Nu sculon herigean　heofonrices weard,
　　　meotodes meahte　and his modgeþanc,

weorc wuldorfæder,   swa he wundra gehwæs,
ece drihten,   or stealde.
he ærest sceop   eorðan bearnum
heofon to hrofe,   halig scyppend;
þa middangeard   moncynnes weard,
ece drihten,   æfterteode
firumfoldan,   frea ælmihtig.

[Now (we) should praise   heaven's Guardian,
Measurer's work   and His thought of mind,
Father of glory's work,   as He, of every wonder,
eternal Lord,   established the beginning.
He first created   for the children of the earth
heaven as a roof,   holy Creator;
eternal Lord   afterwards made
ground for men,   almighty God.] (My translation)

参考書目

Benveniste, Émile. 1969. *Le vocabulaire des institutions indo-euopénne*. Tomes I & II. Éitions de Minui.　前田耕作（監訳）『インド＝ヨーロツパ諸制度語彙集 I・II』言叢社、1987.
Brady, Caroline. 1979. "Weapons' in *Beowulf*: an analysis of nominal compounds and an evaluation of the poet's use of them". *Anglo-Saxon England* Vol. 8, 79–141.
Brodeur, G. 1960. *The Art of Beowulf*. University of California Press.
Clemoes, Peter. 1995. *Interactions of Thoughts and Language in Old English Poetry*. Cambridge U. P.
Dobbie, Elliott van Kirk (ed.).1942. *The Anglo-Saxon Minor Poems*. The Anglo-Saxon Poetic Records VI. Columbia U. P.
Gardner, Thomas 1969. "The Old English Kenning: A Characteristic Feature of Germanic Diction", *Modern Philology*, 67.
Goldsmith, Margaret E. 1970. *The Mode and Meaning of Beowulf*. Athlone Press.

苅部恒徳(編著)「対訳『ベーオウルフ』(1)」新潟大学教養部研究紀要、第20集 (1989)、同 (2) 第 21 集 (1990)、同 (3) 第 22 集 (1991)。

Krapp, George Philip & Dobbie Elliott van Kirk (eds.). 1942. *The Exeter Book*. The Anglo-Saxon Poetic Records III. Columbia U. P.

Magennis, Hugh. 1996. *Images of Community in Old English Poetry*. Cambridge U. P.

Marquardt, Hertha. 1938. *Die Altenglischen Kenningar*. Max Niemeyer Verlag.

Marquardt-Shimose. 1997. 下瀬三千郎(訳・註)『古英語のケニング』(九州大学出版会、1997)

Roberts, Jane et al. (eds.) 1997. *The Thesaurus of Old English*. (King's College Medieval Studies XI). King's College.

佐藤信夫。1986 年『レトリックの意味論』(『意味の弾性』1986) 講談社学術文庫 1996.

Terasawa, Jun. 1989. *A Metrical Study of Old English Compounds*. U.M.I.

[本章は、『新潟大学言語文化研究』第 4 号 (1998 年 12 月)、「古英語叙事詩 *Beowulf* を Compounds を通して読む」の再録である]

補　遺

書　評 1

Seamus Heaney (tr.), *Beowulf: A New Verse Translation*. London: Faber and Faber, 1999. xxx + 106 pp.

Seamus Heaney (tr.), *Beowulf: A New Verse Translation*. Bilingual Edition. New York: Farrar, Straus & Giroux, 1999. xxx + 220 pp.

　現代英詩人の最高峰と言われる、1939年生まれのアイルランド出身のノーベル文学賞（1995年度）受賞詩人シェイマス・ヒーニー Seamus Heaney による *Beowulf* の新韻文訳（Ted Hughes に献呈）の出現はちょっとした出来事であった。一般的に言えば同じ頃出版された Harry Potter シリーズの最新刊 *Harry Potter and the Goblet of Fire* ほどでは無論ないにしろ、2000年の春にはロンドンでもエディンバラでもニューヨークでも書店の店頭に平積みにされたという、詩文学の世界ではやや異例とも言えるブームが起こった。これは訳詩者の名声とファンタジーものに対する読者の好みとによるだけではなく、その後次々と出た書評で訳業の質の高さが賞賛され読書界に好評をもって迎えられたことも大きいと思われる。その証拠に本訳詩書は 1999年度 Whitbread Book Award の Poetry Award とともに Book of the Year の受賞に輝いた。我々中世英文学の研究者は自分たちの世界が一般の文学愛好者から遠く離れた、文学なのに狭い学問分野に閉じ込められていると日頃感じているのは筆者だけであろうか。特に『ベーオウルフ』を含む古英語文学は一般人の読めない Old English で書かれているという言語の障碍もあって、その文学的宝庫の中身を知ってもらえない憾みがある。本当は原文で作品の良さや面白さを味わってもらうのが望ましいとはいえ、『ベーオウルフ』がこのようなヒーニーの優れた現代英語訳で一般読者にも読まれる機会が与えられたことは、英国の大学のい

くつかで英文科の必修科目から古英語はずしが行われつつあるというニュースに憂慮していた時に、大変喜ばしいことであった。

　この訳詩が学者による散文訳でなく詩人による韻文訳であるということは、訳詩自体が独立した文学作品として鑑賞され評価されるべきであろう。他方、訳詩である以上、原文との関係も無視できないのも当然であろう。

　訳詩者が原詩をどのように評価しているかはその訳詩に非常に重要な結果をもたらすはずである。ヒーニーはトルキーンの有名な論文 (J. R. R. Tolkien, "Beowulf: the Monsters and the Critics", PBA 22 (1936), 245–95) に導かれて、この原詩を「最高に想像力に富んだ作品、物語の構成もそのことばの美しい仕掛けも共に緻密な傑作」'a work of the greatest imaginative vitality, a masterpiece where the structuring of the tale is as elaborate as the beautiful contrivances of its language' (Introduction, p. ix; 以下 Faber & Faber 社版の頁数のみ) とみなしている。訳詩者は当然、原詩から得た感興を再現しようと努める。このヒーニーの Introduction は 22 頁の長さがあるが、『ベーオウルフ』に対する非常に優れた紹介と鑑賞を披瀝していて流石である。冒頭のシュルド・シェーヴィング Scyld Scefing の船葬と、結末の主人公ベーオウルフ Beowulf の火葬からなることによってこの詩は「神話力」'mythic potency' を持ち、この両端の間に「走馬灯」'phantasmagoria' のように置かれる、超自然的な悪の怪物との 3 度の戦いが、防塁の築かれた夜の館、汚れた水中、爬虫類の岩屋の巣窟という原型的な恐怖の危険地で行われることによって、現代の大音響を伴うスペクタクル映画やアニメの世界に甦ると、ヒーニーは見ている (pp. xii–xiii)。もう一つ注目すべきは、フィン・エピソード Finn episode が血の復讐の義務に縛られた社会を象徴し、その閉所恐怖症的、宿命的な雰囲気 (fate) が作品全体への波及効果をもつというのが彼の解釈である (p. xiv)。

　ヒーニーは『ベーオウルフ』の翻訳についての裏話を率直に語っていて興味深い。彼はベルファスト Belfast のクイーンズ・コレッジ Queen's College の学部生のときに『ベーオウルフ』や他の古英語詩を学んで、そ

のことばに対する感覚を養い、アングロ‐サクソン詩の特徴である憂愁と不屈の精神を愛好した。その後、ハーヴァード大学に常勤で教え始めた1980年代の中ごろに訳詩の依頼を受け、「私の言葉の碇がアングロ‐サクソンの海底に投げ込まれたままである」'my linguistic anchor would stay lodged on the Anglo-Saxon sea-floor.' (p. xxii) ことを確認したく思って引き受けた。1日20行の日課を自分に課したが、現代英語訳の仕事は「玩具のハンマーで巨石を取り壊そうとしている」'like trying to bring down a megalith with a toy hammer' (p. xxii) ように思えて中断した。しかし自分の言語的文学の原点を考えると、この仕事はやめたくなかった。その原点とは次の二つである。

　一つは、彼はすでに最初の詩集 *Death of a Naturalist* (1966) の中の最初の詩 "Digging" をホプキンズ Gerard Manley Hopkins に倣って次のように、古英語詩風にそれぞれ2箇の強勢音節を持つ半行を中間休止 caesura を置いて左右に振り分けた詩行で書いていたのに気づいたことである。

　　　The *s*pade *s*inks　　into *g*ravelly *g*round:
　　　My father *d*igging.　　I look *d*own
　　　......　　　　　　　　（頭韻を示すイタリックは評者）

　ヒーニーは引用の2行目の *digging* と *down* が中間休止を跨いで頭韻によって結び付けられており、自分は最初からアングロ‐サクソン（詩）を書いていたのだと述べている (p. xxiii)。1行目の前半行にs s, 後半行にg g の頭韻句がきていて、むろん OE の正式な頭韻型ではないが、現代で用いられる頭韻句はむしろこのようなもので、『ベーオウルフ』の訳にも用いられている。

　もう一つは、彼はアイルランド国民党を支持する家庭で育ち、カトリックの学校教育を受け、話す権利を奪われたアイルランド語を学んだ結果、アイルランド語と英語、ケルト文化とサクソン文化は相容れないものと見

ていたが、そのわだかまりが解けて訳詩へと彼を向かわせたことを三つの エピソードで語っている。ある時、Irish-English の辞書に叔母がいつも使っていた雛鳥の群れを意味するアイルランド語の *lachtar* を見つけた時の驚き。大学の英語史の授業で whiskey がゲール語の水を意味する *uisce* や河の名の Usk と同じ語であると聞いて、心の中に両言語間の河の流れを意識した経験。レン C. L. Wrenn の刊本『ベーオウルフ』のグロサリーで見つけた苦しみをなめる意味の *polian* が故郷で用いられる *thole* と同じ語であり、さらにアメリカに渡って米国詩人ランサム J. C. Ransom にも用いられているのを知って両文化の古層に眼を開かれて『ベーオウルフ』を訳す決心がついたのだという。

　韻文訳にとって重要なことは、言語間の壁を乗り越えて、一つは原詩の語・句・文を現代的にアレンジして本質的な意味を正確に簡潔に伝えることであり、もう一つは原詩の持つ響きと音調をできるだけ全体的に再現することであることは言うまでもない。後者についてヒーニーはよく聞いたことのある父方の親戚である男性の声がアングロ‐サクソン的な響きであることに気づいてそれをモデルにしようと思った。それは「食器棚に飾られたデルフト焼きの大皿が一枚一枚特徴を持っているように、重々しい音声単位で発せられる大声」'big-voiced',...with a weighty distinctness, phonetic units as separate and defined as delft platters displayed on a dresser shelf' (p. xxvi) であった。

　　　　Hwæt wē Gār-Dena　　in geārdagum,
　　　　þēod cyninga　　þrym gefrūnon,
　　　　hū ðā æþelingas　　ellen fremedon.

　　　　Oft Scyld Scēfing　　sceaþena þrēatum,
　　5　monegum mǣgþum　　meodosetla oftēah,
　　　　egsode eorl[as],　　syððan ǣrest wearð

次に原文（左頁）と訳文（右頁）を対比してみる。ここで問題となるのは評者が取り挙げている二つの版に原文の異同が見られることである。Faber & Faber 社の英国版では翻訳の最初の1頁分に当たる原文の29行だけが対訳の形で呈示されており、一応両者の比較対照ができることになっている。この原文の引用は謝辞 Acknowledgements (p. 105) に言及されているように、ジャックの刊本 (George Jack, ed., *Beowulf: A Student Edition*. Oxford: Clarendon Press, 1994) からである。この版は少し大胆な校訂があるものの悪い版ではない。しかし *gescæphwile* (for *gescæphwīle*), / *felahror* (for *felahrōr*) (26b–27a) とマクロンが落ちているのは引用の際のミスであろう。もう一つの Farrar, Straus and Giroux 社の米国版は全文対訳の Bilingual Edition だが、表紙裏で原文はレン・アンド・ボールトンの刊本 (C. L. Wrenn and W. F. Bolton, eds., *Beowulf with the Finnesburg Fragment*. University of Exeter Press, 1988) からであると言及されている。同じ翻訳に異なる版の原文を用いる理由がわからない。ヒーニー自身レンの版（評者も愛好する版だが）で『ベーオウルフ』を読んだと言っている（彼の訳の底本でもあるのか？）のだから F & F 版にもこれを用いるべきでなかったか。以上の疑問点はあるけれども、冒頭の部分について F & F 版により alliteration と compounds の扱い方と訳語の問題を中心に原文 (G. Jack's Edition) とヒーニーの翻訳を対照して見てみよう。

　　So. The Spear-*D*anes in *d*ays gone by
　　and the *k*ings who ruled them had *c*ourage and greatness.
　　We have *h*eard of those *p*rinces' *h*eroic cam*p*aigns.

　　There was *Sh*ield *Sh*eafson, *s*courge of many tribes,
　5　a *wr*ecker of mead-benches, *r*ampaging among foes.
　　This *t*error of the hall-*t*roops had come far.

fēasceaft funden;　hē þæs frōfre gebād,
wēox under wolcnum,　weorðmyndum þāh,
oðþæt him ǣghwylc þ[ǣr]　ymbsittendra
10 ofer hronrāde　hȳran scolde,
gomban gyldan.　þæt wæs gōd cyning!

Ðǣm eafera wæs　æfter cenned
geong in geardum,　þone God sende
folce tō frōfre;　fyrenðearfe ongeat,
15 þ[e] hīe ǣr drugon　aldor[lē]ase
lange hwīle.　Him þæs Līffrēa,
wuldres Wealdend　woroldāre forgeaf;
Bēowulf wæs brēme　—blǣd wīde sprang—
Scyldes eafera　Scedelandum in.
20 Swā sceal [geong g]uma　gōde gewyrcean,
fromum feohgiftum　on fæder [bea]rme,
þæt hine on ylde　eft gewunigen
wilgesīþas　þonne wīg cume,
lēode gelǣsten;　lofdǣdum sceal
25 in mǣgþa gehwǣre　man geþēon.

Him ðā Scyld gewāt　tō gescæphwīle,
felahrōr fēran　on Frēan wǣre.
Hī hyne þā ætbǣron　tō brimes faroðe,
swǣse gesīþas,　swā hē selfa bæd,

（原文の 1-29 行。G. Jack の Edition による）

A *f*oundling to start with, he would *f*lourish later on
as his *p*owers *w*axed and his *w*orth was *p*roved.
In the *e*nd each *c*lan on the *ou*tlying *c*oasts
10 be*y*ond the whale-road had to *y*ield to him
and be*g*in to pay tribute. That was one *g*ood king.

Afterwards a *b*oy-child was *b*orn to Shield,
a *c*ub in the yard, a *c*omfort sent
by God to that *n*ation. He *kn*ew what they had tholed,
15 the long *t*imes and *t*roubles they'd come through
without a *l*eader; so the *L*ord of *L*ife,
the glorious Al*m*ighty, *m*ade this *m*an renowned.
Shield had *f*athered a *f*amous son:
Beow's *n*ame was *kn*own through the *n*orth.
20 And a young *p*rince must be *p*rudent like that,
giving *f*reely while his *f*ather lives
so that *a*fterwards in *a*ge when fighting starts
*st*eadfast companions will *st*and by him
and *h*old the line. Be*h*aviour that's admired
25 is the *p*ath to *p*ower among *p*eople everywhere.

Shield was still thriving when his time came
and he *c*rossed over into the Lord's *k*eeping.
His *w*arrior *b*and did *w*hat he *b*ade them
when he *l*aid *d*own the *l*aw among the *D*anes:

(Heaney 訳、イタリックは評者)

Alliteration の扱い方

『ベーオウルフ』を含む OE 頭韻詩では、上掲の *monegum mǣgþum meodosetla of tēah, / egsode eorl[as], syððan ǣrest wearð* (5–6) や *ofer hronrāde hȳran scolde* (10) のように、1 行の前半行の強勢音節に 2 個或いは 1 個、後半行の最初の強勢音節に 1 個の同一子音同士または各種の母音同士で、a (a): a x と頭韻を踏むのが典型であったが、この伝統はその後の言語と作詩法の変化から現代英詩では一般に見られなくなった。しかし、オーデン、ランサム、パウンド、ヒーニーのような現代の英米の詩人たちは、時々伝統的な頭韻を何とか現代に甦らせようと部分的に試みている。オーデン W. H. Auden は 1935 年作の "Look, Stranger, on This Island Now" の第 2 行で The *l*eaping *l*ight for your de*l*ight discovers と l l : l x の明るい躍動感を l 頭韻を用いて表現し、第 7 行で The *s*waying *s*ound of the *s*ea と s 頭韻で波の音を表現している。J. C. ランサムの場合は 1925 年作の "Blue girls" の第 1 行で *T*wirling your blue *s*kirts, *t*raveling the *s*ward は (『ベーオウルフ』の第 1 行 Hwæt wē *G*ār-*D*ena in *g*eārdagum の g d : g d ように) 2 重頭韻の t s : t s を用いている。パウンド Ezra Pound は OE 詩を訳したことで有名だが、「海を行く人」*The Seafarer* などの訳では原詩と同じ頭韻詩行を多く用いている。

　ヒーニーはケネディの訳詩 (Charles W. Kennedy, *Beowulf*. OUP, 1940) のようにその訳を「頭韻詩訳」'a translation in alliteration' と断わってはいないが、かなり頭韻を守ろうとしている姿勢が見られる。上掲冒頭の 29 行の訳詩に評者がつけた頭韻の印し (イタリック体) を見ていただきたい。26 行目の Shield was still thriving when his time came 以外すべての行に頭韻が用いられている。29 行中 OE の頭韻の原則に従っている上記に引用した 5–6 や 10 行のような詩行が全部で 13 行 (2, 4, 5, 6, 7, 10, 11, 12, 13, 17, 23, 24, 25)、以下やや変則的な二重頭韻ともいうべき 9 行目の in the *e*nd each *c*lan on the *o*utlying *c*oasts のような a b : a b が全部で 4 行 (3, 9, 28, 29)、8 行目の as his *p*owers *w*axed and his *w*orth was *p*roved の a b : b a が

この 1 行、1 行目の So. The Spear-*D*anes in *d*ays gone by のような x a : a x が全部で 6 行 (1, 14, 15, 18, 20, 21)、16 行目の without a *l*eader; so the *L*ord of *L*ife の x a : a a が全部で 2 行 (16, 19)、22 行目の so that *a*fterwards in *a*ge when fighting starts の a a : x x がこの 1 行、27 行目の and he *c*rossed over into the Lord's *k*eeping の a x : x a がこの 1 行、とバラエティに富んだ頭韻のパターンが用いられて、さまざまなリズムが刻まれ、詩行にメリハリがつき諧調を奏でる。ヒーニー自身第 4 強勢に頭韻を置く第 3 行と第 27 行を例に引き、このような変則的な頭韻を使用するのは「素直な発話体」'directness of utterance' を追究するためと述べている (p. xxix)。

Compounds の扱い方

『ベーオウルフ』に数多く現れる複合語 compounds をどのように翻訳で扱うかは重要な問題の一つである。この問題についても冒頭 29 行の対訳を見ていく。複合語はヒーニーが原文にとらわれないと言っているものの一つだが、確かに (I) 複合語のまま訳した *Gār-Dena* (1) = Spear-Danes, *meodosetla* (5) = mead-bench, *hronrāde* (10) = whale-road があるものの、(II) 短い句に言い替えた *aldor[lē]ase* (15) = without a leader, *Līffrēa* (16) = the Lord of Life, *feohgiftum* (21) = costly gift, *wilgesīas* (23) = steadfast companions, *felahrōr* (27) = still thriving や (III) 長い句に分解した *geārdagum* (1) = days gone by, *þēodcyninga* (2) = the kings who ruled them, *ymbsittendra* (9) = (clan) on the outlying coasts, *fyrenðearfe* (14, 前出) = what they had tholed, *lofdǣdum* (24) = Behaviour that's admired, *(tō) gescæphwīle* (26) = when his time came に、(IV) simplex にした *fēasceaft* (7) = foundling, *weorðmyndum* (8) = worth, *woroldāre* (17) = renowned, *Scedelandum* (19) = north とさまざまに訳しており、工夫の跡が見える。

訳語の問題

ヒーニーの訳語の問題をやはり上掲冒頭部分の引用について見ていく。

第1声の *Hwæt* はすべての訳者を悩ませる語であるが、彼は 'lo', 'hark', 'behold', 'attend', 'listen' ではなくて、'so' を選んだ。むろん英語のふつうの 'so' ではなく、彼の父方の親戚が話す「アイルランド英語のスカリオン家のことば」'Hiberno-English Scullion-speak' の慣用では、先行するすべての談話や叙述を打ち切って改めて注意を要請する間投詞の機能を果たす 'so' であると彼は言う (p. xxvii)。しかし果たして成功しているだろうか。読者は英語の節頭にくる軽い接続副詞の 'so' の連想なしには読めないのではないだろうか。次に隣国を制したシュルドの武力を物語る第4–5行は直訳では 'took away mead-benches, from troops of his foes, from many tribes' となる、やや象徴的観念的な原詩の表現を *scourge of many tribes, a wrecker of mead-benches, rampaging among foes.* と *scourge, wrecker, rampaging* のような具体的な暴力破壊行為を示す単語が用いられて劇画風なイメージを喚起しているが、これなどは恐らく全部で65種あるという *Beowulf* の現代英語訳になかったものではないのか。

今度は OE 語 *þolian* (= suffer) について見てみよう。この語の現代英語形 thole を用いた理由についてはすでに紹介したが、この語を用いて *fyrenðearfe* 'dire distress' (14b) を *what they had tholed* と訳している。この語が古語・方言として暗く重い感じを与えるので成功しているのではないだろうか。その他ヒーニーが詩的にも歴史的にもふさわしい場合に用いたという「アルスター方言」'a local Ulster word' (p. xxix) の例を見る。一つは 'harness, armour' を意味する 'graith' で、324行の *gryre-geatwum* (= terrible armour) を *grim war-graith* と、2988行 *hyrste* (= armour) を *the graith* と訳している。*OED* によれば *graith* は Old Norse からで、スコットランドや北部方言と思われるが、北アイルランド方言でも用いられるのであろう。もう一つは 'fort' を意味する *brawn* で、フロースガール Hrothgar 王の居城・館を指す語として何回か用いられた。これはアイルランド語で、特にアイルランドの没収地にイングランド人が建てた家畜囲いや砦を意味するのでぴったりだと述べている (pp. xxix–xxx) がそうだろうか。

最後に『ベーオウルフ』の終幕最後の3173-82の10行を、非常にあっさりと即物的な表現で7行に圧縮してあっけなく終わった感のあるケネディ訳とヒーニー訳を対照させたい。ヒーニー訳は、偉業を成し遂げ国民を思いやり、名誉を求めた英雄王の葬送にふさわしい *extolled, exploits, convoyed, most gracious and fair-minded* のような文語的語彙を用い音節数を増やして、訳者自身『ベーオウルフ』詩人になりきって読者とともに英雄王の死に哀惜の念を禁じえないかのように、荘重に長く引きずるような調べを奏して終わる。しばらく万感胸に迫る思いで沈黙が辺りを支配する。

So is it proper a man should praise
His friendly lord with a loving heart,
When his soul must forth from the fleeting flesh.
So the folk of the Geats, the friends of his hearth,
Bemoaned the fall of their mighty lord;
Said he was kindest of worldly kings,
Mildest, most gentle, most eager for fame.
(Kennedyの訳)

They extolled his heroic nature and exploits
and gave thanks for his greatness; which was the proper thing
for a man should praise a prince whom he holds dear
and cherish his memory when that moment comes
when he has to be convoyed from his bodily home.
So the Geat people, his hearth-companions,
sorrowed for the lord who had been laid low.
They said that of all the kings upon the earth
he was the man most gracious and fair-minded,
kindest to his people and keenest to win fame.
(Heaneyの訳)

このようにヒーニー訳は古文の訳によくある学者臭い訳でも、また学生が原文を読解するための虎の巻 crib としての直訳体でもなく、土俗的な口語物語体の音調と流れ、それに視覚的なイメージを重視した訳であると思う。原詩を一度分解して見事に再構成したことにより一層原詩の内実に近づいた、1個の優れた文学作品として推奨に値する。

　[日本中世英語英文学会機関紙 *Studies in Medieval English Language and Literature*, No. 16 (2001), 55–62 の再録]

書 評 2

Andy Orchard: *A Critical Companion to Beowulf.* D. S. Brewer, 2003. xix + 396 pp.

　本書は題名からは、『ベーオウルフ』*Beowulf* 批評ではどのような問題がどのように論じられてきたか、そして現在の動向はどうかについての情報を、これまでの文献を著者なりに取捨選択しながら、提供してくれるものと思われた。しかしこの予想は半ば当たり半ば当たらなかった。各テーマの文献については本文で少し論じられるが、大部分は本文でそのテーマが扱われる際に脚注にまとめて挙げられる。著者名のアルファベット順に並べられた文献は題目だけで、発表年と発表機関名は巻末の Bibliography を参照して確認することになる。テーマごとにまとめられた脚注の（したがって Bibliography の）文献は評者未見のものも多く非常に参考になる。しかしオーチャード Orchard の本文には議論の紹介は少しあるものの、ほとんどは彼の書き下ろし研究が占めている。この研究の、原文の詩行に密着した精緻な読みには教えられるところが多々あるものの、『ベーオウルフ』批評の文献紹介と彼の『ベーオウルフ』研究とが有機的に結びついているとは言いがたい。以下に本書の内容を見ていくことにする。

1. Foreword: Looking Back.
　章題から予想されるように、19世紀後期から現在までの過去百数十年間に及ぶ『ベーオウルフ』研究の回顧である。本文では各分野で顕著な功績を上げた研究者の名を挙げつつ、脚注でその業績である著書・論文の題名を記し、わずか8ページの本文に脚注は52項目に及ぶ。どのテーマで誰がどのような著書・論文を書いているかを紹介していて参考になるが、コメントは割愛されている。激しい論争になっている写本と作品の年代 date の問題では論文列挙にそれぞれ14行と28行を用いている。

2. Manuscript and Text.

　今日『ベーオウルフ』写本 *Beowulf*-manuscript と呼ばれている写本には5作品が次の順序で収められている。1 *The Passion of Saint Christopher*, 2 *The Wonders of the East*, 3 *The Letter of Alexander to Aristotle*, 4 *Beowulf*, 5 *Judith* である。『ベーオウルフ』が二人の写字生によって書かれており、写字生Aが1行から1939行の *scyran* まで、写字生Bが次の *moste* から最後の3182行までを書いたことは知られている。この交代は行の途中でなされ唐突に思えるので写字生Aの病死説 (Boyle) もあるが、写本またはファクシミリ版を見れば *scyran* は行末であり *moste* は行頭に来ているので機械的な分担であり、ともに手本 exemplar を筆写したと考えられる。写字生Aは *Beowulf*-manuscript の『ベーオウルフ』の前に収められている *Christopher, Wonders, Letter* も担当し、写字生Bは『ベーオウルフ』の次の *Judith* も担当した。写本成立年代についての議論はここでも扱われ、ケア Ker の1000年頃が標準説だったが、オーチャードはキアナン Kiernan のカヌート Cnut の英国治世 (1016–35) 説に対する反論として出されたダンヴィル Dumville の、写字生A、Bの特徴から判断して写字生Aの方が 'more modern hand' で11世紀の初め、写字生Bは10世紀の終わりとする説を支持している（ここでは問題の性格から研究者間の議論が紹介されている）。

　次に *Beowulf*-manuscript の問題として、*Beowulf* と他の作品との関係が論じられる。もともと異なる方言や制作年代の5作品が一つの写本にまとめられたのは、サイサム Sisam の言うように、編纂者の monsters や wonders に対する興味からであることは確かだとしている。この問題についてオーチャードはすでに前著 (*Pride and Prodigies: Studies in the Monsters of the Beowulf-Manuscript*, 1995) で詳述しているところであるが、ここでは新たに *Letter* と *Beowulf* との類似性を（主人公アレキサンダーとベーオウルフの英雄性のみならず）用語の点からも調べ、collocation の *wundor sceawian* 'to see the wonder', alliterative doublet の *weaxan ond wridian* 'to grow and flourish' と *fen ond fæsten* 'fen and stronghold', *nicor* 'water-monster' などの用語の共通点から、前者が後者を直接参照したと判断している。*Beowulf* を孤立した作品としてみるのでなく、このように同じ写本の他の作品との比較検討の重要性を改めて主張している。

　章の後半は、唯一写本から信頼にたるテクストを校訂するという困難な問題を扱う。先に見た写本制作年代についての諸説以上に、作品の成立年代については諸説が行われ、750 年頃から 1018–35 年までの大きな開きのある現状では、『ベーオウルフ』のテクスト校訂者は保守的にならざるをえず、今でもほとんどの校訂本が 19 世紀の前半にケンブル Kemble、ソープ Thorpe、グルントヴィ Grundtvig などが行った校訂を踏襲しているとのオーチャードの指摘は評者自身も校訂作業から実感できたところである。一方でバンメスベルガー Bammesberger のように年 1 回のペースで校訂案を多数提出している研究者もいる。現代の校訂本を作成するには、lineation, capitalization, word-division, punctuation, abbreviation のすべてにわたって写本とは異なる原理を用いるか、写本に近い diplomatic edition にするか、それらの中間体でいくかになるであろう。ピリオドに当たる simple point 一つをとっても、写本では韻律に基づき、オーチャードの調査では 90％が行末で、残りが半行のあとなのに対し、現代文では言うまでもなく統語に基づくので文の終わりである。

　最近の校訂版はできるだけ写本原文に従い、むやみに校訂を行わない立場を取っているとはいえ、筆写に際し写字生一般に見られる機械的な誤記は写字生 A、B の場合も例外ではなく、校正をやってはいるが、彼らの誤記は全体でかなりの数に上る。誤記をタイプ別にすると *translitteratio* と呼ばれる a と æ などの文字の混同、2 字または 2 語をそれぞれ 1 字または 1 語に書き誤る haplography、1 字または 1 語を 2 字または 2 語に書き違える dittography、文字が前後する metathesis の 4 種になる。オーチャードはこれらに従って emendation が行われた Mitchell and Robinson の例と Kiernan の例を多数、それぞれ脚注 124 と 135 で挙げていて参考になる。このような綿密な調査は自分でも校訂版を出すつもりでもないとできない

ことだが、オーチャード自身 electronic variorum text を準備中だと脚注112で告白している。大いに期待したい。写字生 A、B は自身の担当部分に上記4種の誤記の校正を行っているほか、*gesellum* を *gellum* (1481a) と誤記するような繰り返し文字を含む部分を不要と錯覚して省く homoeoteleuton と呼ばれるタイプの校正もしている。この点から写字生 A、B を最初の校訂者ということができ、exemplar を書き写していることも明らかである。著者は写字生 A、B もこれまでの校訂者も、見のがしていると思われる例をいくつか挙げ、更なる厳密な写本研究が必要であることを暗示してこの章を閉じている。

3. Style and Structure.

　この章の始めに『ベーオウルフ』にもっとも顕著な文体として Robinson が「同格体」'the appositive style' と言うところの繰り返し repetition と変異 variation が、円環構成（包入型）the ring composition (the envelope-pattern) に関連することに触れたあと、冒頭の11行を分析し、さまざまな diction が駆使されていることを示す。オーチャードが強調しているのは、*monegum mǣgþum　meodsetla oftēah* (5) のような a-line の強勢2音節が共に b-line の最初の強勢音節と頭韻を踏むタイプの double alliteration の効果的な使用である。シュルド Scyld の事績を語る第4-8行に見られるように、この alliteration がキー・パッセージを一つの cluster に束ねる効果と、さらに冒頭部から fitt 1 にかけて前後6行ずつが double alliteration によって束ねられ、前半のシュルドの船葬と後半の世継ぎのベーオウ Beow とヘアルフデネ Healfdene の誕生を述べる二つのパッセージをつなぐ効果にも言及して、double alliteration の働きを明らかにする。

　ベーオウルフのデンマークへの船出の描写（210-28行）について、*bundenne...wind...wundenstefna...līðende...land...sund...ende* が船旅の sound echo として、また *beorge...beornas...bǣron...bearm...beorhte* のような assonance（類音）が船出の準備の音表象として用いられていること

を例証している。オーチャードはこの作品は耳で聴く 'aural poem' でもあるとし、目で読むことになれた我々が音に敏感になる必要を促して注目に値する。

4. Myth and Legend.

　『ベーオウルフ』における神話的伝説的人物の利用は実に巧みである。グレンデルの湖からデネの武士たちが競馬をしながら凱旋する場面で宮廷詩人がベーオウルフを賛美するために語る、龍退治をしたスィエムンド Sigemund の物語は北欧の伝説に見られるものとは異なる。北欧の伝説では龍退治をしたのは彼の息子のスィグルド Sigurd であり、龍の通り道に穴を掘って待ち伏せし、真上を通過したとき心臓を突き刺して退治するのである。宮廷詩人の方はスィエムンドが海のそばの洞窟の中で龍を剣で刺し貫き、退治した龍の宝物を船で運んだと語る。50年後のベーオウルフの龍退治のときの描写と宮廷詩人のこの描写が似ており、さらに類似した用語、例えば「灰色の洞窟の中で」 *under hārne stān*, (887b, 2553b),「剣が刺し貫き」 *þæt swurd þurhwōd* (890b), *bil eal ðurhwōd* (1567b) のような句が echo として用いられている点にオーチャードは着目し、多分『ベーオウルフ』詩人は元の伝説を変形して龍退治の二つのエピソードを結び付ける意図だったことを暗示している。

　最後にアイスランド・サガとケルト民話との類話 analogues について、後者は前者ほどの影響はないとして脚注に参考論文を挙げるにとどめ、前者についても脚注に参考論文は挙げてあるが、本文では駆け足で触れるだけである。ちなみに北欧の代表的な類話として、ベーオウルフのグレンデル母子との戦いに相当する 'two troll' motif を扱う伝説のサガ *Fornaldarsǫgur* から、ドラウグル *draugr* 'undead warrior or walking corpse' の墓に押し入り、中の住人と闘い、剣で首を打ち落とし、宝を奪って帰還する物語を持つ『フロムンドのサガ』 *Hrómundar saga* とブレカ Breca との競泳と関連する類話も含む『エギルのサガ』 *Egils saga* を論じている。

5. Religion and Learning.

　この章は『ベーオウルフ』に対するキリスト教と、それとともに到来したラテン文化の影響を論じている。現存の『ベーオウルフ』は元の異教的なテクストをキリスト教によって潤色したもの re-workings との見方はもはや流行らない。むしろアングロ-サクソン社会一般に浸透したキリスト教的ラテン文化の影響がどの程度見られるかの問題に向かっている。また古典の影響ではウェルギリウス Vergil の『アエネーアス』*Aeneid* のそれが考えられ、クレーバー Klaeber の 'Aeneis und Beowulf' (1911) とそれによったハーバー Haber (1931) の研究があるが、そこで取り上げられたパラレル表現は一般的なものばかりで、特殊なものがないので直接的な影響があるとは言えないと否定的である。しかし 8 世紀初めに、あるアングロ-サクソン人によってラテン語で書かれた *Liber monstrorum*（オーチャードの前著、*Pride and Prodigies* に原文と現代英語訳がある）の影響は確実で、フランク族と戦って殺され、遺骨がライン河口で旅人の見世物になっているという、巨人のように大きかったイェーアタスの王ヒュエラーク Hygelac への言及やグレンデルと同じように刀の刃が溶けるほどの強い毒を持った獣への言及に『ベーオウルフ』への影響を見ているが、直接的とは言えないだろう。

　次に聖書の影響を扱っている。『ベーオウルフ』には旧約聖書への言及はあるが新約聖書への言及は排除されているとよく言われるが、オーチャードも旧約の Creation, Cain, Giants, Flood への明らかな言及を 3 箇所、即ちグレンデルをカインの末裔とする説明（86a–114b 行）、グレンデルの母親が水中に棲んで Flood を生き延びた怪物であるとする説明（1258b–68a 行）、巨人を Flood が滅ぼすさまを描いた古刀の柄の彫り物についての説明（1688b–90b 行）等を挙げているが、新約からパラレルを見つける試みはこじつけだとしている。旧約からはさらにダヴィデとゴリアーテの物語（*1 Samuel*）にベーオウルフとグレンデルの闘いに強い影響を認めるホロウィッツ Horowitz (1978) の研究をパラレルを挙げて支持している。しかし

最近は聖者伝 hagiography にパラレルを求める研究が盛んである。やや古いところではホワイトロック Whitelock (1951) が『聖グースラーク伝』 *Vita S. Guthlaci* から「カインの末裔」*semen Cain*、「人類の古の敵」*antiquus hostis prolis humanae* のパラレルを発見した例はある。ラウアー Rauer（*Beowulf and the Dragon*, 2000, 水野知昭氏による本書の書評が本誌前号に掲載されているので参照されたい）は「聖サムソン伝2」*Vita II S. Samsonis* からパラレルを指摘しているが、しかしここでは聖者の言うことに従うのは龍であって、両者の闘いではない。

　これまでにも『ベーオウルフ』に用いられているパラレル（特に句）が、散文ではラテン語・自国語による聖者伝、特に『ブリックリング説教集』 *Blickling Homilies*、『聖パウロ伝』*Vita S. Pauli* などに、韻文では *Genesis, Exodus, Andreas, Vainglory, The Fates of Apostles* などに見られることが個別的な研究で明らかにされてきた。しかし将来、全作品を対象にした類似句辞典のようなものができれば、個々の作品間の影響関係、口承定型句理論 oral-formulaic theory の適用範囲、アングロ‐サクソン文化の思想と表現などが、今以上に明らかになるであろうと述べていることは重要である。

6. Heroes and Villains.

　初めに叙事詩に特有な固有名詞（人名・部族名）のさまざまな重要な用法について概観する。その中で1020b 行の MS *brand Healfdenes* 'Healfdene's sword' が通常 *bearn Healfdenes* 'Healfdene's son (= Hrothgar)' と校訂される問題に触れている。脚注9に渡辺秀樹氏の論文 'Final Words on *Beowulf* 1020b: *brand Healfdenes*' を挙げ、その主張に同意する形でオーチャードも MS reading を採り、「ヘアルフデネの息子のフロースガールが（ベーオウルフに）与えた遺品の剣」であることを述べようとした写字生の 'eye-skip' によって *bearn Healfdenes* 'H's son' が *brand Healfdenes* 'H's sword' に変えられたのではないかと推測していて面白い。

　英雄詩として『ベーオウルフ』がユニークなのは、スーパーヒーローの

ベーオウルフと怪物との闘いをメインプロットとし、部族同士、つまり人間同士の戦いがエピソードの形で挿入された点である。オーチャードは後者の例の一つとして「フィン・エピソード」Finn-episode を扱うに際して『フィンズブルク断章』'*The Finnsburh Fragment*' との比較に 14 頁分を使って見事に論じている。断章がデネとフィンとの戦いの場面を臨場感あふれる筆致で描いているのに対し、エピソードは、戦いのあとのリアクションを 'detached and reflective' (p. 177) に描いて戦いのむなしさ、特に戦の犠牲となる女性、ヒルデブルホ Hildeburh の悲しみに焦点を当てると同時に、この後に登場するウェアルホセーオウ Wealhtheow もなめることになる戦いの悲しみの伏線にもなっている。

　章の後半では、グレンデルとその母親の来襲とベーオウルフとの闘いのそれぞれの描写を詩行の用語に注目して鋭く分析している。グレンデルの来襲は *com* (702b, 710a, 720a) 'came' を 3 度繰り返し、夜と同じ黒い影として次第に宴会中の武士団に近づくさまを表しているが、夜とは違ってグレンデルは、迎え撃つベーオウルフと同じく強い意志 *mynte* (712a, 731a, 762a) 'intended' をもつ存在として描かれている。しかし闘いが始まるとグレンデルはこれまで経験したことがないベーオウルフの強力な握力に意志 *on mōd* (753b) 'in mind', *on ferhðe* (754a), 'in spirit', *Hyge* (755a) 'heart' が萎える。他方ベーオウルフの行動は副詞により強調される (*uplang āstōd* (759a) 'stood upright', *fæste wiðfēng* (760a) 'fast held', *furþur stōp* (761b) 'stepped forward')。こうした分析がオーチャードの研究手法の特徴なのである。

7. Words and Deeds.

　この章題はデネの沿岸警備の武士が speech の締めくくりで述べた、議論のある格言 *worda ond worca* (289a) から取られている。オーチャードはベーオウルフの巧みな speech は、恐らくはこれから発揮されるであろう彼の武勇の保証であるとする、警備の武士の判断の表明と解している。

評者もこれに近いが、もう1歩突っ込んで、speechとdeedsに共に秀でていることが優れた武士の条件であり、自分には役目柄そういう人（武士）を見る目が備わっているとする警備の武士の自負と解したい。この作品ではdeedsが重要な役割を担っているのは言うまでもないが、驚くなかれ全体の3分の1を上回る1200行以上が約40のspeechesで占められていることを報告し、その箇所を表にまとめている。第1部では警備の武士のベーオウルフへの誰何と応答から始まって、ほぼすべてのspeechesにドラマティックな受け答えがなされている。例外はベーオウルフの2回の豪語（677–87, 1474–91行）と、幼いわが子たちの行く末を案じるあまり故意に戦略的に希望的観測を述べる王妃ウェアルホセーオウのspeech（1169a–87b行）であり、彼女のspeechには誰からも応答がなく、宙に浮いた形で将来に不安を残す。これは叔父フローズルフHrothulfの王位簒奪を暗示するための詩人の意図であろう。第2部ではspeechesは打って変わってモノローグ的になる。一族の滅亡を語る最後の生き残りLast Survivorの哀歌（2247–66行）、来し方をあれこれ回想するベーオウルフの長広舌（2426–509行）、ベーオウルフの死を知らせ、イェーアタスの滅亡を予告する伝令の伝言（2900–3027行）然りである。

8. Beowulf: Beyond Criticism?

龍の宝庫から杯を盗み出した、おそらくはベーオウルフの家来がなぜ *unfǣge* (2291a) 'undoomed' で *Waldendes / hyldo gehealdeþ* (2292b–93a) 'keeps the favour of the Ruler' とみなされるのか合点が行かない箇所だが、オーチャードはベーオウルフがこの家来を誤って勘当したためとしている。彼の語句の解釈はすばらしいが、物語の解釈は常に安全地帯にいて一歩踏み込んだ危険を冒さない物足りなさを覚える。彼自身も杯を見たときのベーオウルフについて 'frozen in silent contemplation' (p. 256), 'in a paralysis of anguish' (p. 258) の inertia 状態で、これが 'a sense that he has somehow acted wrongly in God's eye' (p. 259) から来ていると推測したのだから、少

し先のベーオウルフ が自らを深刻に 'doomed' と悟る *wēnde se wīsa, þæt hē Wealdende / ofer ealde riht ēcean Dryhtne / bitre gebulge* (2329a–31a) 'the wise man thought that he had bitterly angered the Ruler, the Eternal Lord against old law' と対照させて家来の 'undoomed' を解するべきであったと思う。この章題は *Beowulf*: Beyond Criticism? だが、なぞに包まれた偉大な作品を前にした、謙虚な著者の感想であろうが、だからこそ、これまでおびただしい数の論文・著書が書かれてきたのであり、今後は総合的な個性のある『ベーオウルフ』作品論の更なる出現が望まれるのである。

9. Afterword: Looking Forward.

　最終章は『ベーオウルフ』研究の今後を予想して、ラップトップのパソコン1台あれば、OE の全コーパスを持ち運べ、インターネットに接続して今より豊富な情報にアクセスでき、写本制作年代もインクの化学分析や上質皮紙 Vellum の DNA 鑑定によって明らかにされ、OE の全ての写本の電子ファクシミリが出版されることになるだろうと、明るい観測を述べたものである。以上が本文の内容の概略であるが、オーチャードの分析手法の特徴を示すキー・ワード（類書には少ない）を本書の General Index から拾うと、anaphora, assonance, audience-perspective, aural effects, cross-alliteration, dittography, double alliteration, echoes, envelope pattern, euhemerized, haplography, *homoeoteleuton*, parallels, paronomasia, rhyme, sound-effects, *transliteratio* などである。本書をこれらのキー・ワードから参照するのも有効な利用方法である。

　最後に本書脚注と Bibliography に挙げられている邦人研究者の名前と論文・著書名を記して『ベーオウルフ』研究への貢献に敬意を表したい。Haruta, 'The Women in *Beowulf*', Mizuno, '*Beowulf* as a Terrible Stranger', 'The Magical Necklace and the Fatal Corselet', Momma, 'The "Gnomic Formula" and Some Additions to Bliss's Old English Metrical System', Ogura, 'An Ogre's Arm: Japanese Analogues of *Beowulf*, Ohba, 'Hrothgar's

"Sermon" and Beowulf's Death', Ono, 'Grendel's Not Greeting the *gifstol* Reconsidered—with Special Reference to *motan with the Negative', Suzuki, 'Anacrusis in the Meter of *Beowulf*', *The Metrical Organization of 'Beowulf'*, Watanabe, 'Monsters Creep?: the Meaning of the Verb *scriðan* in *Beowulf*', 'Final Words on *Beowulf* 1020b: *brand Healfdenes*'。もし漏れがあればお許し願いたい。

[日本中世英語英文学会機関紙 *Studies in Medieval English Language and Literature*, No. 19 (2004), 51–58 の改訂再録]

紀行文 1

Maldon と Sutton Hoo を訪ねて

　2002年7月29日。朝から暑いが今日も快晴。いよいよ待望のエセックス Essex（East Saxon の訛ったもの）州にある「モールドンの戦い」The Battle of Maldon の古戦場を訪れる日がきた。数十年来の願いが達せられる、私にとっては記念すべき日である。この戦いは古英語詩に歌われ、アングロ・サクソン年代記にも991年の項に史実として記録されている、イギリス軍がヴァイキングと戦って敗れた合戦である。ロンドンから同行の高橋正平さん（新潟大学人文学部英米文化講座教授）の運転する車に乗せてもらって国道A12で行くのだがその入口がなかなか分からない。Hampstead に出たため東寄りに移動しながら、ようやくA12に乗れた。Danbury から414号線に入り Maldon（語源は 'hill with a monument or cross'）の町につく。Tourist Information を探すも見つからず、街中を回っていると突然坂道の下に The Blackwater River の雄大なパノラマが開けたではないか、感動の一瞬であった。川岸には大型帆船が数隻停留し、パブも2軒あってリゾート地の観がある。対岸には Heybridge Basin の川原が広がっている。川岸の遊歩道で坂上の St Mary's Church をスケッチしていた老人に古戦場の方角を尋ねる。この遊歩道を川下に向かって先端まで行けばよいとの返事だった。リゾート客の行き交う遊歩道を進むと、なんと子供プールが出現した。さらに進むとカーパークがあり、歩道は途切れて工場の敷地になってしまい、道が途切れ川端を歩けない。残念だが仕方がない。
　町に戻って古英語詩 The Battle of Maldon のヒーロー、エセックス（かつての7王国のひとつ）の州長官でこの合戦の武将、ブリュヒトノース

(Bryhtnoth, 語源は 'bright courage'「勇猛の士」で、名は体を表す）の石像があるという All Saints Church と、町についたとき見つからなかった Tourist Information をまた探すことにした。今度はすぐ見つかった。Information の人はとても親切な応対で、教会はすぐ近くで、ブリュヒトノースの石像は入口右手の外壁にはめ込まれており、古戦場はカーパークの奥から工場の柵の外を回ると、そこに通ずる川沿いの小道がある、と教えてくれた。ありがたい。これで目的の両方とも見られる。古武士の像は実に立派で、適当に古びて趣があった。絵葉書を何枚か買う。これから古戦場まで行けるではないか。車を行楽客のかなりが帰ってしまったカーパークに止め、川沿いの小道をたどる。対岸に島のように見えた Heybridge Basin の川原が切れ、川幅が広くなる。岸と川の流れの間には雑草の生えた、尾瀬ヶ原の浮島のようなものが無数にあり、湿地帯 (moor) をなしている。川上のモールドンの方向を振り返るとヨットハーバーが遠望できる。行く手の川下の方を見ると樹木で覆われた中島のノーズィー・アイランド Northey Island が見えた。Northey の語源は「北島」である。この島こそエセックス軍と対峙したヴァイキングがキャンプを張っていたところである。小道を進むと祖父と父娘の家族連れとすれ違った。祖父にどこまで行ってきたかとた尋ねると、二つ目の turnpike（牧場の仕切り扉）までと言う。しかし先を見ると小道が左折して水辺までまで延びているのが見える。川水の色がそこから対岸にかけて線を引いたように、下流がうす茶色で上流が青色で潮目ができている。ボートも 1 隻係留してある。人が一人立って向かいのノーズィー・アイランドの方を見ている。小道が終ると車が通れる幅 4 メートルくらいの砂利を敷いた道に出た。この道が島につながる causeway（川を渡る土手道）だった。午後 4 時ころだったが北海につながっているため次第に満潮になるころで、causeway は岸から水中に没していた。岸辺に立っていた男性は近くの住人で毎日のようにここに来て泳いだり野鳥を眺めたりしているとのこと。1 日に 2 回ある干潮時にはこの causeway を Land Rover 車で 200 メートルほどある対岸のノーズィー・ア

イランドまで渡れるとの話だった。またこの人の話ではこの島は今では鳥類保護区に指定され、島内にはナショナル・トラストの管理事務所があるとかで、前もって連絡をしておけばボートで渡してくれるそうである。高橋さんが川水を舐めてみたところ海水と同じくらい塩辛いとのこと、私も舐めてみたがほぼ海水である。The Blackwater River（当時は Panta 川と呼んだ）のこの辺は、海から 15 キロも遡っているが、上げ潮なので特に海水に近いのであろう。よく見れば岸辺には海草も流れついている。男の人はモーター・スクーターで帰って行ったが、声を掛けて道を指差してくれた。さっきまで乾いていた道が部分的に水をかぶり始めたではないか。我々も急いで引き返すことにした。岸辺の marsh も水をかぶり、浮島の間の水かさも増してきた。ヴァイキングの軍を渡河させ、こちらの岸辺で決戦をしたはずのこの辺りは、今では柵の巡らされた牧場になっている。

　今日のモールドンの描写はこれくらいにして、アングロ‐サクソン年代記と古英語詩 *The Battle of Maldon* に記述されている 991 年のアングロ‐サクソン人とヴァイキングとの戦いに移ろう。R. Blackwater は北海からモールドンまではかなりの大河だが、ここで大きな中州の島、ノーズィー・アイランドを挟む形で別れ、モールドンの町より上流になると細くなる。北海からこの川を船で遡行してきたヴァイキングの軍勢はこの島にキャンプを張って、（今筆者の立っている）対岸の本土上陸を目指していたのだ。これを迎え撃つべく、エセックスの州長官 (Ealdorman) のブリュヒトノースが率いるところのイギリス軍が対峙した。ブリュヒトノースが戦闘隊形を整え、部下たちも敵を迎え撃つ心構えを整えたところへ、詩人によると、相手の伝令が水際までやってきて、戦で犠牲者を出すよりは黄金で貢を払えば、戦わずして引き揚げてやると大声で告げる。

　これに対し、怒ったブリュヒトノースは楯を持ち上げ、槍を打ち振るい、剣を突き出し、こちらは祖国を守るために異教徒には一歩も引かぬと言えと応える。この後数回行われる伝令とブリュヒトノースのこのような直接話法によるやり取りは、この詩を劇的な臨場感あふれるものにしている。

イギリス軍の大将は進めの合図をするが、ちょうど干潮から満潮に変わり始めたときで、川水で進軍を阻まれる。引き潮になるやヴァイキングも渡河を始める。イギリス軍のウルフスタン Wulfstan は仲間と causeway に立ちはだかり敵を一人射て致命傷を負わす。causeway の守りが堅いと見て取ったヴァイキングは、そちらで戦うから渡河させてくれと言葉巧みに要求する。剛毅なブリュヒトノースは道を開けてやる、すぐこちらに来て戦えと応答する。敵は一斉に渡河してくる。イギリス軍は守備態勢を固める。戦を前にして緊迫感が走る。詩人は言う。死すべき運命の側が亡び、空にはカラスが飛び回り、鷲が死肉を求め、地上には喧騒が鳴り渡ったと。槍と矢が飛び交い、双方に死者が出る。ブリュヒトノースの甥が倒れた。味方のエーアドウエアルド Eadweard がその仕返しをした。

　戦いは続く。ヴァイキングの一人がブリュヒトノースを狙って槍を投げつけ、大将は傷を負うも、仕返しに最初の槍で相手の首を貫き、2本目の槍で相手の心臓を突き刺す。彼は神に感謝する。またヴァイキングの一人がブリュヒトノースの高価な鎧と指輪と剣を奪おうと襲ってくる。大将は剣の鞘をはらって応戦するも、腕を切られ、黄金の柄の剣が地上に落ちる。それでも白髪のブリュヒトノースは部下に熱弁を振るい、勇気を持って戦い続けるよう励ますが、自らは地面に倒れる。天を仰いで、神にこの世で受けた喜びを感謝する。

　大将を失ったイギリス軍に逃亡者が出る。ゴードリッチ Godric は主君の馬に乗り、兄弟のゴードウィネ Godwine、ゴードウィー Godwig とともに森に逃げ、裏切り者の汚名を残す。むろん恐れずに戦い続けた者もいる。若武者アルフウィネ Alfwine は宴会の席で立てた戦の誓いを思い出そう、今こそ勇気が試されるときだ、わが家柄の名折れにならぬよう、大将なき今こそ戦線離脱の恥をかくまいぞと言明する。しかし彼が前進し仕返しを試みたとき倒される。彼は仲間に前進を乞う。これを受けてオッファ Offa が主君亡き今、互いに励まし合うことこそ我らの務めと応じる。このように生き残った武士たちレーオフスネ Leofsunu, ドゥンネル Dunner,

アッシュフェルス Ashferth, アゼリッチ Ætheric, オズウォールド Oswold, エーアドウォールド Eadwold は、一歩も退かず、主君亡き後の帰宅の恥をさらさず、主君の仇を討つと次々と誓って戦い続ける。

　この詩の最後で、老武士ブリュヒトウォールド Bryhtwold はこの詩の主題である英雄精神 heroism を高らかに述べ、武士たちを鼓舞する。

> 'Hige sceal þē heardra,　heorte þē cēnre,
> mōd sceal þē māre,　þē ūre mægen lȳtlað.
> Hēr līð ealdor　eall forhēawen,
> gōd on grēote.　Ā mæg gnornian
> sē ðe nū fram þīs wīgplegan　wendan þenceð.
> Ic eom frōd fēores.　Fram ic ne wille,
> ac ic mē be healfe　mīnum hlāforde,
> be swā lēofan men　licgan þence.'
>
> 　　　　　　　　　　　　　(*The Battle of Maldon*, ll. 312–19)

「心はいっそう強く、　気力は一段と充実し、
勇気はさらに大になるもの、　われらの体力が小なるにつれ。
大将はここに　剣で切り倒されておられる、
高貴なお方が砂の上に。　永久に悔やむことになろう、
この戦場から　逃亡しようと思う者は。
わしは年老いた。　ここより逃れることは欲せず、
わが主君の　傍らに
かくもいとしきお方のお側に　横たわりたいと思う。」　　(訳は筆者)

この古武士ブリュヒトウォールドの言葉は古英語詩中、武士たる者の勇気の大切さを格言的に述べ、逃亡を戒め、最後まで戦って討ち死にしたいと、斃れた主君に対する心情を吐露して余りある最高の名文句である。私が英語発達史の教科書として使ったことのあるバーバーの本 (Charles Barber, *The Story of English*) にも OE の見本にここが引かれていたのを覚えておら

れる方も多いことだろう。逃亡したゴードリッチ Godric とは別人の勇敢な Godric が先頭に立ち、槍を投げ、剣を打ち戦場に斃れるところで、この 325 行の詩は終わる。

　この詩は死者たちの御霊に対する鎮魂歌なのである。学者たちはこの詩を早い頃のルポルタージュ文学の傑作とみなしている。私もそう思っていた。鎮魂歌であることを私はこの地を訪れてはじめて意識した。彼らはみな安らかにこの草原に眠っている。千余年の時を経た今も、武士たちは昔のまま岸辺に寄せる小さな波音をのどかに聞いているようだ。向こうの島のノースィー・アイランドは今は小鳥たちのサンクチュアリだ。ヴァイキングならぬ小鳥たちがこちらに飛来することもあるだろう。小鳥たちよ彼らを慰めてやってくれ。

　　夏草や　つわものどもの　夢の跡　　（芭蕉）

7 月 30 日。

　昨日のエセックス州モールドン訪問に続いて、今日はその北隣りの州であるサフォーク Suffolk にあり、やはり北海に流れ出るディーベン Deben 川のほとりの古墳群であるサットン・フー Sutton Hoo を、これまた、いよいよ訪ねる日である。サットン・フーといっても大方の日本人にはなじみがないと思うが、イングランドにおける 20 世紀最大の考古学的発掘が行われた地名で、1938–9 年に王の舟墓が発見されて一躍脚光を浴びたところである。この地名の語源は sutton は OE *sūþ-tūn* (= south-town or -village)「南村」、hoo は OE *hōh* (= spur of land)「（土地の）突出部、先端」で、位置関係と地形を表したものであろう。この王の船墓は古墳群中最大・最高のもので、かつてこの地を支配していたアングロ‐サクソン時代の 7 王国 Heptarchy の一つであるイースト・アングリア East Anglia 王国の、625 年頃亡くなったラドワルド Rædwald 王の墓ではないかと思われている。そうであるならこの船墓はその直後の造営ということになる。なぜか埋葬者の遺体はなかったが、その副葬品の価値から 20 世紀最大の考古学的発掘

と言われ、一般に Sutton Hoo Ship Burial として知られている。しかしこの船墓の発掘は考古学的な大発見であるのみならず、間接的ながら文学との関連もクローズアップされた。古英語叙事詩『ベーオウルフ』*Beowulf* 冒頭のシュルド Scyld 王の船葬（この場合は埋葬されるのではなく大海原に流されるという違いはあるが）の描写の具体例であり、この叙事詩で活躍する武士たちの武具・武器やハープやなどの描写と出土品のそれらとが類似しているために、『ベーオウルフ』という英雄物語詩に俄然具体性と真実性の光が投げかけられ、文学者の関心を強く引いたのであった。誤解なきよう繰り返すが、サットン・フー船墓と叙事詩『ベーオウルフ』との関係は直接的なものではない。『ベーオウルフ』は北欧が舞台でありシュルドはデンマーク王である。しかしこの考古学的発掘品の数々は『ベーオウルフ』という文学作品にいわば外的内的真実を与えてくれるのである。アングロ・サクソン人の『ベーオウルフ』の作者がサットン・フー船墓の副葬品から想像される王の生活と極めて類似した世界を描いていたことが証明されたのだった。

　今朝は早いと思ったが待ちきれずに8時半に昨夜泊まったウッドブリッジ Woodbridge の町の The Bull ホテルを出た。数キロしか離れていないので9時前には着いた。やはり門はまだ閉まっていた。周囲は畑と林である。門の左手奥には新しい建物も見えた。開門は10時である。まだ1時間もある。門に通じる農道の角にポプラの立木があって日陰を作っている。このところ連日の猛暑で日中の気温は30数度になったのだが、この木陰は風があって涼しい。そこを選んで駐車した車のなかで昨日のモールドン訪問の日記を付ける。高橋さんはあたりを散策し、農地を囲む鉄線の柵に不法侵入を防ぐため電流を通してあるので危険だという注意書き warning が出ているのを見つけた。

　実はイングランドに来る直前に日本でインターネット検索をしたら Sutton Hoo が出てきて、そこは今ではナショナル・トラストに買い上げられ、遺物とそのレプリカが陳列展示された資料館とビジター・センター

の建物が出来、1日2回の guided tour があるのを知って驚いたのであった。これまで私はサットン・フーの墳墓地は整備されずに荒涼とした原っぱになっていて、最寄りの町や駅からタクシーで行った場合、もし運転手に多少の知識があれば案内はしてもらえるかもしれないが、そうでなければ一人さびしく墳墓地で経を唱えるごとく、『ベーオウルフ』のよく知られた一節である「最後の生き残りの嘆き」を読もうかと思っていた。私の半行対訳版からその原文を省略し拙い日本語訳のみを次に掲げる。

「汝、大地よ、　もはや人々が護れぬ以上、
貴族の財産を護ってくれ！　見よ、それを昔汝から
勇士らが得たのだ。　だが、戦死が奪ったのだ、
恐ろしい致命的な悲しみが、　すべての者を
我が一族の。　彼らはこの世を諦め、
広間の喜びを見収めた。　わしにはいない、剣を帯びる者が、
或いは磨く者が、　飾りのある酒杯を、
高価な杯を。　武士団はいずこかに立ち去った。
丈夫な兜も　金で飾られた、
金箔が剥がれる定め。　磨き手たちが眠っている、
戦の面頬を　磨くはずだった者たちが。
それに鎖帷子も　戦で受けたのだったが、
盾のぶつかり合いで　剣の切っ先を、
主の亡きあと朽ちていく。　鎧の鎖も
武将について　遠くに行くことはできない、
武士たちと並んで。　竪琴の歓びもない。
歓びの木の楽しみも。　立派な鷹が
広間を飛び抜けることもなく、　駿馬が
城の広場を踏みつけることもない。　不吉な死が
多くの人間を　送り出してしまったのだ！」

（『ベーオウルフ』2247-66行）

人の考えることは同じらしく、ビジター・センターの出入り口の脇に立てられた看板に、この一節のアレグザンダー Alexander による現代英語訳が出ているではないか。王の死と一族の滅亡は必ずしも同じではないが、輝いていたはずの出土品も今は 1300 年以上も経ち、多くは朽ち果てており、ubi sunt「今いずこ」の悲哀感は共通している。ところが実際のサットン・フーは予想のそれとは大きく違っていた。1998 年にナショナル・トラストに買い取られ、今年の春から一般公開されたのだった。そう言えば最近は史跡や遺跡が整備され観光に供せられるというのは日本でもどこでも同じなのだ。史跡・遺跡の保存と公開は悪いことではないが、俗化であることも間違いない。

　開門と同時に 5 ポンドの入場料を払って通る。大きな資料館とやや小ぶりのビジター・センターの建物が向かい合って建てられている。建物はいずれもアングロ‐サクソン風に単純な切妻屋根で、出入り口は一つの木造（日本の伝統的な建物もそうだ）である。資料館の出入り口高く切妻の下に、出土品のなかでも最も有名な兜 (helmet) の錆色にした大きなレプリカが我々を見下ろしている。『ベーオウルフ』のなかでデンマーク王フロースガール Hrothgar が建てたヘオロト Heorot（雄鹿館）の切妻の下に英雄ベーオウルフ Beowulf が怪物グレンデル Grendel からもぎ取った片腕が戦利品として飾られたのと同じ趣向である。資料館の中身は充実していた。というのは一昨日ロンドンにいるときに高橋さんに予備知識を持ってもらおうと大英博物館の Sutton Hoo 関係の展示室（昔からあるのだが日本人の間では関係者にしか知られていなかったのは残念だ）に案内したのだが、もぬけのからで剣、鍋、皿、スプーン、外国のコインといった一部の出土品が残っているのみで、あとは貸出し中とのお詫びの紙が貼ってあって落胆したのだが、大部分はここに来ていたのだった。しかし副葬品の中でも最も美術品としての価値が高い金属製のガマ口の蓋はここにもなかった。展示品は王の船墓からのもの以外に他の墓からの出土品も加えられている。30 年ほど前に大英博物館で見た品々をあらためて見て回る。展示で

工夫したなと思われるのは、船の中央部にあった遺体室が再現され、遺体のあったところを中心に副葬品のレプリカが配置された点であった。これと同様に一般の入場者向けにアングロ‐サクソン社会の生活をドラマ化した10分ほどの映画も上映されていたが、こちらは見るべきものはなかった。今回の旅の目的は展示品を見ることより、実際に墳墓地を自分の目で確認することだった。それが2時間後にはガイド付きで実現すると思うと静かな興奮を覚える。

　ビジター・センターの方には受付と売店とその奥に食堂がある。その外には船墓の船（実物は約27メートル）の2分の1の模型が置かれている。北欧の博物館にある後代のヴァイキング船より簡素な造りで、よく見る龍の頭をかたどった船首や作品『ベーオウルフ』でも船の形容として出て来る「環型の船首」*hringed-stefna* 'ringed-prow'、*wunden-stefna* 'wound prow' を持っていない。ついでに墓の船に触れておくと、1939年に発掘されたとき、その鋲や板は炭化せずに朽ち果て、それらの跡 (impression) だけを砂土に留めていたことが当時の写真から分かる。受付けからもらった地図で墳墓地（ここにはフェンスが巡らされており、guided tour の参加者以外は入れない）の周りと ディーベン河畔に至る walking course が設けられている。脚の痛む私は walking はせず、日陰で walking をした老若男女が元気よく戻ってくる姿を眺めて、イギリス人とは歩くのが好きな人種だなあと感心してしまった。サットン・フーに来た人たちの3分の1か4分の1位の人しか guided tour に参加しない。つまり墳墓に興味があるからというより、天気の良い夏休みの1日を健全なリクレーションで過ごすためにやってきた人たちの方が多いのだ。しかし私も墳墓地の周りはともかく、ディーベン河畔には行ってみるべきだったと後悔している。

　午後1時いよいよ guided tour がはじまる。参加者は3ポンド払って赤いシールをもらっており、それを胸に付ける。ビジター・センターの裏から歩き出して林に入りすぐ切れたところの右手にかなり大きな四角のどっしりした3階建ての田舎の邸宅が見える。これが墳墓地の元の所有者であ

るプリティ夫人 Mrs Pretty（退役大尉の未亡人）の住居である。彼女の家と私たちの立っている小道が川から緩やかにせり上がってきた斜面の頂点にある。ここからは高い木がないので数百メートル先に川面が見える。ガイドは初老の品の良い婦人だが、後で行く船墓のところからは今は19世紀の植林で木がうっそうと茂って川が見えないのでここで見ておいてくれと言う。言うまでもなく墓として用いられた船はこの川から引き上げられたものであるからだ。しばらく行くと視界が開け、左手前方（川は右手）に原とその向こうの緑の野菜畑が広がる。この原が墳墓地で、周りを柵で囲まれており扉を開けて入る。入ってすぐ右手前方に最近発掘して埋め戻した12号塚がこんもりと盛り上がっている。あとの塚はやや盛り上がっているという感じである。我々の船墓が1号塚で右手奥に近いところにあり、船があったところにロープが地面に張ってある。船の遺物の上を覆った蓋を開けて見せるわけでもないので、本で得られる知識を語るガイドもつまらないと言えばつまらない。王の遺骸がなかった点に触れて、酸性土壌 acid soil のせいで骨まで溶けたのではないかとの説が紹介された。（私はこれまで根拠もなく、王の遺骸は何かしらの事情があって、ここから別の墓に移されたのではないかと考えていたが、この酸性土壌説ほど説得力がないと高橋さんに言われた。）しかしこのあと、最近馬骨が発見された墳墓をこれは蓋をはぐって見せてくれた。土壌の性質は場所や深さによって違うのだろうか。この墳墓地の調査発掘は大英博物館の研究員が中心となって今も行われているが、全面的な徹底調査には多額の費用が要るので一気に行えないとのことだった。芝原には木が数本立っており、羊が数匹草を食んでいる。徐々に空模様が怪しくなり遠雷も鳴りだした。guided tour は1時間余りで終わり、帰る頃は次の一隊がやってきた。解散後、柵の外の小道を、船墓の前に木の階段で見学台 view platform が一段高く作ってあるところまで行き川側から塚を仰ぐ。ここが船塚の正面と言ってよく、へさきをこっちに向けて埋められていたのだ。ああ、これで私にとっての巡礼の旅は終わった。長年の念願がかなった。レンターカーで同行し

てくれた高橋さんのお蔭である。なにごとにも念願成就後の充足感・虚脱感というのがあるものだ。これは決して悪いものではない。一種の余韻を味わうことも出来るからだ。次の目的地キングズ・リン Kings Lynn に向かう車の中でこの余韻を味わっていると、草木にとっては待望の驟雨がやってきた。一つの旅の終わり方としては悪くはない。雨の中、Bed & Breakfast を高橋さんが見つけてくれた。今晩は嵐の音を聞きながら今日1日の出来事を回想しよう。（2002年8月31日記す。）

［『新潟大学英文学会誌』第29号（2002年）、「2002年夏— Maldon と Sutton Hoo を訪ねて—」、2-12頁の再録］

紀行文 2

「Hwæt We ...」を求めて
―西脇順三郎探訪記―

　昨年（2002年）は英文学者で詩人の西脇順三郎の没後20年にあたり、各地で記念の催しが行われた。東京の世田谷文学館でも西脇順三郎展が開かれ、その文学と詩と絵画が回顧された。私にとっては同じ越後の大学者・大詩人ということで、むろん面識などなかった氏にまつわる話を綴らせていただきたい。西脇順三郎は、越後（新潟県）は中越地方の、信濃川中流域の川沿いに位置する小千谷（おぢや）市に明治27年（1894年）に生まれて、昭和57年（1982年）に88歳で同市に没した。西脇家は元禄時代から小千谷縮みの問屋を営み、明治時代に銀行を起こし、分家であったが父寛蔵も小千谷銀行の頭取になった。順三郎は小千谷中学校の卒業時に画家を志して上京、藤島武二の門下生となるが、父の死と画学生の気風になじめないことなどで断念し、実学に転換し慶應義塾大学理財科（経済学部）に進学、卒論をラテン語で書いたという。27歳で母校慶應義塾大学予科の英語教員となり、2年後の1922年大学派遣の留学生としてイギリスに向かうが、オックスフォード大学ニュー・コレッジの入学手続きに間に合わず、1年間ロンドンに滞在する。この年1922年は英文学では、Joyce の *Ulysses* と Eliot の *The Waste Land* が出版された驚異の年 Annus Mirabilis にあたり、大いに刺激を受けたと思われる。さらに2年後オックスフォード在学中にイギリス人の画家、マージョリー・ビドル Marjory Biddle 嬢と結婚し帰国。翌1926年に32歳で母校文学部の教授に就任した。

以後の履歴は詩集などに付された年譜を参照いただくとして、次に順三郎の詩を巡るささやかな思い出と小千谷市訪問記を綴ることにする。
　私が学生時代に西脇順三郎のことで知っていたことは、中世英文学研究の大家でシュールなモダニズムの詩を書く慶應義塾大学の教授詩人だというくらいだった。英文科に入ったとき高校の恩師から河出書房の英米文学講座の1冊を贈られた。その中に西脇順三郎の担当執筆した中世英文学論が入っていて読んだ記憶があるが、今は手元にその本がないので、ついこの間まで確認できなかった。無論、当時英文学史といえばエリザベス朝からで、チョーサーの授業さえなかった地方大学の学部生にとって『キャンタベリー物語』(*The Canterbury Tales*) や『農夫ピアズ』(*Piers Plowman*) など読むはずがないのだが、この評論を読んでそんな作品世界があるのかと、漠とした憧れで夢見たことは確かだった。しかしこの大事な本をわずかなお金のために手放してしまったのだった。
　私は昭和37年から3年間、東京は世田谷の成城の隣にある喜多見という田舎に住んでいた。周囲はまだ農家と畑が多く残っていて、多摩川の堤防まで歩いていけた。西脇順三郎の詩は、西洋古典やフランス象徴詩や漢詩からの引喩で溢れ、これに散歩の途中に出会った人や風物の描写が織り込まれているのが特徴だが、喜多見、狛江、登戸、そして多摩川の堤防のあたりを飄々と散歩し夢想する姿がいろんな詩によく描かれていた。当時、たまたま買った詩集に「ホワット　ウェー」Hwæt we...（古英語叙事詩『ベーオウルフ』の冒頭句）が、まるで詩人が散歩の途中にこの句を口ずさんでいるかのように書かれているの見て、『ベーオウルフ』*Beowulf* を勉強し始めたばかりだったので、驚きと親しみを感じた記憶がある。しかし、この詩集も今はないので題名も確かめられない。このように順三郎にまつわるおぼろげな記憶を事実として確認する旅にこれから上らなくてはならない。過去の自分探しの旅だが、こういう願望は自分が年を取ってきた何よりの証拠である。

確か昭和38年（1963年）頃だったと思うが、都立大の大学院の指導教授だった鈴木重威先生に、青山学院大で西脇先生のチョーサー Chaucer についての講演があるから聴きに行こうと誘われた。中世英文学談話会（現、日本中世英語英文学会）の特別講演だったかと思うが、これもまた記憶が曖昧である。講演の演題は忘れたが、良くいえば自由自在、悪くいえば取りとめのない話だったが、円熟の話術であったことは覚えている。鈴木先生は、実は西脇先生の知り合いでもあったのだ。先生の兄上が慶應の経済で西脇先生と同級だったとかで、西脇先生が新潟県小千谷市にある西脇（小千谷）銀行の頭取の子息だったとかオックスフォードに留学して画家のマージョリー・ビドルさんと国際結婚したが後に別れたとか、もともと画家志望でご本人も絵を描くとか、いろいろ教えてもらったものだ。これで親しみが湧いたのだった。

2003年6月14日（土）朝、西脇氏の故郷小千谷市に行く。2、3日前の梅雨入り宣言で、さすがに曇って今にも降りそうな天気だった。今日の目的は、市外の山本山の頂上に立っている西脇順三郎の石碑と、市中の市立図書館の3階にある西脇順三郎記念室を訪れることだった。あらかじめインターネット（www.city.ojiya.niigata.jp）で調べておいた。雨が降らないうちにと、車でまず山本山に行くことにした。国道117号線を右に取り、すぐ左に曲がって前方に小山の連なりが見える。T字路になり左右いずれを取るべきか案内板がなく、右に曲がったがスキー場になり、引き返してまっすぐ行くとこれでよく、曲がりくねった山道を車で登って行くと、広い山頂に出た。近くには牧場があって白樺も何本か植えられ、ちょっとした高原気分が味わえる。山頂には広い駐車場があって、その向こうの芝生の野原に大きな石碑が見える。あれが目指す石碑であろう。近づくと、石碑は隙間にツツジなどを植え込んだ石組の広い土台の上に、さらに左右に配した大き礎石の上に置かれていた。縦2.5メートル、横3.5メートル、厚さ0.5メートル位の堂々たる御影石に彼の書が彫られたものだった。山本

山高原は標高336メートルだが、ここが冬は小千谷スキー場の山頂ゲレンデになるところだ。360度の眺望に恵まれ、その晴れた日には八海山、中岳、駒ヶ岳の魚沼三山が向かいに見えるとのことだが、今日は薄日がもれてきたものの上空には雲が多くて見えない。しかし下方に見える、この市を蛇行して流れる信濃川の風情がとてもいい。

　山本山の石碑は両面に文字が刻まれている。北面にはこの場の情景にふさわしい次の詩が、氏特有の字体の直筆（記念室に展示）をもとに刻まれている。

　　　　山あり河あり
　　　　暁と夕陽とが
　　　　綴れ織る
　　　　この美しき野に
　　　　しばし遊ぶは
　　　　永遠にめぐる
　　　　地上に残る
　　　　偉大な歴史

筆者写す

ここには美しい自然の風景をも「偉大な歴史」と詠嘆する、現在を過去から連なる永遠の相に置いてみる西脇流の見方が表われていて興味深い。南面の碑文、

　　　　　　永劫の根に触れ
　　　　　　心の鶉の鳴く
　　　　　　野ばらの乱れ咲く野末
　　　　　　砧の音する村
　　　　　　樵道の横ぎる里
　　　　　　白壁のくづるる町を過ぎ
　　　　　　路傍の寺に立寄り
　　　　　　曼陀羅の織物を拝み
　　　　　　枯れ枝のくずれを越え
　　　　　　水茎の長く映る渡しをわたり
　　　　　　草の実のさがる藪を通り
　　　　　　幻影の人は去る
　　　　　　永劫の旅人は帰らず

は詩集『旅人かへらず』の終章からである。この碑は昭和60年6月5日に建てられた。氏も良いところに故郷を持ったものだとうらやましく思う。昭和27年（1952年）、59歳のときに、小千谷高校と中学の校歌を作詞した。長岡市など近隣の学校の校歌も作詞している。若い頃は故郷に反発もしていたと思われるが、年を取るに従い、故郷への愛着が深まっていったらしい。昭和51年（1976年）には蔵書を多数小千谷市に寄贈し、2年後に小千谷市立図書館開館とともにその中に「西脇順三郎記念室」が設けられた。

　次に訪れたのがこの市内にある小千谷市立図書館である。この図書館は3階建てで、その3階の3室のうち2室を「西脇順三郎記念画廊」と「記

念室」に当てている。ほかに入室者はなく、暗かったので照明をつけてもらった。第1室が記念画廊で三方の壁に（所蔵49点中）20点ばかりの、西脇氏の特徴のある淡い色調のパステル画風の油絵が掛けてある。イタリア旅行のものが多く、北海道旅行のものも数点あり、旅の思い出といった感じの風景画である。マージョリーさんの絵も（所蔵5点中）2点あった。1点は数隻の渡し舟が描かれた「矢口の渡し」で、もう1点はメルヘンチックな「人魚たち」であった。あとで所蔵絵画一覧を見て驚いたことは、殆どの作品が順三郎の1950年、60年代の作品であることで、若いときに断った絵筆を初老になって再び握ったことになる。やはり天性はおのずと現れるものである。

　隣の第2室が記念室で寄贈図書と研究書に加えて、氏を偲ぶ写真や愛用のカメラや茶碗などの品々が展示されている。図書も遺品もガラス戸の本棚とガラスケースに収められ鍵が掛けてある。ここには北面の碑文の書も掲げられ、オックスフォード大学ニュー・コレッジの在学生の集合写真も飾られ、西脇氏と思われる人物が写っている。私は「ホワット　ウェー……」がどの詩集に入っていたのか知りたくて、数日前、新潟大学の図書館で千ページ以上ある一冊本の全詩集を斜め読みしたが見つけられなかったが、インターネットの図書検索で八木書店に新倉俊一著『西脇順三郎全詩集引喩集成　再版』（筑摩書房、1982年）が出ていたのを見つけていたので、ここの係りの人に閲覧を申し出たら、すぐ見つけてもらった。載っている詩集は『豊饒の女神』（昭和37年、思潮社）で、正確には

　　　　ベーオウルフをささやいてみる
　　　　ホワット　ウェー……

の2行だった。自己満足かもしれないが、ここに来たお蔭で謎の一つが解けたのだ。嬉しい。それにしても新倉さんの本は博学をもって鳴る順三郎の膨大な引喩を全詩について調べた大変な労作である。よほどこの学者詩

人に私淑していなければ出来ない仕事である。

　私はこの詩集を出版直後に買って読んだのだった。すっかり忘れていたが、今、筑摩書房の全集本で調べてみると、この詩集の最後に収められている「最終講義」のこれまた最後の方に、この引用が出てくる。当時慶應では定年がなかったところ、氏が69歳で勇退するという新聞記事を読んだ気がする。実際の最終講義がどんな内容だったか知らないが、『ベーオウルフ』にも触れられたのではないだろうか。この詩には最終講義を前にした教師の実感が出ている。氏はこのように述べている。

　　　　　舌はかわいて煉瓦のように
　　　　　かたくなって言葉が出されない
　　　　　この恐怖の午後
　　　　　でも何ごとか自分のことを
　　　　　言わなければならないのだ
　　　　　いっしょに酒をのんだ人達の前で
　　　　　別れの絃琴をひかねばならない　　　　　（11–18行）

このあとに次のように述べられる。

　　　　　えど川のかれすすきの原のほとりで
　　　　　こいこくとこいのあらいで
　　　　　わかれの酒をすすった　　　　　　　　　（25–27行）

またこのあとに出てくる「江戸川へわかれの言葉を探しにきた」（60行）という表現等から、氏は最終講義を前にして江戸川の土手の近くにある料理屋で仲間と鯉料理で別れの酒を飲んだことが分かるが、全集に付された鍵谷幸信氏作成の詳しい「年譜」の昭和37年、69歳の項に、「2月3日渋井清、鍵谷幸信同道し、柴又に遊び長詩「最終講義」の構想を得る」（第12巻、542頁）とあって事実と符合する。

もう一つの個人的思い出にまつわる謎も解決をみた。河出の講座本に西脇氏が書いた中世英文学の評論は何だったのか。題は「チョーサーとその周囲」だったことが分かった。チョーサーをメインにウィクリフ Wyclif, ラングランド Langland、ガウアー Gower、ホックリーヴ Hoccleve、ダンバー Dunbar、バーバー Barbour を駆け足で紹介的に論じたものだった。あの中世英文学の世界があることを垣間見させてくれた本は英語・英米文学講座、第5巻の『英米作家論』（河出書房、昭和27年刊）で、全集第9巻、340–82頁に収められていることが新潟大学図書館で調べて分かった。
　最後に私の貧しい読書体験を綴ることをお許し願いたい。次に読んだのが氏の『荒地』の訳註本（東京創元社、1970年、改定新版）だった。訳詩と感じさせない流麗で新鮮な日本語に置き換えられ感動的であり、註も実作者ならではのものもあったと思う。巻末には原文が載せられていた。『荒地』は先にも述べたようにイギリスに順三郎が留学した1922年に出版された記念すべき詩集であり、彼にとっては以後ずっと読んできた自家薬籠中の作品だったに違いない。氏の『カンタベリ物語』の訳は都立大の大学院に入って初めて読んだ。この訳も学者のそれによくある堅苦しいものでなく、越後の訛りが強かったという人がべらんめい調子でまくしたてる趣のあるところがあっておもしろかった。
　氏は昭和8年（1933年）にすでに研究社英米文学評伝叢書の2巻目として Langland の評伝を書いていたのを後で知った。この小型版の叢書は今でも大学図書館や英文科の図書室に見かけるもので珍しくはない。その本は総131ページ中、57ページ以降に中心となる A-text によって辿った「Langland の思想」（第7章）と B-text の記述を用いた「Langland の評伝」（第8章）を持ってきて、56ページ以前に教会と修道院、封建制度、都市生活などの中世英国の背景的知識を説いた部分が置かれたもので、著者は勉強して調べて書いてはいるが、あまり批評的・文学論的なものではない。
　昨夏、世田谷文学館（佐伯彰一館長）で没後25年を記念して西脇順三郎展が開かれたことは冒頭に述べた。西脇氏の偉大な詩業は世界文学への

造詣の深さから生まれる知的諧謔と、自然観察から生まれるさらりとした叙情が見事に融合した現代詩の金字塔である。エズラ・パウンド Ezra Pound がスウェーデンのアカデミーにノーベル賞の候補に推薦したとも聞く。英訳が多くあるとは思えない日本の現代詩人の場合は不利だったであろう。

（2003年6月22日記）

追記

　今日、畏友笹川壽昭氏の研究室を訪問したとき、氏から珍しい物を見せてもらった。昭和57年 (1982) 6月5日付けの新潟日報夕刊の一面トップに掲載された西脇順三郎の訃報を大きく取り上げた紙面であった。この切抜きは、笹川氏が順三郎の『カンタベリ物語』の訳本に挿んでいたものを見つけたのだそうだ。順三郎は5月10日に東京の自宅から郷里に移り、小千谷市総合病院に静養のため入院した。7階の特別室から山本山や信濃川の眺めを楽しんでいたという。ところが6月5日午前4時過ぎ急性心不全のため死去した。紙面は「現代詩壇の巨匠、西脇順三郎さん逝く」との大見出しに「帰郷（小千谷）静養の矢先、直前まで「絵をかきたい」、病床で回想の日々、書籍、絵の具……執念の最期」との中見出しが続く記事に、思い出の写真2枚を添えたものである。それに恒文社社長の池田恒雄氏の「後輩よく面倒みる」、星野行男小千谷市長「永久の思い出残す」、詩人で慶応義塾大学教授の鍵谷幸信氏「老年の文学を実証」の諸談話と詳しい経歴を載せた特別扱いのものであった。この順三郎の大往生を伝える記事を加えることができ幸いだった。

（2003年9月10日記）

付　録　1

T. A. シッピー著『作品研究「ベーオウルフ」』の訳者あとがき（英宝社、1990年）

　本書はT. A. Shippey, *Beowulf* (Studies in English Literature 70, Edward Arnold, 1978) の全訳である。この作品論の対象である『ベーオウルフ』は言うまでもなく今日に残るゲルマン世界における最も古い叙事詩であり、古英語で書かれた3182行からなる作品である。唯一の写本 (MS Cotton Vitellius A xv) は大英図書館British Libraryに所蔵・保管され、そこの写本展示室でこの写本の、ある見開き頁をガラスケース越しに見ることができる。この作品の成立年代・場所・作者については明確なことは何一つ分からない。そのため（特に年代は）諸説紛々だが、ここではこの難問には立ち入らず、恐らく8世紀中頃（Bedeの時代の直後）に当時勢力のあったNorthumbria王国かMercia王国（いずれもAnglia方言地域）で一人の聖職者詩人によって作られたであろう、という最大公約数的な説を挙げるにとどめる。しかし今日残されている写本はAnglia方言形が散見されるもののWest-Saxon方言で筆写されたもので、これには二人の写字生 (scribes) がそれぞれ1行から1939行の途中の*scyran*までと次の*moste*から3182行までとを分担しており、書体の全体的印象は前者が優美、後者がやや粗雑だが、そのほかに綴り字にヴェアリアントがある場合の偏りの違いが見られる。この写本の年代は従来その書記法の特徴から十世紀末頃であろうと言われてきて、それが定説であるが、最近アメリカのキアナンKiernanという学者が、『ベーオウルフ』の制作年代と写本年代は同時代で、それは11世紀のカヌート王の治世であり、二人の写字生の後者が

作者で、前者の書いた部分にも著者校正のような手を入れているという、定説を完全に覆す新説を発表したが、その当否を検証するにはまだ時間がかかろう。(Kevin S. Kiernan, *Beowulf and the Beowulf Manuscript* (Rutgers U. P., 1981.)

　シッピー Shippey による本書はトルキーン Tolkien (1936) 以後に出た一連の『ベーオウルフ』研究、ボンジュール Bonjour (1950)、ホワイトロック Whitelock (1951)、ブローダー Brodeur (1959)、サイサム Sisam (1965)、ゴールドスミス Goldsmith (1970) の伝統の上に立つ最新の成果である。無論近年のあらゆる分野の研究がそうであるように、学際的な(雑誌)論文によっても著者の研究が稗益されていることは、原註に掲げられた論文名から明らかである。著者がこれら過去の『ベーオウルフ』批評に恩恵を受けていることは言うまでもないが、多くは、彼が批判するという形で恩恵を受けたものである。例えば、この詩に用いられている compounds や variations について、その巧みさやユニークさをもって作品の高い芸術性の証拠とする意見 (cf. Brodeur) に対しては、韻律などの制約上作者が苦し紛れに作った compounds をも賛美するがごとく、作品に書いてあることの細部に頼り過ぎると批判し、キリスト教的寓意を読みとるアレゴリカルな解釈 (cf. Goldsmith) に対しては、書いてあることの細部を無視し過ぎると批判しているのである。

　しからば本書の特徴は何かと言えば、それは非常に刺激的で批判的な作品解釈を通して、我々現代の読者が陥り易い誤解から我々を救出し、作品の本来の世界に、即ち叙事詩としての世界に我々を導く点にあるだろう。著者は自分の解釈法をそう呼んでいるわけではないが、彼の視点は作品のあるがままの世界を見極めて受け入れようとする、いわば構造主義の影響を受けた文化人類学的解釈とでも呼ぶべきものではないかと思う。簡単に言えばこの中世ゲルマンの英雄叙事詩を現代人の価値観や常識で読んではならないということである。この作品を生みだした中世ゲルマン民族は当然のことながら、我々現代人とは非常に異なったエートス ethos を持って

いたことをまず認識しなければならない。彼らが我々とは違った価値観を有して、考え行動していたことは明らかである。著者が指摘しているものをいくつか挙げると、飲酒は集団の和の儀式としての意味をもつ習慣であり、「酒に酔って」という形容詞 *druncen* (= drunk) も悪い意味だけではないし、武器や武具や宝物も単なる「物」ではなく、その持主の身分・家柄・功績を表す「象徴」ないしは「指標」としての役割を担っており、ヒュエラーク王の略奪戦争も臣下への贈り物を獲得するために必要なものである、等々である。このような作者と聴衆が共有している価値観の上に作品が成り立っている以上、当時の社会的・文化的記号を我々のテクストから読みとる努力をすることによって、初めて我々自身がこの作品の世界に入ることができる、と著者は主張しているようである。著者はまた、現代批評が多用するアイロニーをこの作品の解釈に持ち込むことの危険を説き、現代人には無視されている諺が、この作品の登場人物の、ひいてはアングロ‐サクソン人の道徳観を知るうえで有効であることを示している。

　本書が始めて世に出た時、Old English News Letter, Vol. 13 (1980), No. 1 の新刊書の紹介者は本書を『ベーオウルフ』の「久し振りに出た最も興味深い概説書」と評したし、本書の入っているシリーズの監修者、デイヴィッド・デイシェスの課した、「これはどんな種類の作品なのか、ここにはまさにどんなことが述べられているのか、どの位優れているのか、また何故優れているのか」といった課題に本書は実によく答えていると思う。[以下略]

付　録 2

鈴木重威先生の思い出

(鈴木重威・もと子共訳『古代英詩―哀歌・ベオウルフ・宗教詩』(グロリア出版、1978年))

　このたび鈴木重威先生と元子夫人による「古代英詩」の邦訳が刊行されるに当って、本書の成立の由来と訳者の横顔を、読者諸氏に紹介する機会が与えられた。まずはこうした地味だが非常に有意義な訳詩集が、元子未亡人をはじめ、鈴木先生に縁のある方々のご尽力の結果、こうして無事誕生したことを心から祝したい。
　本訳書は、先に研究社より古代英詩のテキストとして発行された3部作『哀歌』(昭和42年)、『ベオウルフ』(昭和44年)、『宗教詩』(昭和47年)に収載された原詩の邦訳であり、故鈴木重威先生と元子夫人によって、流麗にして力強い日本語に移されたものである。これらのテキスト版は、日本における数少ない古英語研究の専門家の中でもパイオニア的存在であった鈴木先生が、都立大学をはじめ、青山学院大学、立教大学などの大学院での演習を通して、我々学生に教授された豊富な経験に基づいて、一般の英文学専攻者にも英詩の源流である古英詩に容易に近づきうるような十分な道具立て(グロサリーを兼ねた詳註など)を提供する意図の下に、出版されたものである。
　先生が古代英詩『哀歌』を出された昭和42年には、長らく英語学の主任として精励してこられた都立大学を定年退官され、独協大学に勤務されたが、引続き『ベオウルフ』、『宗教詩』の準備をされた。その頃、元子夫人が青山学院大での先生の古代英語の授業に出席され、2年近く学ばれた。

この頃から、古代英詩の共訳を志されたにちがいない。元子夫人はすでに『哀歌』の「イントロダクション」に引用された詩句について、珠玉の如き邦訳をなさっている。我々はこれを見て感激し、テキストに収められたすべての原詩についても訳出されることを期待した。先生ご夫妻はこれに応えて、その後の『ベオウルフ』、『宗教詩』の「イントロダクション」の引用詩句のみならず、収載原詩のすべての邦訳に取り組まれた。しかし残念なことに、先生は、昭和51年10月30日に、ほぼ完成なった邦訳の出版を見ずに、病と闘われた後他界されてしまった。幸いこのたび、先生に学問を通じて知り合った方々の力添えによって出版の実現を見、先生のご霊前に捧げられるのは誠に喜ばしい限りである。

　私はこのすばらしい訳業が、高く評価されることを信じて疑わない。それは、先生が長年にわたって古代英詩に親しんでこられ、テキストまで編まれたことからも頷けるように、最も妥当な解釈がほどこされているからであり、夫人が苦心された訳文のスタイルは、原詩に最もふさわしい用語、韻律によって、その趣がいかんなく伝えられているからである。日本女子大国文科ご出身の元子夫人の文章のうまさは、すでに定評のあるところであり、いくつかのキリスト教関係の翻訳書を出しておられるかたわら、滋味あふれる随筆も何冊かものされている。本書はまさにご夫妻の多年にわたる信頼と協力の見事な結実であり、誠実な仕事とはどういうものかの証となっている。

　本訳書は、単独でも文学作品として鑑賞、研究の対象となり得るものであると同時に、テキスト版と照合することによって、原詩の理解を一層深めるのに役立つものでもある。

　先生は学問に対し常に誠実であられた。ご研究の上では、それは、都立大学退官記念として出版され、先生の代表的論文著書となった『アンクレネ・ウィッセの言語』 *The Language of Ancrene Wisse*（昭和42年）に如実に示されている。トルキーンの刊本の出るずっと以前に先生が米国ミシガン大学の『中英語辞典』編纂に協力された時、マイクロフィルムのものを

苦心して解読され、資料を採られたのであったが、この労苦をいとわず資料を収集され、綿密に分析される研究態度には、敬服の念を禁じえない。先生の学問に対する情熱と誠実さと厳密さは、授業にも反映され、私の大学院在学中には、Sweet の *Anglo-Saxon Reader*、Mosse-Walker の *A Handbook of Middle English*、Sisam の *Fourteenth Century Verse and Prose* など定評のあるリーダーを用い、院生に広く作品に接する機会を与えられ、解釈に当っては一字一句揺がせにしないよう厳しく指導された。このテクストの精読こそ、特に古代・中世英語の学習の場合に不可欠であることを、ミシガン大学のクーラス教授の授業に出られたご経験により、更に確信を深められたようである。先生はご自身の原稿の校正に際し、ご健康に障るほど根を詰められ、毎朝早くからミスプリントの発見訂正や内容の改正に努められた。先生のご著書には、類書に比してミスプリントや不正確な記述が非常に少ないのは、こうしたお仕事に対する情熱と厳しい態度の結果に外ならない。

　学生の指導におかれては、一人一人の得手、不得手をよく認識され、各人に適した助言、時宜にかなった叱咤激励を公平に与えられた。我々に対する教育者としての配慮と深い愛情が、常に指導の根底にうかがわれたのである。

　最後に先生のご冥福をあらためて祈るとともに、本書が一人でも多くの読者を、古代英詩のすぐれて詩的な世界に誘うべく、案内役を果たすことを念じつつ筆を擱く。

［鈴木重威・もと子　共訳『古代英詩—哀歌・ベオウルフ・宗教詩』（グロリア出版、1978年）、「鈴木重威先生の思い出」198–201頁より再録］

あとがき

　『ベーオウルフ』の翻訳と研究は、今、欧米では隆盛を極めていると言える。原文が欧米の一般人にもなじみのない古英語で書かれ、しかも独特の詩形・文体・韻律・語彙が用いられていることから、原文で読むには特別な学習が必要なため、手っ取り早く読むには翻訳に頼ることが多く、これまでに60種以上もの現代英語訳が出ていると言われている。物語世界へのあこがれが聖書、チョーサー、シェイクスピアと並んで『ベーオウルフ』にも及んだからだと思われる。『ベーオウルフ』の研究者の一人であったトルキーン（日本での表記の多くはトールキンだが）がエッダやサガの北欧文学や『ニーベルンゲンの歌』と『ベーオウルフ』のようなゲルマン叙事詩を融合再構成し、壮大なファンタジーの世界を構築した『指輪物語』で爆発的な人気を得たこととも無縁ではないだろう。専門家による『ベーオウルフ』研究は細部については長足の進歩を遂げた。写本が研究され、頭韻や韻律についての考察が深められ、用語の意味が再吟味され、ケニングなど詩的複合語が解明され、語句の反復や比喩的表現に用いられる高度な修辞技法が発見され、脱線エピソードの全体との密接な関連付けなど、目を見張る成果が挙がった。

　しかし他方では、一般の読書好きが求めている物語のドラマ性の解明はなおざりにされているかに見える。『ベーオウルフ』はいまだ、英雄ベーオウルフの怪物退治の英雄譚であるとか、復讐譚であるとか、運命に支配される武士社会の無常観の話であるとか、宴会と豪華な贈り物の授受が行われる宮廷物語であるとか、どれも間違ってはいない解釈だが、翻訳からでも読み取ることが出来る、いわば表層の理解にとどまっていたと言えないだろうか。

実は『ベーオウルフ』にはもっと深くてドラマティックな物語世界が秘められているのではないのかと筆者は考えてきた。それが本書のいくつかの論文執筆のアイデアとなっている。主要登場人物は一方では叙事詩の定石通り、立場と性格の異なる王と英雄だが、『ベーオウルフ』の場合、第1部で老王フロースガールと若き英雄ベーオウルフ、第2部では老王ベーオウルフと若き英雄ウィーラーフと二組も出てきて、王と英雄の性格と関係が合わせ鏡をしたように立体的に映し出されている。即ち、老いたフロースガールは英雄性を欠いた王であり、老いたベーオウルフは王の知恵を欠いた英雄であり、若きウィーラーフは老いたら、いずれの性格の人物になるのかまだ分からない。このように主要登場人物の緊張関係を解することで、第1部と第2部で王と英雄の互いにクロスした関係がそれぞれ過程は異なるが結果は同じ、亡国の悲劇を生み出すことを詩人は洞察していたことが明らかになった。

『ベーオウルフ』では主要登場人物に王と英雄のほかに怪物がつけ加えられる。それがこの作品を並外れて複雑な面白い作品にしている。怪物グレンデルとその母親は、詩人はいろんな定義をしているが，本当は何者なのか。欧米の研究からも、その納得のいく解釈にはいまだお目にかかっていない。カインの末裔ということで納得出来るだろうか、洪水に生き残った巨人族ということで納得いくだろうか、グレンデルが宮殿ヘオロトを襲う理由は何か、詩人が述べている宴会の楽の音に怒ったためだけではないだろう。詩人はいろんなことを言いながら真のドラマを謎として深層に隠しておき、8世紀の同時代の聴衆にであれ、21世紀の我々にであれ、その謎解きを期待しているのだ。それに対して筆者は、グレンデル親子はフロースガール王の甥のヘオロウェアルド親子の怨霊であったと一つの解答を与えてみた。議論のきっかけになれば幸いである。

しかし、もう一つの怪物である火龍もグレンデル親子と同類であり、争いの敗北者であろう。恐らくは「最後の生き残り」が怨みから死後龍と化したものであることは推測がつく。しかし龍の場合は、いわば役者が舞台

の上に勢ぞろいしていて、かえってその関係が見えにくくなっていると言える。これについて説を立てるにはいまだ至っていないことを告白せねばならない。

　本書では『ベーオウルフ』を支配する宿命観 (fatalism) や口承定型句理論 (oral formulaic theory) には触れていない。筆者はこれらの問題にも関心を持ったことがあったが、前者については、*wyrd* というキーワードや類語を分析しても、異教概念とキリスト教概念が複雑に絡み合い明確な解答が出せなかった。後者に関しては、この理論は口承性に基づく半行句の繰り返しや変形といった作詩法の一端を明らかにはしたが、優れた詩人の偉大な作品の成立や内容の解明にはあまり寄与しないと思われたからである。

　筆者には、本書の諸論文の執筆と並行的に作業をして、一応はまとめて紀要に発表し、論文にも用いた「対訳ベーオウルフ」版があり、これを改訂して本の形で公刊することを志しているが、本書の方が先に刊行される運びとなった。『対訳版』も近い将来、完成させたいと願っている。

　今回の編集と校正についても、若き友人である小山良一氏と田中芳晴氏の協力を得たことを記して感謝の気持ちを表したい。また本書の出版については松柏社社長の森信久氏に、編集については里見時子さんに大変お世話になったことも記して感謝の念を表したい。

索　引（人名・事項）
（アルファベット順）

A

阿部謹也　19, 20
Abel（アベル）　73, 75
Achilles（アキレウス）　32, 44-5
Aeneas（『アエネーアス』）　44, 50, 194
Æschere（アシュヘレ）　10, 24, 39, 135
Agamemnon（アガメムノーン）　26, 32, 44–5, 50
安藤　弘　6, 20, 33
Alcuin（アルクイン）　57–8
Anglo-Saxon Chronicle（『アングロ・サクソン年代記』）　73–4
アングロ・サクソン時代　124, 146, 205
Anstee, J.W. and L. Biek　143
Arthur（アーサー王）　27
Auden, W. H.　184
Augustine, St（オーガスティン）　94, 129

B

Baird, J. L.　111, 122
Bartlett, A. C.　33
Battle of Maldon, The（『モールドンの戦い』）　51, 200–5
Bear's Son Tales　68–9
Bede（ビード）　14, 94, 132, 150
Beow or Beowulf I（ベーオウ／ベーオウルフⅠ世）　54, 55
Beowulf（ベーオウルフ）　9–11, 21–5, 28–32, 37, 38, 61, 63–4, 71–2, 76, 95–7, 99, 158–9, 160–3
Beowulf（『ベーオウルフ』）　7–20, 21–33, 34–49, 50–80, 81–105, 106–23, 120–1, 124–53, 154–76
　作者／詩人　26, 27, 32, 98–9, 118, 120–1, 161
　成立年代　8, 50–2, 191
　写本　8, 51, 190

刊本　19–20, 191
邦訳　19–20
梗概　9–12
構成／構造　9, 35–48
国王旗　130–1
兜　134–6
剣　138–42
鎖帷子　145
楯　146
槍　148–9
ハープ　149–50
バックル　34
Beowulf Handbook, A　78, 79
Bessinger, J. B.　114, 138, 153
Bjarkarímur（『ビヤルキの歌』）　62
Boniface（ボニフェイス）　94
Bonjour, A.　66, 73, 222
Bövarr Bjarki（ボーヴァル・ビヤルキ）　70–1
Brady, C.　136, 152, 175
Branston, B.　82
Breca（ブレカ）　9, 72–3, 78, 193
Brodeur, A. G.　32, 33, 36, 44, 46–7, 48, 156, 173, 175, 222
Brosinga mene（ブローズィングの首飾り）　67
Bruce-Mitford　79, 126, 139, 143, 144, 149, 152
Bryhtnoth（ブリュヒトノース）　51, 200–3

C

Cædmon（キャドモン）　150, 171, 174–5
Cain（カイン）　53, 73, 75, 110, 111, 169, 194, 195
Chadwick, H. M.　52, 58, 79
Charlemagne（シャルルマーニュ）　26, 32, 44–5, 57

Chambers, R. W.　74, 79, 84-5, 104, 122
Chanson de Roland（『ローランの歌』）32, 44, 45, 50
Cherniss, M. D.　58, 79
Chickering, H. D. Jr,　19
Compound Epithets（複合形容辞）154–77
Crépin, André　19

D

Dæghrefn（ダイフレヴン）71
Damico, H.　52, 56, 79
Davidson, H. E.　139, 143–4, 152
Dene（デネ／デンマーク）9, 21, 37, 95, 115, 117–21
　系図　17, 53, 98, 116, 119
伝令（Messenger）30, 31, 43, 62, 150, 197
Deor（『デーオル』）51, 52, 68
digressions（脱線）35, 77, 78
Dobbie, Elliot van Kirk　19, 20, 155, 161, 174–5
Dragon（龍）11, 73–5, 80, 101–3, 106, 123, 166, 168–70, 195
draugr（ドラウグル）113, 121, 193
Dronke, U.　19, 20

E

Eadgils（エーアドイルス）57–8, 62, 120
Eafor（エアボル）63–4
Eanmund（エーアンムンド）62
Ecgtheow（エッジセーオウ）60, 72, 117, 157, 160
Edda（『エッダ』）12, 19, 20, 51, 67
Egils saga（『エギルのサガ』）193
El Cide（『エル・シード』）50
Eormenric（エオルメンリーチ）67–8
Evans, A. C.　79, 125, 139, 144, 194
沿岸警備の武士（Coast-guard）15, 21, 95, 196–7
円環構成（Ring composition）33, 35, 49

exile　110–2

F

Fafnir（ファーヴニル）75
fate（運命）13, 178
Finn Episode（フィン・エピソード）15, 65–7, 135, 178, 196
Finnesburg Fragment（『フィンズブルグ断章』）51, 52, 196
Freawaru（フレーアワル）31, 38, 53, 57
Froda / Frotho / Frodo（フローダ／フローゾ／フロード）57, 74, 118–9
藤原保明　19–20
復讐 (revenge)　10, 13, 15, 23, 24, 25, 30, 39, 40, 43, 67, 76, 86, 89, 100, 102, 103, 106, 110, 112, 116, 119, 120, 121, 131, 135, 149, 178, 227
父称　160–1

G

Gardner, T.　173, 175
Garmonsway, G. N.　58, 62, 63, 78, 118, 119, 123
Geatas（イェーアタス）60, 64, 158, etc.
系図　17, 61
Genesis（『創世記』）75–6, 195
Gesta Danorum（『デンマーク人の事績』）74, 78, 81
Girvan, R.　126
Glámr（グラームル）121
God　170–1
Goldsmith, M. E.　19, 20, 169–70, 174, 175
Grendel（グレンデル）9, 21, 37, 56, 69, 89–97, 100–1, 106, 110–6, 166–7, 169
Grendel's dam（グレンデルの母親）24, 76, 84–6, 100–1, 111–4, 122, 167–8, 169
Grendel's mere（グレンデルの湖）

101, 108–9, 111–2, 114
Grettir（グレッティル） 69–70
Grettis saga（『グレッティルのサガ』） 69–70, 121

H

Haber, T. B.　194
Halga（ハールガ）　16, 56, 58, 119, 120, 122
Hama（ハーマ）　67
Hathcyn（ハスキュン）　62, 115
羽染竹一　19, 20
Healfdene（ヘアルフデネ）　12, 16, 62–3, 137
Heaney, S.　177–88
Heardred（ヘアルドレード）　11, 61, 63
Heathobardan（ヘアゾバルダン）　31, 57
『平家物語』　85–6, 150
Hengest（ヘンジェスト）　66–7
Heorogar（ヘオロガール）　16, 56, 99–100, 106, 117, 130, 159
Heorot（ヘオロト）　9, 13, 21, 96, 106, 133, 163–5
Heoroweard（ヘオロウェアルド）　99–100, 106–7, 117–8, 120–1, 123, 130
Herebeald（ヘレベアルド）　115
Heremod（ヘレモード）　24-5, 59–60, 100
Hieatt, Constance B.　33
Hildeburh（ヒルデブルホ）　65–7, 135, 196
Historia Francorum（『フランク族の歴史』）　63
Hnæf（フナッフ）　66, 135
北欧神話の宇宙観　62–3
Hollander, Lee M.　19, 20, 78, 79
Holthausen, F.　79
Homer（ホメーロス）　50, 127
Hrethel（フレーゼル）　22, 29, 60, 62, 115, 150
Hrólfs saga kraka（『フロールフのサガ』）　119
Hrómundar saga（『フロムンドのサガ』）　193
Hrothgar（フロースガール）　9, 13, 16, 22–3, 24–5, 26, 31, 39, 56, 99, 117, 130, 157–8, 160–1, 162–3
　説教 (Sermon)　24–5, 40–1
Hrothmund（フロースムンド）　12, 16
Hrothulf（フローズルフ）　16, 27, 40, 58–9, 98, 119, 122
Hrunting（フルンティング）　53, 139
Hygd（ヒュイド）　63, 67
Hygelac（ヒュエラーク）　10–1, 29, 38, 57, 63–4, 117, 131, 195

I

『イーゴリ戦記』(*Slovo o Polku Igoreve*)　50
異界　100–1, 106–19
異人　88, 94
Iliad（『イーリアス』）　32, 44–5, 50, 127
Ingeld（インゲルド）　31, 38, 44–5, 57
Ingeld Episode（インゲルド・エピソード）　10, 40, 45–6, 57–8
猪像 (boar-image)　134–5
石母田　正　79

J

叙事詩　9, 16, 21, 26, 32, 51–80, 124–53, 155, 158, 160, 161, 195

K

鴉（が）森 (Hrefnesholt)　63
苅部恒徳　33, 104, 155–6
kenning（ケニング）　141, 148
Kiernan, K.　50, 79, 190, 191, 221
キリスト教の影響　12, 14, 30, 51, 58, 73, 94, 95, 110, 129, 167, 170–1, 194, 222
Klaeber, Fr.　16, 19, 20, 52, 79, 80, 139, 161, 194
『古事記』の宇宙観　83–4, 111

小松和彦　5, 100, 104, 123
湖底の棲家　100–1, 111
古刀　10, 40, 76, 101, 112, 114, 139, 140, 141, 194
洪水 (Deluge)　75
Krapp, G. P.　176
組み紐文様（構造）(Interlace (Structure))　33, 34, 35
鯨が崎／鯨岬 (Hronesnæs)　11, 15, 102, 127, 128
厨川文夫　19, 20
兄弟殺し〔血縁者殺し〕　10, 76, 119, 120
巨人族 (eotenas)　94, 101, 110, 141, 228
鏡像構造 (mirror-image structure)　34–49

L

Last Survivor（最後の生き残り）　102–3, 115, 134, 135, 150, 165, 197
Lawrence, W. W.　80
Leake, Jane　64
Leyerle, John　35, 48
Liber Monstrorum（『妖怪の書』）　63, 195

M

Malone, Kemp　19, 20, 161,
Marquardt-Shimose　174, 176
道真　112, 121
Miller, Thomas　19
源　頼光　85–7
Mitchell and Robinson　19, 161, 191
水野知昭　195
Modthrytho（モードスリューゾ）　53, 65, 139

N

Nægling（ナイリング）　11, 53, 140, 141
長埜　盛　19, 20
Nibelungenlied（『ニーベルンゲンの歌』）　50, 67, 75
Nickel, G.　19
日本の妖怪学　81–105
Niles, John D.　35–6, 46, 49
西脇順三郎　212–20
Norns（ノルンたち）　14

O

大場啓蔵　19, 20
Odyssey（『オデュッセイア』）　50, 127
Offa I（オッファ一世）　65
Offa II（オッファ二世）　65
小倉美知子　87, 104–5
Ohthere（オーホトヘレ）　61–2
Old Norse（古ノルド語）　51, 54, 186
Onela（オネラ）　61–2, 78, 159
Ongentheow（オンゲンセーオウ）　62–3
怨霊 (revengeful spirit)　91, 113–5, 121, 124
Orchard, A.　122, 123, 189–99
忍足欣四郎　19, 20, 85–7, 105, 140, 152

P

Panzer　68–9
Patch, H. R.　105, 123
Poetic Edda, see *Edda*
Pope, J. C.　150
Powell, York　84–5, 105

R

Rædwald（ラドワルド）　52, 129, 205
『羅生門』(能)　87
Rauer, C.　80, 123, 195
Ring des Nibelungen, Der（『ニーベルングの指輪』）　75
Robinson, Fred C.　33, 192
Roland（ローラン）　32, 44, 45, 50
Rolf Kraki（ロルフ・クラーキ＝Hrothulf）　27
龍　see Dragon

S

西郷信綱　96, 105
サガ (Sagas)　16, 20, 51
笹川壽昭　220
佐竹昭広　88–9, 105
佐藤信夫　176
Saxo Grammaticus（サクソ・グラマティカス）74
『さすらい人』(The Wanderer)　111
Schlauch, M.　78, 80
Schliemann、H.　127
Scyld（シュルド）9, 35, 54, 115, 118, 126, 156–7, 178, 192, 206
Scylding（シュルディング）161
Scyldingas（シュルディンガス）54, 157, 159
Scylfing（シュルビヴィング）161
Scylfingas（シュルヴィンガス）159, 161
聖書釈義学　19, 169–70
Shippey, T.　19, 20, 221–3
酒宴　165–6
酒呑童子　88–9, 140
Siegfried（ジークフリード）75
Sievers, Eduard　74, 140
　　韻律論　7, 19, 20
Sigemund（スィエムンド）74, 193
Sigurðr / Sigurd（スィグルズル、スィグルド）73–5, 193
Sisam, Kenneth　36–7, 47–8, 49
Skáldskaparmál（『詩人のことば』）62
Skjöldunga saga（『シュルディンガス族のサガ』）54, 59, 62, 119
Skuld（スクルド）(m.. Heoroweald in North sagas)　119, 120, 122
Snorri Struluson's Edda　62
崇徳院　112, 121
スウェーデン戦争　38, 60–3, 97
Sutton Hoo（サットン・フー）51, 124–30
　　船墓　125
　　船葬　126

遺体　125–6
被葬者　129–30
国王旗　131–2
王笏　133–4
兜　136–7
剣　142–5
鎖帷子　146
楯　147–8
槍　149
竪琴　151
鈴木重威　6, 224–6
鈴木重威・もと子　127
鈴木佳秀　6, 105
Sweon（スウェーオン／スウェーデン）16, 97, 136, 148, 159
　　系図　18, 61

T

『太平記』　85, 86
谷口幸男　19, 20
Taylor, Paul B.　19, 20
寺澤盾　173, 176
Theodoric（テオドリック）27
Thorkelin（トゥアケリン）G. J.　8, 155
頭韻詩 (Alliterative poetry)　7, 138, 134–5
Tolkien, J. R. R.　36–7, 111, 178
troll　73, 113, 121
Troy（トロイ）127

U

Unferth（ウンフェルス）9–10, 22, 27, 40, 72, 95, 139, 157
Virgil（ウェルギリウス）50, 194

V

Völsunga saga（『ヴォルスング族のサガ』）75
Völsungr（ヴォルスング）75

W

Wagner, R.　75

Waldere（ワルデル）51, 52
Wanderer, The（『さすらい人』）111
渡辺　綱　85–7, 89
渡辺秀樹　195
Wealhtheow（ウェーアルホセーオウ）4, 56–7, 59, 99, 196
Weland（ウェーランド = Wieland）29, 68
Widsith（『ウィードスィース／遠く旅する人』）51, 52, 68
Wiglaf（ウィーラーフ）11, 30, 36, 37, 38, 74, 102, 131, 159
Wilson, D.　125

Wrenn, C. L.　19, 20, 52, 139, 161
Wulfgar（ウルフガール）21, 159
wyrd（運命）14

Y

山口秀夫　19
養子縁組 (adoption) 23–4, 39
Yrsa / Yrse（ユルザ／ユルゼ）56, 78, 119, 120

Z

Zupitza-Davis　19, 20, 155

著者略歴

苅部　恒徳　(かりべ　つねのり)

1937年大阪府豊中市生まれ。1965年東京都立大学大学院博士課程満期退学（英文学専攻）。
1975–6年ケンブリッジ大学留学。2002年新潟大学名誉教授。現在、新潟国際情報大学特任教授。
主な著作
『英語語源辞典』（共編、研究社）、『原文対訳「カンタベリー物語・総序歌」』（共編註著、松柏社）、『欽定英訳聖書　マタイ福音書』（共編註著、研究社）、T・シッピー『作品研究ベーオウルフ』（訳、英宝社）、S・ウィンチェスター『オックスフォード英語大辞典物語』（訳、研究社）。

『ベーオウルフ』の物語世界
――王・英雄・怪物の関係論

2006年3月20日　初版発行

著　者　苅部　恒徳
発行者　森　　信久
発行所　株式会社　松柏社
　　　　〒102-0072　東京都千代田区飯田橋1-6-1
　　　　電話　03 (3230) 4813（代表）
　　　　ファックス　03 (3230) 4857
　　　　Eメール　info@shohakusha.com

装丁　熊沢正人＋中村聡（パワーハウス）
編集・組版　ほんのしろ
製版・印刷・製本　（株）平河工業社
Copyright ©2006 by Tsunenori Karibe
ISBN4-7754-0108-4
定価はカバーに表示してあります。
本書を無断で複写・複製することを固く禁じます。

JPCA　本書は日本出版著作権協会（JPCA）が委託管理する著作物です。
複写（コピー）・複製、その他著作物の利用については、事前に
日本出版著作権協会　日本出版著作権協会（電話03-3812-9424, e-mail:info@e-jpca.com）
http://www.e-jpca.com/　の許諾を得てください。